자연을 가까이 인생을 소중히

자연을 가까이 인생을 소중히

초판 1쇄 인쇄 2010년 11월 16일
초판 1쇄 발행 2010년 11월 23일

지은이 | 김정호
펴낸이 | 손형국
펴낸곳 | (주)에세이퍼블리싱
출판등록 | 2004. 12. 1(제315-2008-022호)
주소 | 157-857 서울특별시 강서구 방화3동 316-3번지 한국계량계측협동조합 102호
홈페이지 | www.book.co.kr
전화번호 | (02)3159-9638~40
팩스 | (02)3159-9637

ISBN 978-89-6023-478-9 03810

참살이를 희구하는 김정호의 내가 살아가는 이야기

자연을 가까이
인생을 소중히

김정호 지음

ESSAY

머리말

열대야가 기승을 부리던 어느 여름밤이었다. 밤새 뒤척이다 깨어보니 새벽 2시가 지났다. 베란다 창 너머로 간간이 들려오는 차량 소리에 무심코 시선을 돌리니 도로 위로 은은한 불빛이 반사된다. 저 멀리 무제봉 밤하늘은 별빛이 하나둘 사라지며 아련히 다가온다.

문득 이 세상의 끝은 어디일까? 우리는 어디로 가고 있는가? 어떻게 태어난 지도 모르며, 물고기가 유영하듯 살다가 무수히 영멸하는 별처럼 사라지는 것이 인생인가? 알 수 없는 상념이 내려와 허무와 무상함이 나를 짓누른다. 한편으로는 그 속으로 들어가 보고 싶은 충동이 강렬하게 인다.

우주만물 가운데 자연에서 태어나 자연을 아우르며 자연으로 돌아가는 인간이 가장 고귀한 존재가 아니던가. 우리는 세상을 살면서 보편적으로 선을 추구하고 의를 지향하며 정을 나눈다. 하지만 그 이면에는 어두운 그림자가 드리워져 있다.

언제부턴가 우리 사회는 거짓과 위선, 뇌물과 비리, 성추행과 유괴, 연쇄살인 등 인간의 도리를 벗어나는 사건들이 끊임없이 일어나고 있다. 산업화의 산물인지 인간이 타락해서 그런지는 잘 모르겠으나 그저 세상사로 돌리면 너무 안일하고 무심한 메아리가 될 것이다. 실상을 잘 모를 수도 있지만 이는 아주 오래전부터 인간의 삶에 진드기처럼 붙어 있는 것이 아닌지 이런저런 생각을 해본다. 부도덕한 사건이 끊이지 않는다면 그것은 인간의 본성에 더부살이하는 수성(獸性)이 아닐까.

주말이면 나는 자주 산을 오른다. 산에는 울창한 나무와 무성한 풀, 이름 모를 야생화가 있어서 좋다. 물과 바람, 새들이 주는 자연의 소리는 경이로움 그 자체다. 또한 산행에서 만나는 사람들이 반갑다. 스쳐가는 사람들을 보며 사회에서 일어나는 일련의 사건들을 깊이 생각해본다. 사람이 꽃보다 아름답다고 하는데 저 사람들이 비열하고 부끄러운 짓을 했을까? 아닐 거야, 산을 찾는 사람들은 마음이 아름다우니 그럴 리가 없다고 믿는다.

그렇지만 물질적인 가치나 명예보다 건강한 몸과 정신을 추구하는 참살이에 대한 화두가 떠나지 않는다. 삶의 가치를 어디에 두어야 하는가? 지구보다 더 아름다운 세상이 있을까? 어떤 삶이 행복을 가져오는가? 무엇보다 인간이 범하는 악을 제거하고 원천적인 치유방법이 없을까를 고민해보기도 했다.

우리가 일상생활에서 하는 거짓말, 빠지기 쉬운 도박, 원초적인 애욕 등을 단순하게 생각하면 자신의 이익을 위하고 욕망을 억제하지 못하여 하는 짓이라고 하면 그런대로 답이 될 수는 있다. 원론적인 답은 누구나 알고 관심이 크지 않아 각론으로 들어가 세세한 답을 찾고 싶었다. 더 나아가 인간의 본성을 추적하고 해결방안이 없을까를 궁리해보았다. 그러나 그 끝은 보이지 않고 쉽사리 찾을 수도 없었다. 가다보니 엉뚱한 방향으로 흐르기도 했다.

지구상에 뭇 생명체가 함께 사는 자연은 어디에서 어떻게 생겨나 존재하고 있는가? 인간의 가치 있는 삶이란 무엇이며, 어떻게 살아가야 하며, 죽으면 어디로 가는가? 세상만사를 사유하면 할수록 호수에 파문이 일듯 끝없는 번뇌와 의문이 생긴다. 이런 현상들에 대한 답은 쉽사리 찾을 수 없었지만 그래도 내 생각을 정리할 수는 있었다.

이 모든 것을 찾기 위하여 자연의 숨소리를 들어보고 최고의 고요에서 명상과 사색을 하여도 뚜렷한 영감은 떠오르지 않는다. 영감으로 해결될 문제는 아닌데 그래서 더 탐구해보았다. 나름대로 차선의 답을 찾기 위해 선각자들의 사유를 들척이고 인터넷이나 서적을 통해 다른 사람들의 생각을 엿보기도 했다. 그러다 보니 우주, 자연과학, 인간학, 사회, 국가, 윤리, 철학, 종교, 예술, 심지어 무속신앙 등 걸리는 것이 한둘이 아니었다.

이리저리 헤매다보니 자연의 위대함과 오묘한 이치를 생각하게 되고, 인간 본성의 문을 열고 들어가 보고 싶기도 하며, 확인할 수 없는 미지의 세계까지 관심을 갖게 되었다. 내가 살아온 날들을 회상하며 유년시절로 돌아가 보기도 했다. 의심나는 곳은 어디나 기웃거렸다. 멀리 있는 것은 망원경으로, 미세한 것은 현미경으로 관찰해보았으나 내가 지닌 프리즘의 성능이 보잘것없어서 식별하고 판단하기가 어려웠다.

무엇보다 의문이 많아 묻고는 싶은데 누구에게 물어야 할지 답답하고 막막했다. 세상에는 많은 사람들이 함께 살아가지만 정작 필요한 사람은 내 옆에 없으니 참 고독할 따름이다. 주로 사색하고 한 번 더 생각하며 앞서 간 사람들의 정신을 되새겨보며 교감을 갖게 되었다.

그러나 아직도 끝없는 의문이 일고 번민하지만 뚜렷한 답이 없기에 그동안의 생각을 마무리할 수밖에 없었다. 하나 얻은 것이 있다면 자연은 다가가면 갈수록 신비로움으로 다가오고 사람은 만나면 만날수록 인생의 소중함을 일깨워준다. 또 하나 터득한 것은 무심하게 흐르는 세월 따라

유유자적하는 삶도 나쁘지 않지만, 우리가 사는 자연과 인간을 아우르고 다시 돌아가야 하는 우주를 한번 생각해보고 살아가는 것이 더 의미 있지는 않을까.

이 책은 평범한 인간으로서 철학자 데카르트의 "나는 생각한다. 고로 존재한다"는 명제를 흉내 낸 것에 지나지 않는다. 인간은 다른 동물과 구별되는 사유의 동물이기에 행여 나와 같이 고민하는 사람들이 있다면 그들과 생각을 공유하고 싶다. 그리고 나는 신을 존경하고 인간을 사랑하는 구도의 길을 가지 못한 아쉬움이 남아있어 때로는 마음이란 녀석이 오락가락하여 혼란한 적도 있었다. 결국 때 묻은 삶을 살아오며 내가 보고 느낀 것을 바탕으로 하여 쓴 것이니, 내용이 거슬리고 편협한 생각이나 잘못된 표현이 있더라도 너그럽게 보아주시면 고마울 따름이다.

2010년 11월
김정호

차례

제2장 끝없는 욕망 너머 고귀한 인간

제3장 아름답고 가치 있는 삶

제4장 다시 돌아가는 무한 우주

제1장

신비롭고 위대한 자연

별빛 고운 밤

밤하늘에 금가루를 뿌려놓은 듯 별이 하염없이 쏟아진다. 바람이 불고 구름이 가리어도 별은 동무가 그리워 한적한 초가마을로 내려온다. 골목에서 분주히 뛰어놀던 아이들은 놀이에 지쳐 이마의 땀을 훔치며 별빛하늘을 힐끗 쳐다본다. 별들도 유난히 반짝이며 윙크한다.

한 아이가 유심히 별을 본다. 나뭇가지에도 별이 걸려 있네. 바람아, 별이 달아나게 불어라. 밤하늘에는 웬 별이 저리도 많을까. 별빛은 어디쯤에서 오는 걸까. 별은 세고 또 세어도 끝이 없네. 은하수가 부옇게 시냇물되어 흐른다. 아기별이 엄마별을 보며 까르르 웃는다. 그리운 별님의 나라에 가보고 싶다.

아주 먼 옛날부터 사람들은 밤하늘의 별을 보며 신비로움에 싸여 미지의 세계를 동경해왔다. 저 별들이 있는 곳에는 어떠한 세상이 있을까? 우리와 같은 인간이 살고 있지는 않을까? 인간이 죽으면 가는 세상일까? 등등 나름대로 아름다운 꿈을 꾸었으리라. 언제 어디서나 밤하늘에 빛나는 별을 보노라면 누구나 마음은 동심의 세계로 돌아간다.

어린 시절 나는 동무들과 산과 들로 다니며 자연을 벗 삼아 자랐다. 산꼭대기에 오르면 멀리 보이는 저 산 너머에는 무엇이 있을까 무지 궁금했다. 밤이면 아이들은 어김없이 삼삼오오 모였다. 여름에는 서리하고 겨울에는 추운 줄도 모르고 놀다 지치면 뒷산 무덤가에 누워 총총히 빛나는 별을 바라보았다. 불현듯 다가오는 미지의 세계를 동경하기도 했다. 보름달이 떠오르면 밝게 비춰주는 달빛의 고마움을 느끼면서 한없는 그리움의 세계로 빠져들었다. 또한 달이 해 다음으로 크고 신령스러운 존재로 우리의 몸과 마음을 보고 있는 줄 알았다.

천문과학이 발달하여 우주선이 달을 탐사한 지도 어언 40여 년이 지났다. 별의 실체를 대략 알면서도 밤하늘에 빛나는 무수한 별을 보면 별들은 신비로움을 넘어 신령스럽다. 어린 시절보다 별이 많이 사라진 것 같아 아쉽지만 그것은 나의 동심이 세상만사에 물들고 찌들어서 그럴 게다. 가끔 거실 창가에 누워 비스듬히 밤하늘의 별을 보며, 육안으로 보는 별보다 마음속에 그려지는 별을 생각하며 잠이 들곤 한다.

나는 별이 일곱 개나 있는 칠성부대 GOP 철책에서 복무한 적이 있다. 날씨가 맑으면 철책의 밤하늘은 선명한 별빛으로 수를 놓는다. 가장 쉽게 눈에 띄는 별은 우리가 잘 알고 있는 큰곰자리인 북두칠성이다. 국자라고 부르던 북두칠성은 어릴 적 할머니의 옛이야기에서 견우직녀 다음으로 들어본 전설이 생각나는 별이다. 무더운 여름이 가고 서늘한 가을이 되면 초소에서 바라보는 밤하늘의 별들은 유난히 빛난다. 북극성을 기준으로 북두칠성, 그 맞은편에 W자 모양의 카시오페이아가 있다. 북두칠성과 카시오페이아의 위치만 보아도 시각을 짐작할 수 있었다. 함께 근무하던 전우들에게 잘 알지도 못하면서 별자리를 설명해주던, 투광등도 졸고 있는 그 밤을 지새우던 때가 그립기도 하다.

지금도 가끔 밤하늘의 별을 보면 어린 시절의 꿈이 되살아난다. 별을 관찰하며 탐구하는 천문학자가 되고 싶었던 그 꿈을 아직도 간직하고 있으니 말이다. 아니 별들과 동무되어 저 별은 나의 별, 네 별 또한 옆에 있다고 밤하늘을 지키는 별밤지기가 되고 싶다.

밤하늘에는 별이 무수히 많다. 육안으로 확인할 수 있는 별만도 수천 개가 넘는다. 별들이 작은 점으로 보이는 것은 거리가 멀기 때문이다. 별까지의 거리는 빛이 1년 동안 가는 거리인 광년으로 표시한다. 지구에서 가장 가까운 별까지의 거리는 얼마나 될까? 지구에서 가장 가까운 별은 낮에 보이는 태양이며, 그 거리는 약 1억 5,000만km나 된다. 이 거리는 우주에서는 극히 짧은 것이다. 밤하늘의 별들 중 가까운 거리에 있는 별은 지구에서 4.2광년 떨어져 있는 켄타우루스자리의 프록시마라는 별이다.

우주에는 얼마나 많은 별이 있을까? 밤하늘에 빛나는 무수한 별을 보면서 우리는 우주에 대한 동경과 상상을 한다. 우리 눈에 보이는 별들은 실제 우주에 존재하는 별들에 비하면 엄청나게 적은 숫자다. 우주에는 우리가 헤아릴 수 없을 정도로 많은 별이 있는데, 우리 육안으로 볼 수 있는 별은 6,000개 정도라고 한다.

그러면 우리가 맨눈으로 볼 수 있는 별까지의 거리는 얼마나 될까? 사실 몇 킬로미터만 떨어져 있어도 그것을 알아볼 수 없다. 그러나 별은 수십, 수백 광년 저 너머에 있는 것이다. 맨눈으로 볼 수 있는 천체 중에서 가장 멀리 있는 것이 지구에서 약 2백만 광년 떨어진 안드로메다은하이다. 맨눈으로 볼 수 있는 거리의 한계가 2백만 광년이 되는 셈이다. 아, 지금 보이는 저 별이 2백만 광년 전의 별빛이라니 무척 놀랍다. 한편으로 생각하면 그 별은 이미 사라져 지금은 존재하지 않을 수도 있다.

밤하늘에 빛나는 별들의 색깔은 얼핏 보기에는 모두 흰색인 것 같다. 그러나 자세히 보면 다른 색깔을 가지고 있는 별도 많다. 별빛이 다른 것은 별의 온도가 다르기 때문이다. 별들 중에서도 붉은색 별보다 오렌지색 별이, 오렌지색 별보다 백색별이 고온이다.

가만히 별을 바라보고 있으면 별들은 계속해서 반짝인다. 별이 반짝이는 것은 별빛이 지구의 대기를 통과하면서 산란을 일으키기 때문이다. 지평선에 가까운 별일수록 더 많은 대기를 통과하기에 산란의 정도가 심하다. 바람이 부는 등 대기 상태가 불안정할 때는 더욱 반짝인다.

밤하늘에서 떨어지는 별똥별은 보는 이의 흥미를 유발한다. 그리 멀지 않은 시절, 시골에서 자란 사람이면 누구나 유성이 떨어지면 성호를 긋고 소원을 빌어본 기억이 떠오를 것이다. 유성은 우주에 떠다니는 여러 물질이 지구 대기에 충돌하여 타버리기 때문에 생겨난다. 이러한 물질 알갱이들은 불규칙하게 태양 주위를 돌고 있는데 그들 중 상당 부분은 태양 주위를 도는 혜성들이 뿌려놓은 찌꺼기들이다.

별자리에는 어김없이 전설이나 신화가 있다. 그리스 로마신화가 대표적이며 신의 세계를 간접적으로 인간에게 알려주는 것 같다. 고대의 사람들이 별과 우주를 어떻게 생각했는지에 따라 그 나라의 문화를 엿볼 수 있다.

고대 인도인들은 "세계는 둥그런 구면이고 계속 아래로 내려간다. 세계를 떠받치고 있는 것은 네 마리의 코끼리다. 거북은 힘의 상징이고 뱀은 불멸의 상징이다. 태양이나 달이 높이 솟은 수미산 주위를 돈다"고 생각했다. 고대 이집트인들은 "아래에는 대지의 신이 누워 있고 하늘에는 별을 아로새긴 하늘신이 엎드려 있다. 태양신은 하늘신 위를 흐르는 강을 따라 배를 타고 지나간다. 하늘신 위를 오를 때가 아침이고 내려갈 때가 저녁"이라고 생각했다.

과학이 발달한 오늘날에도 우리는 별점을 본다. 물론 재미로 보는 것이지만 당신의 별점은 어느 별자리에 해당하는가. 하늘에서 태양이 일 년을 통하여 지나가는 길을 황도라 한다. 태양은 항상 황도의 선을 따라 이동하나, 태양계의 다른 천체들은 황도를 중심으로 황도대라고 불리는 일정한 범위 내에서 움직이게 된다. 황도대는 황도의 남북으로 8도씩 16의 너비를 가진 고리이다. 황도대를 열두 개의 똑같은 부분으로 나누면 길이가 30도인 장방형이 된다. 점성술에서도 황도대를 이렇게 나누어 황도 12궁이라는 별자리의 특징에 따라 점을 치고 있다. 황도 12궁은 양, 황소, 쌍둥이, 게, 사자, 처녀, 천칭, 전갈, 궁수, 염소, 물병 그리고 물고기자리이다. 태어난 달의 날짜를 기준으로 자신에게 해당되는 별점을 보면 신기하게도 맞는 것 같다.

어린 시절부터 내가 궁금해 한 것은 하늘의 많은 별 속에 우리 인간과 유사한 지능을 가진 우주인이 존재하느냐이다. 인간이 우주를 알게 되면서 오래된 의문 중의 하나가 우주인의 존재 여부가 아니겠는가. 그러나 실제 우주인이 존재한다는 확실한 증거는 아직 발견되지 않고 있다. 가끔 나타났다는 미확인 비행물체를 보았다고 하는 사람이 있지만, UFO가 존재한다면 우주인이 타고 있거나 우주인과 관계가 있지 않을까. UFO의 주인이 우주인이라면 우주인은 우리 인간보다 지능이 높고 문명이 더 발달된 세계에 산다고 봐야 하지 않을까.

우리 은하의 수많은 별 가운데 우리와 비슷한 지능과 문명을 가진 우주인이 과연 존재할까? 지적 생물이 존재할 수 있는 물리적 환경은 행성에서만 가능하다. 항성은 온도가 높고 중력이 크기에 생물이 존재하기는 불가능하다. 이런 환경을 가진 행성에서도 우리와 같은 우주통신이 가능한 지적 생물이 존재해야만 확인이 가능하다.

낙엽이 지는 계절이 오면 밤하늘에는 적막감을 주는 별자리들이 높이 떠오른다. 그들 중에서 가장 넓은 공간을 차지하고 있는 쓸쓸한 별자리가 고래자리이다. 어두운 가을하늘에 희미한 별들이 모여 만드는 커다란 별자리는 어딘가 모르게 황량하고 외로워 보인다. 그렇지만 고래자리는 여러 가지 이유로 우리의 관심을 끄는 흥미 있는 별자리이다.

고래의 꼬리 부분에 위치한 타우별은 지구에서 약 11광년 떨어져 있는 별로, 그 주위에 지구와 같은 행성이 돌고 있을 것으로 추정하고 있다. 물론 이곳에 생명체가 살고 있는지는 확인할 수 없지만 1960년에 이곳에 전파를 보내 우주통신을 시도한 바 있다. 이것이 오즈마 계획이다.

오즈마 계획은 고등 외계생명체가 태양계로 신호를 보내고 있다는 가정 하에 이 신호를 포착하려는 것이다. 그러나 4개월 동안의 전파수신에도 불구하고 이 별들로부터는 어떤 특이한 전파를 포착하지 못하여 계획이 재검토되었다. 만일 생명체가 있더라도 우리의 전파신호를 수신하고 그것을 분석할 수 있는 정도의 지능을 가지고 있지 않다면 답신은 불가능한 일이다. 우리도 우주에 전파를 보내고 우주선을 띄울 정도의 문명을 가진 것이 불과 수십 년밖에 안 되었으니까.

1973년부터 1976년까지 제2의 오즈마 계획이 실시되어 태양계 가까이에 있는 650여 개의 별에 초점을 맞추어 이 별들에서 보내고 있을지도 모르는 전파를 수신하려고 시도했다. 그러나 이 계획에서도 별다른 신호를 포착하지 못했다.

우주에는 과연 인간 이외에 지능을 가진 또 다른 생명체가 살고 있을까? 살고 있다면 아니 살고 있기를 바라면서 오늘도 밤하늘의 별을 보며 상상해본다. 어두운 밤일수록 밤하늘의 별들은 더욱 빛난다. 인간이 별을 보며 그리워하는 것은 가장 멀리 아득히 오래된 궁극적인 것을 찾기 위한 꿈이 아닐는지.

우주의 양태 별

우주는 무한하다. 무한 허공인 우주는 한 줄기 빛과 함께 시공간이 시작되었다. 어쨌든 간에 시작이 있었다고 하면 그것은 우주 대폭발인 빅뱅이다. 이때부터 시간이 시작되었고 우주는 점점 커져갔다. 아주 작은 원자들이 우주로 퍼져 나가 서로 뭉치고 덩어리지면서 점점 커져 성운이 되었다. 이런 과정을 거쳐 별이 탄생한 것이다. 이렇게 탄생한 수많은 별이 커다란 성운 속에서 소용돌이치며 은하가 되었다.

세상의 모든 물질은 원자로 구성되며, 더 이상 쪼갤 수 없는 단위가 원자다. 원자끼리 세게 충돌하면 서로 뭉쳐서 더 큰 원자가 되고 이때 원자에서 아주 작은 빛이 나오는데 이것이 광자다. 광자는 태양과 별에서는 원자끼리 서로 충돌할 때, 전등에서는 필라멘트가 빛을 낼 때 만들어진다. 이렇게 만들어진 광자가 우리 눈으로 들어와 사물을 볼 수 있는 것이다.

우주에는 원자와 광자 외에도 다른 미립자들과 여러 종류의 힘이 존재한다. 그 중에서도 아주 중요한 힘이 중력이다. 만유인력과 물체의 구심력이라고 하는 중력이 있어서 원자들도 서로를 끌어당긴다. 중력의 세기는 별마다 다르지만 중력이 있어서 별들은 지구가 공기 등을 보유하고 있는 것과 같이 자신을 유지한다.

별은 우주에 있는 커다란 성운에서 태어났다. 이 성운을 구성하는 가스는 공기보다 훨씬 가벼우며 주로 수소가 들어 있다. 수소는 우주에 존재하는 물질 중에서 작고 흔한 원자다. 수소가 들어 있는 성운이 중력 때문에 서로 끌어당기면서 뭉치고 있다. 성운 뭉치가 점점 강하게 압축되면 수소가 받는 압력도 점점 세지면서 온도가 올라간다. 수소는 엄청난 압력과 뜨거운 온도를 견디지 못하고 서로 충돌하여 합쳐지게 되는데, 그 결과 수소보다 조금 더 큰 헬륨으로 변한다. 이때 한줄기 빛이 발생하는데 이것이 광자다. 이렇게 수소가 충돌하면서 성운은 온도가 수백만 도까지 올라갔고 이때 발생한 광자로 아주 밝아졌다.

성운 뭉치는 밝게 빛나는 공처럼 생겼는데 그 표면 온도가 수천 도나 된다. 높은 온도 때문에 수소의 움직임이 아주 활발해져서 수소는 더 이상 중력의 영향을 받지 않게 되어 마침내 공 모양의 성운 뭉치가 별이 된다. 이렇게 만들어진 별의 중심에는 수소가 엄청나게 많아서 별이 계속 아주 오래 빛을 낼 수 있다.

별의 크기는 아주 다양하여 별 안에 있는 가스양이나 밝기로 구분된다고 볼 수 있다.

난쟁이 별인 왜성은 가스양이 적으며 태양의 10분의 1 정도밖에 안 된다. 그래서 왜성이 중심에서 받는 압력은 그다지 높지 않고, 수소도 세게 충돌하지 않아서 빛의 밝기도 약한 편이다. 왜성은 빛이 약하고 온도가 낮으며 붉은색을 띠고 있어 표면 온도도 3,000도밖에 안 된다. 하지만 왜성은 수소를 아주 천천히 소비해서 1,000억 년 동안이나 빛을 뿜어낼 수 있다고 한다.

초거성은 어마하게 큰 별이라 태양보다 열 배 이상 많은 가스가 들어 있다. 그래서 그만큼 별 중심에서 받는 압력도 높다. 초거성은 청백색을 띠고 표면 온도가 10,000도가 넘어 빛을 강하게 뿜어내기 때문에 1억 년만 지나면 수소가 다 타서 없어지게 된다.

거성은 초거성과 왜성의 중간 밝기에 해당하는데 태양이 거성에 속한다. 거성은 중심에서 받는 압력이나 빛의 밝기도 중간 정도라서 황백색을 띠고 있다. 표면 온도 역시 중간 수준인 6,000도 정도로, 100억 년 정도 빛을 낼 수 있다.

우리는 지구와 태양의 나이가 대략 수십억 년에 이른다는 것을 알고 있다. 우주의 한곳에 모여 있던 물질들이 서로 소용돌이치며 응축되어 태양이라는 별을 만들고 지구와 그 밖의 행성들을 만든 것이다.

그러면 과연 거대한 우주는 지금으로부터 대략 얼마 전에 만들어졌을까? 우주의 시작으로 가장 확실하다고 여겨지는 이론이 대폭발인 Big Bang이다. 어째서 그와 같은 대폭발이 일어났는지는 확실히 알 수 없는 불가사의다. 어느 순간 우주에 존재하는 모든 물질과 에너지가 한곳에 고밀도로 응축되어 있다가 거대한 폭발과 더불어 지금까지 계속 팽창하고 있다고 한다. 그 팽창하는 속도를 역으로 하여 우주의 시작이 추정된다. 약 1백억 년 전의 일이다.

누구나 우주는 무한하다고 생각한다. 어느 순간 한 점에서 시작한 우주는 1백억 년 이상 팽창하면서 그 크기가 상상할 수 없을 정도로 커졌다. 1929년 천문학자 허블은 은하의 팽창속도(후퇴속도)가 그 거리에 비례한다는 것을 밝혀냈다. 이 이론에 의하여 계산된 우주의 크기가 허블반경이다. 전파망원경으로 관측된 바에 의하면 약 60억 광년의 거리에 빛의 2분의 1 속도로 멀어지는 은하가 있다고 한다. 이 관측이 옳고 또한 허블의 법칙이 맞는다고 한다면 120광년 떨어져 있는 은하는 빛과 같은 속도로 팽창하고 있을 것이다.

사람들은 밤하늘이 어두운 것에 대해 당연하게 여긴다. 이것에 의문을 제기하는 사람이 있다면 아마 이상한 사람으로 생각할 것이다. 대부분의 사람들은 밤에는 해가 없기 때문에 어둡다고 할 것이다. 그러나 태양보다 밝은 별들이 무수히 많은 밤하늘이 어둡다는 것은 한번쯤 의문을 가져볼 문제다. 하늘에는 많은 별이 있고 그 별들이 각자 빛을 내고 있는데도 밤하늘이 어두운 것은 우주가 팽창하기 때문이다. 후퇴하고 있는 별에서 내는 빛은 정지해 있는 별에서 나오는 빛보다 어둡게 전달되고, 후퇴속도가 빛의 속도 이상인 별의 빛은 우리에게 다가오지 않는다. 따라서 우주의 밀도가 일정하다고 해도 거리가 멀어지면 하늘은 어둡기 마련이다.

우리 은하에서 가장 중요한 태양계는 어떻게 구성되며 크기는 얼마나 될까? 태양계란 태양의 인력에 의해서 여러 천체가 태양 주위를 돌고 있는 하나의 작은 우주를 말한다. 지구를 포함해서 지금까지 알려진 여덟 개의 행성이 있고 이 외에도 소행성과 혜성 등 많은 유성물질이 이 속에 들어 있다. 지구에서 태양까지의 거리는 대략 1억 5천만km이다. 행성들이 돌고 있는 궤도만을 따진다면 태양으로부터 약 60억 km 떨어진 우주 공간까지가 태양계이다. 그러나 실제로 혜성이나 우주 먼지들이 만드는 엷은 구름의 띠는 아마 이보다도 4,000배나 더 멀리까지 뻗어 있을 것으로 학자들은 추정하고 있다.

지구와 가장 밀접한 관계에 있는 거성인 태양의 일생은 어떠할까? 태양은 약 50억 년 전쯤 우주에 있던 한 성운으로, 압박하면서 폭발하던 초신성이었다. 이때부터 태양은 수소를 먹으면서 빛을 내기 시작했다. 태양 옆에는 지구, 행성, 위성 등이 하나둘 생겨났다. 50억 년이 지난 지금도 수소를 먹으면서 빛을 내고 있다. 앞으로도 50억 년 동안은 수소를 먹으면서 지금과 같이 빛을 낼 것이다.

그러나 태양도 50억 년 뒤의 모습은 붉어지면서 크게 부풀어 올라 노쇠한 별인 적색거성이 될 것이다. 태양과 모든 별의 한가운데에 있는 수소는 언젠가는 다 타서 없어지게 되고 수소가 헬륨으로 바뀌어 헬륨을 다 써버리면 백색왜성으로 변하고 가스를 내뿜으며 마지막 숨을 거둘 것이다.

결국 태양의 일생은 끝이 난다. 이런 식으로 모든 별의 일생은 변하고 있는 것이다. 우리의 희망인 태양이 이렇게 초라하게 죽는다고 생각하니 참 슬프다. 태양의 빛을 받아 끊임없이 변화하며 살아가야 하는 뭇 생명들이 정말 불쌍하다.

나는 태양의 일생에 관한 이야기를 처음 접하였을 때 한동안 밥맛을 잃었다. 누군가로부터 한 대 얻어맞은 기분으로 멍하여 세상 살맛이 안 났다. 너무 슬프고 우울했다. 몇 날이 지난 후에 곰곰이 생각해보니 사실이 학설이나 이론이 틀릴 수도 있고 맞는다고 해도 50억 년의 세월은 영겁이나 다름없지 않는가. 태양이 사라지기 전에 무엇이나 할 수 있다는 인간의 오만으로 인해 지구가 먼저 멸망할 수 있다는 것을 먼저 걱정해야 될 것 같다.

어쨌든 우주는 시작도 끝도 없다. 태초에 우주 허공에서 우주란의 대폭발로 우주가 팽창하여 시공간이 시작되고 별들이 생겨나 우주는 끊임없이 변화하고 있을 뿐이다.

살아 있는 지구

생명이 존재할 수 있는 완벽한 조건을 갖춘 행성 지구는 약 45억 년 전에 탄생했다. 최초의 지구는 황량하고 척박한 상태였으며 변화를 거듭하여 수많은 생명체가 살아가는 축복받은 땅이 되었다. 만유인력에 의한 자전과 공전 외에는 움직임이 없는 것 같아도 지구는 땅속에서 쉬지 않고 용광로를 가동하며 지각이 이동하는 살아 있는 거대한 생명체다.

높은 산이나 해변에서 볼 수 있는 끝없이 이어진 산맥과 거대한 바다는 바람에 나무가 흔들리고 파도가 일 뿐 특별한 변화가 없는 것 같다. 때때로 발생하는 지진과 해일은 자연현상으로 나타났다가 사라지는 것으로 단순히 생각할 수도 있다. 이 땅 위에 서식하는 동식물이 지구의 움직임을 느끼는지에 상관없이 지구 내부는 이 시각에도 지속적으로 움직이고 있다.

땅 위의 암석들을 살펴보면 저마다 사연을 갖고 있다. 암석은 형성될 당시의 지구가 어떤 모습이었는지를 말해준다. 지금과는 전혀 달랐을 과거의 기후와 환경에 대한 증거가 암석에 남아 있다. 해발 8천 미터가 넘는 에베레스트 정상 근처에는 고대 해저에서 형성된 조개화석들을 볼 수 있다. 북극의 어느 지역 암석들에는 따뜻하고 습한 식물과 물고기 화석들이 발견된다. 온대 생물들의 화석이 극한의 고도나 위도에서 발견되는 사실을 보면 지구가 얼마나 큰 변화를 겪어왔는지 알 수 있다.

움직이는 땅 전체를 살펴보면 놀라운 것이 한둘이 아니다. 땅 표면은 팽창하고 수축하며 바다는 오르내리고 대륙 자체도 움직인다. 지각 판들은 단층운동을 하면서 지각을 파열시켜 지진과 진동을 낳는다. 지각은 수 킬로미터 지하에서 일어나는 지각 판들의 움직임과 상호작용에 의해 지배된다.

지구는 핵, 맨틀, 지각으로 이루어져 있다. 핵은 다시 외핵과 내핵으로 나누어진다. 외핵은 지진파 중 P파는 전달하나 S파는 전달하지 않으므로 액체이다. 그러나 내핵에서는 P파의 속도가 약 10% 빨라진다는 사실에서 내핵은 고체로 추정된다. 지표에서 볼 때 외핵은 깊이 2,900km부터 5,100km까지의 부분을 말하고, 내핵은 5,100km에서 지구 중심인 약 6,400km까지의 부분을 가리킨다.

맨틀이 어떻게 대류를 하는지 우리 눈으로 직접 볼 수는 없지만 확실한 것은 지구 내부의 열로 인해 맨틀은 대류하고 판은 움직이며 지각운동을 한다는 사실이다. 지각은 지구의 표면을 둘러싸고 있는 부분으로 토양과 암석으로 이루어진다. 지구의 내부구조를 층으로 구분했을 때 가장 바깥쪽의 표면을 구성하는 부분은 지표부터 모호로비치치불연속면까지이다. 지각은 대륙지각과 해양지각으로 나눈다. 두 지각의 밀도 차이로 인해 밀도가 큰 해양지각이 상대적으로 밀도가 작은 대륙지각 아래로 내려가 해구가 형성된다. 그리고 지진파의 속도차로 상부지각과 하부지각으로 나누기도 한다.

지구 내부를 직접 조사하는 것은 불가능하다. 아프리카 지역에 있는 세계에서 가장 깊은 광산은 암석권 속으로 3.5km를 내려간다. 지금까지 인간이 지구 속으로 시추해 내려간 가장 깊은 시추코어는 러시아의 콜라 반도에서 굴착된 지표면 아래 12.26km로부터 회수되었다. 그 지점으로부터 지구 중심까지는 온통 미지의 영역이다. 우리가 할 수 있는 것은 지구의 무게, 밀도, 지진파 탐사 등 제한적인 정보로부터 그 아래에 존재하는 것을 추론하는 일뿐이다.

대양과 산맥은 지질학적 토대가 빚어낸 산물이다. 지구라는 모자이크에 끼워진 지각 판들의 배열에 불과하다. 지각 판들이 움직이면 모든 것들이 재배치될 것이다. 지구 입장에서 보면 인류는 바다가 낮아지고 기후가 비교적 온화한 시기에 나타난 하찮은 존재에 불과하다. 지금 있는 땅과 바다의 배열은 언젠가는 변할 것이다.

모든 증거는 땅에 있다. 해변에 있는 자갈 하나조차 수억 년 전에 사라진 그 바다와 관련이 있을 것이다. 지금은 그 옛 해저 위를 또 다른 바다가 뒤덮고 있다. 그 바다는 예전에 땅속에서 새롭게 벼려졌던 암석들을 다듬고 있다. 과거에 대규모 사태가 일어났던 해안선은 한때 삼엽충들이 위태롭게 달라붙어 있던 무너져 내린 화산암들이 뒤덮여 있는 곳도 있다.

지구가 탄생한 후 역사는 여러 가지 기준으로 묶일 수 있다. 각 시대는 지질학이나 고생물학에서의 대량 멸종 등 주요 사건을 기준으로 나뉜다. 예컨대 백악기와 팔레오기는 공룡의 멸종을 기준으로 나뉜다. 지질시대는 지각이 형성된 이후부터 역사시대 이전까지의 지구의 역사를 말한다. 지질시대는 지층 속에 있는 동물의 화석을 기초로 시대 구분을 하며 그 절대 연도는 방사성 동위원소로 측정한다. 지질시대는 선캄브리아대, 고생대, 중생대, 신생대로 크게 나뉘며, 각 대는 다시 기, 세, 절로 세분된다.

남미의 동부 해안선과 아프리카의 서부 해안선이 잘 들어맞는 현상은 과거부터 하나의 수수께끼로 제시되어 왔다. 지질학자인 알프레드 베게너는 이에 대한 설명으로서 현재 지구의 지각은 약 2억 년 전에 '판게아'라는 하나의 초대륙으로부터 갈라져 나왔다는 가설을 제시하였다. 이러한 대륙이동설이 원동력이 되어 1960년대 후반에 등장한 판구조이론은 현재까지 가장 성공적인 지구물리학이론 가운데 하나로 인정받고 있다.

지질시대에 일어난 지각변동을 살펴보면 가장 새로운 습곡산맥은 알프스-히말라야 산맥과 환태평양조산대이고, 고생대에서 중생대에 걸쳐 형성된 산맥에는 칼레도니아 산맥, 바리스칸 산맥, 우랄 산맥, 톈산 산맥, 쿤룬 산맥, 애팔래치아 산맥 등이 있다. 이들은 모두 습곡산맥으로서 판구조운동에 의한 지각변동에 따라 형성된 것이다. 우리나라에서는 중생대의 송림변동과 대보조산운동에 의하여 이루어진 차령산맥, 소백산맥, 옥천습곡대 등이 대표적인 것이다.

어떤 지질학자들은 히말라야 산맥이 5천만 년 전까지만 해도 적도의 뜨거운 햇빛 속에 지금은 사라진 바다 위에 떠 있던 섬들이라고 주장한다. 인도와 아시아 대륙의 지각이 충돌을 일으켜 지금의 파키스탄 북부 지역에 섬들이 올라앉게 된 것이다. 지금도 아시아와 인도 판의 충돌은 계속되고 있는 현상으로 인도아대륙이 아시아판 밑을 파고들면서 티베트 고원을 들어 올리는 역할을 하고 있다고 한다.

지구가 움직이고 이동하여 만들어낸 산맥, 해안선은 수억 년의 장구한 세월에 비바람에 씻기고 다듬어져 인간이 창조할 수 없는 아름다움을 간직하고 있다. KBS에서 방영하는 〈영상앨범 산〉을 보는 것도 무지 신비하고 경이로운데 직접 대면하면 얼마나 황홀할까? 그렇지만 축복받은 지구도 마냥 멋진 것만 있는 것이 아니다. 예측할 수 없이 일어나는 화산이나 지진은 인간에게 재앙을 주는 위협적인 현상임에는 틀림없다. 이 또한 신이 관여한다고 볼 수 없기에 더욱 그러하다.

베수비오 화산은 폼페이 주변에 있다. 화산폭발로 인해 매우 부유한 도시였던 폼페이는 화산재 속에 묻히게 되었다. 그런데 화산재는 도시를 그대로 보존시켰다. 공포 속에서 죽어간 사람들에게는 애석함이 그지없지만 그 당시 생성된 화석은 화산폭발 당시를 생생하게 보여준다. 지구의 움직임은 예측할 수 없는 변화를 초래하여 인류에게 위험을 주는 대상이다. 그러나 이러한 움직임이 있어 후세 사람들은 지구의 역사를 알 수 있지 않겠는가.

화산은 땅속 깊은 곳에서 생성된 마그마가 벌어진 지각의 틈을 통하여 지표 밖으로 나올 때 휘발하기 쉬운 성분은 화산가스가 되고 나머지는 용암이나 화산쇄설물로 분출하여 만들어진 산을 말한다. 화산활동으로 인해 현무암, 안산암, 반려암, 섬록암, 화강암, 규암 등이 생긴다. 화산활동은 인명 피해, 자연훼손, 기상이변 등의 피해가 있지만 온천개발과 같은 이로운 점도 있다.

지진은 지구 내부의 에너지가 지표로 나와 땅이 갈라지며 흔들리는 현상이다. 대부분의 지진은 오랜 기간에 걸쳐 대륙의 이동, 해저의 확장, 산맥의 형성 등에 작용하는 지구 내부의 커다란 힘에 의하여 발생된다.

오늘도 지구는 자전과 공전을 하며 쉼 없이 움직인다. 더불어 보이지 않는 지각도 변화를 거듭하고 있다. 해양과 대륙이 뒤바뀐다 해도 그 기간이 무한하기에 그리 고민할 것까지는 없다. 해양과 대륙이 대자연의 섭리와 음양의 조화에 의해 서로 사랑하기 때문에 그렇게 된다고 생각하면 마음이 편하지 않겠는가. 우리는 하나뿐인 지구를 잘 보존하고 더 사랑해야 한다.

태초에는 대륙들이 흩어져 있었다. 판구조론은 판게아시대에서 시작되었다고만 할 수 없다. 그 이전부터 대륙들은 한가롭게 지구 전체를 계속 느릿느릿 움직이고 있었을 것이다. 그리고 앞으로도 계속 아주 느리게 움직이고 있을 뿐이다.

생명의 시작과 진화

봄이 되면 초록으로 대지를 물들이는 풀잎은 어디에서 오는 걸까. 하늘을 나는 새들은 어떻게 생겨났는가. 호수와 바다에서 일생을 보내는 물고기는 언제부터 있었을까. 지구상에 존재하는 뭇 생명들의 삶이 더불어 살아가는 모습이 그저 신비하다. 이 땅에 인류가 탄생하기까지 억만 년의 세월이 흐르고 진화를 거듭한 생명의 법칙이 궁금하다.

생명은 어디에서 어떻게 생겨났는가? 땅속, 물속에서 무수히 생겼다가 사라지는 미생물에서 만물의 영장인 인류까지 생각하면 할수록 경이롭다. 이 땅에 서식하는 다양한 종의 생명탄생을 상상해보는 것만으로도 흥미롭지 않겠는가. 초등학교 시절에 어렴풋이 배웠던 생명은 어류에서 양서류, 파충류, 조류, 포유류 그리고 인간으로 진화했다는 이야기를 더듬어 가보고 싶다.

이 세상 최초의 생명체는 무엇이었을까? 어떤 사람들은 생명체가 우주에서 운석을 타고 지구로 날아왔을 거라고 하고, 대부분의 과학자는 생명체가 지구에서 처음 생겨났을 거라고 믿고 있다. 그 당시 지구는 생명체가 살기에는 환경이 열악했지만 최초의 생명체는 아주 작고 혼자였을 것이다.

생명의 기원은 생명요소로서 생명의 정기인 햇볕, 생명의 숨인 공기, 생명의 피인 물 그리고 생명의 살인 흙에서 시작되었다. 생명의 네 요소가 어우러져 무형생명에서 유형생명이 탄생하여 끊임없이 진화했을 것이다.

최초의 생명체는 아마도 물속에서 주변에 있는 작은 물질을 먹고 살았을 것이다. 생명체는 몸이 점점 커지니까 몸을 나누어 둘이 되고, 다시 네 개, 여덟 개가 되고 이런 식으로 자기 몸을 스스로 나누어 갔다. 나누어진 생명체들은 서로 삼키고 섞였다가 다시 나누어 새로운 생명체가 되어 온 지구는 생명체가 우글거리게 되었다. 생명체는 수를 계속 늘려갔으며, 그러한 시간들이 족히 수십억 년은 되었을 것이다.

생명체는 오랜 세월 동안 단세포로 살았으며, 어떤 세포들은 엽록소라는 물질로 인해 초록색으로 변했다. 엽록소, 햇빛, 물, 이산화탄소가 만나 산소가 생겨났으며, 산소는 동물이 살아갈 수 있는 환경을 만들어주었다. 초록색 세포들은 나중에 다른 세포들과 만나서 풀과 나무가 되었다.

또한 어떤 세포는 몸에 섬모라는 꼬리가 생기고 이를 움직여서 먹이를 찾을 수 있게 되었다. 세포는 몇 세대가 지나면서 세포덩어리가 생겨났고 그러다가 서서히 많은 세포가 모인 군체가 되었다. 이렇게 해서 여러 세포로 된 동물이 생긴 것이다. 연충류에서 인류까지 모든 동물은 여러 세포로 이루어져 있다.

연충류는 피부로 숨을 쉬었으나 몸집이 큰 놈은 피부를 통해서 숨을 쉬면 산소가 몸 깊숙이 들어오지 않았다. 이를 해결하기 위해 양쪽 뺨 뒤쪽이 갈라지면서 아가미가 생겨 먹이와 산소를 흡수했다. 연충류의 몸속에는 필요한 물질들이 세포 사이를 흘러 다니게 되었는데 이 흐름이 혈액순환이다. 그리고 피를 온몸으로 보내기 위해 어떤 근육이 뛰면서 심장이 생겼다. 연충류는 빛과 어둠을 감지하며 방향을 찾아 다녔다. 몸 양쪽에 있던 반점들은 빛에 민감했는데 그것이 눈이 된 것이다. 연충류의 몸은 말랑하여 몸속 기관들이 제자리를 잡기가 어려워서 뼈가 생긴 것이다. 등뼈가 생기면서 최초의 어류가 탄생했다.

어류는 지느러미가 생겨서 바다 속을 헤엄치며 닥치는 대로 먹이를 잡아먹었다. 그런데 물이 얕은 곳에서는 물에 녹아 있는 산소를 아가미로 끌어 모으기가 어려웠다. 그래서 어떤 어류는 몸속에 작은 주머니인 허파가 생겨나 공기 중에 있는 산소를 쉽게 빨아들일 수 있었다. 어떤 어류는 강을 따라 호수까지 가게 되었다. 호숫가는 물이 얕아 만약 어류가 지느러미로 기어갈 수 있었다면 먹이를 잡거나 도망칠 때 더 빨리 움직일 수 있었을 것이다. 필요는 진화를 한다고 했던가. 어류의 지느러미는 힘이 점점 세져서 조금씩 발로 변해 갔다. 발과 허파가 생긴 어류는 이제 땅 위로 올라올 수 있었다.

땅으로 올라온 양서류는 먹이를 찾아 사방으로 돌아다녔다. 하지만 새끼를 만드는 일은 어류의 습성을 완전히 벗어나지 못하여 물속에서 이루어졌다. 암컷이 먼저 물속에다 알을 낳으면 수컷이 그 알 위에 정액을 뿌렸다. 주변에는 이 알을 좋아하는 동물들이 많아 어떤 양서류는 그들을 피해 땅 위로 올라와 알을 낳았다. 그런데 암컷이 놓은 알은 물러터지고 말라서 수컷이 정액을 뿌려도 소용이 없었다. 그래서 수컷의 몸에 음낭이 생겼다. 이제 수컷은 암컷의 몸속에서 알을 수정시킬 수 있었고, 알껍데기가 딱딱해지고 나서야 암컷은 땅 위에 알을 낳을 수 있게 되었다. 이러한 과정을 거친 어떤 양서류는 파충류로 진화했다.

파충류는 바깥 온도에 따라 체온이 변하는 동물이어서 날이 따뜻해지면 움직임이 빨라졌고 밤이 되어 추워지면 움직임도 둔해졌다. 어떤 파충류는 먹는 양이 늘어나고 소화하는 속도도 빨라졌다. 그래서 체온을 높게 유지하게 되어 추운 밤에도 마음껏 다닐 수 있었다. 특별히 체온을 더 따뜻하게 유지해야 하는 동물의 몸에는 털이 생겼으며, 새끼들은 어미 배쪽 털 뭉치에 묻어 있는 땀을 핥아먹을 수 있었다. 세월이 흐르면서 어미의 특별한 곳에 있는 땀샘이 커졌고, 땀샘 안에 풍부한 영양분이 든 땀과 지방의 혼합물이 생겼다. 이것이 젖이 되어 포유류가 생겨났다.

파충류 중에는 먹이를 사냥하기 위해 땅 위를 헤집고 빨리 다녀야만 했다. 기어가다보니 날아야 할 필요가 절실했고 그래서 앞발은 서서히 날개로 변했다. 어떤 파충류가 조류로 진화했는지는 알 수 없으나 조류 중에는 나무에서 살고 있는 도마뱀과 같은 파충류에서 진화한 놈도 있었다. 나무에서 나무로 멀리 뛰기 위하여 피부가 깃털로 진화했고 신체구조도 바뀌었다. 조류는 날개가 있어 하늘을 정복했고 지구 구석구석까지 식물의 씨를 옮겨 생명을 전파한 공로가 크지만 인간과 다른 진화의 길을 간 동물이다.

포유류는 각기 다른 종으로 진화하고 번식해 갔다. 물을 좋아하는 포유류는 다시 바다로 들어가 고래와 바다표범이 되었다. 땅 위에 남아 있던 포유류는 서로 잡아먹으며 포식하는 육식동물이 되었다. 그리고 풀만 뜯어 먹는 초식동물이 나타났다.

땅 위에는 식충류도 살고 있었는데 식충류는 몸집이 작아 다른 동물을 잡아먹기는 어려웠다. 그래서 나무 위에서 벌레와 과일을 먹으며 살았다. 하지만 식충류도 벌레를 잡고 과일을 따다가 나무에서 떨어져 죽을 수도 있었다. 그래서 앞발의 발가락 중 하나가 구부러져서 지금의 엄지손가락이 되었다. 긴 갈고리 모양의 발톱은 짧아져서 지금의 손톱이 되었다. 또한 길쭉한 코가 짧아지고 얼굴이 평평해지면서 식충류는 훨씬 활발하게 움직일 수 있었다.

이제 식충류는 두 눈으로 한곳을 볼 수 있게 되었고 사물을 입체적으로 보면서 나무 사이의 거리도 잘 가늠할 수 있게 되었다. 신체구조가 더욱 세련된 식충류가 드디어 원시 영장류가 되었다.

원시 영장류는 몸집이 크지 않았으며 뇌의 크기도 작았다. 그렇지만 먹이를 찾거나 필요한 것을 알아내는 데에는 문제가 없었다. 세월이 흘러 원시 영장류의 시대가 가고, 원시 영장류보다 키가 커지고 힘도 센 진화된 영장류의 시대가 왔다.

영장류는 나무 사이를 뛰어다닐 때 꼬리를 사용해서 균형 잡는 법을 터득했다. 하지만 몸집이 커져서 더 이상 나무 위를 뛰어다닐 수 없게 된 영장류에게 꼬리는 오히려 방해가 됐다. 그래서 꼬리는 없어지고 그 자리에 꼬리뼈만 남았다. 이렇게 꼬리가 없어진 영장류를 유인원이라고 한다.

유인원은 계속 번식하면서 먹을 것을 찾아 여기저기 돌아다녔다. 그러다가 조금씩 두 뒷다리로 서는 법을 터득하면서 양손을 자유롭게 사용하여 작은 동물을 사냥할 수 있게 되었다. 유인원은 돌을 깨뜨려서 도구를 만들어 죽은 동물의 고기를 잘라 낼 수 있었다. 어떤 유인원은 몸에서 털이 점점 빠지기 시작했으며, 온몸을 따뜻하게 덮어주었던 털은 머리에만 남고 없어졌다. 털이 빠져서 땀을 흘리고 벌거숭이가 된 이 유인원이 최초의 인류가 되었다.

인간이 태어나는 과정을 보면 생물 진화의 축소판을 보는 것과 같으며 땅 위의 생물들이 진화해 온 과정을 되풀이한다. 수십억 년 간 지구상의 생물은 물속에서 살았다. 물속의 생존경쟁을 피해 더 좋은 삶을 찾기 위해 물고기들은 육지로 올라왔고 지느러미는 손발이 되었다.

태아는 어머니의 자궁 속에 있는 동안은 물고기의 삶과 같다. 태아가 아기집 양수에서 주유하는 것도 생물이 바다에서 사는 것과 흡사하다. 처음의 물고기 모양과 나중의 원숭이 모양은 거의 같다. 우리의 몸 하나가 태어나는데도 수십억 년의 진화가 있었다는 것이다. 아기가 태어나며 숨 쉬는 것도 원시생물이 처음으로 뭍으로 올라온 것과 같다. 아기가 기어 다니다가 돌쯤 되어 서는 것은 2백만 년 전 인류의 조상인 유인원이 처음으로 서서 걷는 것과 같다. 인간의 탄생은 형언할 수 없는 신비가 있고 그 존재만으로도 고귀하다.

다시 파노라마를 돌리면 우주는 140억 년 전에 형성되었고, 지구는 45억 년 전에 탄생했다. 그 후 수십억 년이 흘러 최초로 생명체가 탄생하여 약 10억 년 전에는 원시 생물, 6억 년 전에는 연충류, 5억 년 전에는 어류, 3억 7천만 년 전에는 양서류, 3억 년 전에는 파충류, 2억 3천만 년 전에는 포유류가 생겨났다. 원시 영장류는 5천만 년 전, 영장류는 3천 5백만 년 전, 인류는 2백만 년 전에 진화를 하여 생겨났다고 볼 수 있다.

지구상에 있는 모든 생명체가 단세포 생물에서 시작하여 연충류, 어류, 양서류, 파충류, 조류, 포유류, 영장류, 인류로 구분되거나 하등동물과 고등동물로 나누어진다 해도 각각 생명을 유지하며 살아간다. 먹이사슬에서 볼 때 어떤 종이 사라지면 대체되는 종이 생겨나지 않는 이상 그와 연관된 종은 애로사항이 생긴다. 그러므로 미생물이나 연충류라고 해서 덜 중요하다고 볼 수 없으며, 모든 생명체는 동등하고 고유의 생명활동을 이어가는 것이다.

인류의 조상이 연충류, 식충류, 유인원에서 시작되었는지에 상관없이 인간은 지금의 그들하고는 완전히 다른 존재다. 또한 인류탄생이 창조설이나 진화론에 관계없이 인간은 만물의 영장이며 온 생명체와 상생하며 살아가야 한다. 그리고 모든 생명체는 외모에 상관없이 그 나름대로 멋진 존재들이다.

만물의 근원은?

지구상의 온 생명을 존재하게 하는 만물의 근원은 무엇일까? 먼 옛날부터 사람들은 늘 궁금증을 품어왔다. 고대 철학자들도 이 물음에 답하기 위해 끊임없이 사유했다. 자연에 관심이 많았던 철학자들은 만물을 이루는 공통적인 요소로서 물, 불, 공기, 흙, 신, 무한자 등을 생각했다. 특히 엠페도클레스는 만물의 근원은 물, 불, 공기, 흙의 네 가지 원소라고 주장했다.

사람들에게 만물의 근원이 될 만한 물질을 하나 꼽으라면 고대 철학자들과 마찬가지로 물, 불, 공기, 흙이 가장 많지 않을까. 지구상에 있는 모든 물질이 다 중요하지만 그래도 생명체에 없어서는 안 되는 물질이 물, 불, 공기, 흙인 것 같다. 이들 요소는 서로 융합되거나 환원될 수 없다. 네 원소는 서로 독립적이면서도 서로가 서로를 침해하려는 경향이 있다. 이들이 한데 어우러지면 서로 상승하고 화합작용을 하여 궁극적으로는 무형생명에서 유형생명이 탄생한다. 모든 생명체는 다양하고 독특한 요소로 이루어져 있는 것 같지만 이들 요소에 근거하여 살아가며, 생명을 다하면 결국 지수화풍으로 돌아간다.

만물의 근원에 대하여 고대 자연철학자들이 지목한 공통적인 요소를 하나하나 짚어보며, 자연과 생활에서 느낄 수 있는 또 다른 특성을 알아보는 것도 흥미롭지 않을까.

진리를 깨우쳐주는 물

물은 산소와 수소의 결합체이며 도처에 바닷물, 강물, 지하수, 우물물, 빗물, 온천수, 수증기, 눈, 얼음 등으로 존재한다. 지구의 지각이 형성된 이래 물은 고체, 액체, 기체의 상태로 지구 표면에서 매우 중요한 역할을 해왔다.

물은 추위를 만나면 얼음으로 변하고 더운 열기를 만나면 수증기로 변하며 수증기가 다시 찬 기운을 만나면 구름과 비로 변한다. 비가 내리면 물은 그 지형에 따라 아래로 흘러 시냇물이 되고 시냇물이 흘러가다 보면 강물, 바닷물이 된다. 이 바닷물이 열기를 만나 수증기가 되어 하늘로 올라가며 순환과정이 되풀이 된다. 이것이 물의 본성이다.

우리는 물을 과학적으로 분석하여 물의 속성을 안다고 하지만 사실은 물이 순환하는 목적이나 섭리를 깊이 인식하지 않아 여타 생명체들과 물의 유기적 관계를 단절시키는 결과를 초래하였다. 물이 비상하는 것은 순수를 지향하고 새롭게 태어나는 순환의 과정이다. 물이 비상하지 않으면 물은 오염된 상태로 지표나 지심에 남아 생명의 근원으로서의 기능을 할수 없다. 물은 기화를 통하여 순수와 청정을 지향하고 비상 후에는 낙화를 함으로써 온 생명체를 아우르는 합목적적인 존재이다. 다시 말하면 물은 햇빛이나 열기에 의해 수증기로 승화하기 전에는 여러 장소에서 다양한 물질을 함유하고 있으나 수증기로 변하면서 그때의 속성은 깨끗이 없어지고 물의 본성을 유지한 채 다시 비가 되어 생명활동을 돕는다.

물은 끊임없이 흐르면서 여타 생명체에 도움을 주지만 가끔은 피해를 주기도 한다. 큰 비가 오면 물은 산을 깎고 깊은 골짜기를 만들고 단단한 바위를 무너뜨리기도 한다. 밀려오는 파도는 끊임없이 해안선을 침식하여 섬이나 대륙의 형태를 변화시킨다. 물은 지구상의 기후를 좌우하며 식물이 뿌리를 내리는 토양을 만드는 힘이 된다. 더욱이 물은 모든 생명체에게 물질 중에서 가장 중요한 것이며 생체의 대부분을 차지하고 있다.

물은 자연이나 우리 생활 주변에 반드시 있어야 한다. 물이 없거나 부족하면 사단이 난다. 하루만 단수되어도 얼마나 불편한가. 추운 겨울 동파로 인해 수돗물이 나오지 않는 경험을 해본 사람은 물의 고마움을 절실히 느꼈으리라. 평소에는 물의 필요성을 못 느끼고 등한시했더라도 물을 구하기 힘든 극한상황에 처하면 인간의 존재가 하잘 것 없고 물 한 모금을 얻기 위해 동물적인 본능으로 돌아간다는 것을 절실히 느꼈을 것이다.

물이 원활이 공급되지 않으면 식물은 시들어 가고 동물은 메말라 간다. 물이 있는 정도에 따라 흙의 상태가 변화하고 아무리 비옥한 토양이라도 물이 없으면 사막이 된다. 물은 온 생명체에 영양분을 공급하고 더러워진 것을 씻어주고 정화하여 준다. 세상에 존재하는 물은 흘러 바다로 간다. 물은 그냥 흐르는 것이 아니라 지구 표면을 씻어주고 찌꺼기를 동반하여 흐른다. 거대한 해수는 오염된 찌꺼기를 원상태로 되돌린다. 그러나 인간의 오만으로 발생된 독극물, 화공약품 등의 오염은 쉽게 정화되지 않는다. 물은 스스로 자정을 하지만 쉽게 원상태가 되지 않고 그 시간은 오래 걸린다. 홍수가 나고 강물이 범람하면 인간이 물을 두려워하듯 물은 인간이 저지르는 오염을 가정 싫어하고 두려워하는지도 모른다.

유난히 무덥던 어느 여름날, 문경에 있는 주흘산에 오른 적이 있다. 이른 아침이고 평일이어서 그런지 등산객은 눈에 띄지 않았다. 아침이지만 날씨가 무더워서 땀이 비 오듯 했다. 혜국사를 지나 대궐터에 이르니 저

쪽 한 켠에 샘물이 있다. 얼마나 반갑던지, 물 한 모금의 시원함에 천하가 부럽지 않았다. 인적이 없는 심산에 홀로 있으니 여러 생각이 스쳐갔다. 주흘산 정기를 타고 솟아나는 샘물을 보며 한동안 상념에 잠겨 있었다.

내가 마셨던 이 샘물은 어디에서 왔을까? 하늘에서 비가 나무와 풀잎에 떨어져 땅속에 스미어 있다가 물은 서서히 흘러가는 것이다. 그런데 주흘산에 내리기 전의 비는 어디에서 증발한 물일까? 저 거대한 바다에 있었던 물일 수도 있고, 주흘산 여궁폭포에서 곧바로 수증기가 되어 하늘을 떠돌다가 내려온 물일 수도 있으며, 태풍 루사, 매미로 인해 임하댐 탁수피해를 몰고 온 물이 순환을 계속하다가 내려온 물일 수도 있고, 그 옛날 냇가에서 같이 물놀이하던 친구를 삼킨 물일 수도 있으며, 우리 할아버지 산소 옆에 잘생긴 소나무를 타고 올라와 구름으로 변하여 내린 물일 수도 있다.

사람들은 같은 강물에 발을 두 번 담글 수 없다고 한다. 물론 기회는 두 번 오기가 어렵다는 뜻도 있고, 시간이 지나가는 등 여러 가지 의미가 있다. 내가 담근 강물이 이 강에 다시 돌아와 흐르기는 어렵다. 하지만 전부는 아니더라도 그 일부분은 어젠가 순환하여 다시 그 강에 흐를 수 있다. 흐르는지 여부는 알 수가 없으나 흐른다고 하여도 기대하는 사람은 없다. 인간은 유한한 존재이기에 그렇게 생각하는 것이다. 오늘도 물은 분명 순환하고 있으며 온 생명을 아우르고 있다.

문명사회를 가져온 불

불은 물질이 산소와 화합하여 높은 온도로 빛과 열을 내면서 탄다. 인류의 생활에서 불이 중요한 수단이 되어 왔으며, 이는 원시시대의 인류를 다른 영장류와 구별되게 하였다. 인류는 불이라는 에너지를 얻게 됨으로써 따뜻함과 조명을 얻었으며 음식물을 조리하고 도구를 만들어 금속에 대한 지식도 가질 수 있게 되었다. 또한 불의 혜택으로 자연을 지배하기 시작하면서 오늘에 이르기까지 문명사회를 구축할 수가 있었다.

우리는 먼저 인간이 만들어 사용하는 불보다 거대한 불에 감사해야 한다. 그것은 다름 아닌 태양이다. 태양은 6000도나 되는 불덩이가 이글거리며 타고 있다. 이 땅의 생명은 아주 멀리 떨어져 있는 그 빛을 받아 살아가고 있다. 태양이 주는 빛은 밝음이며 생명의 정기이다.

모든 생명체는 빛을 지향한다. 빛은 곧 에너지이다. 어둠인 상태에서는 생명활동의 에너지를 얻을 수 없기에 빛을 좋아할 수밖에 없다. 생명체는 어둠을 좋아하는 때도 있지만 그것은 휴식을 취하기 위해서다. 어떤 생명체는 어둠을 좋아하는 것 같지만 따지고 보면 강렬한 빛을 싫어하는 것이고 자신에게 필요한 낮은 강도의 빛을 지향하고 있을 뿐이다. 양지식물이 강한 빛만 받으면 살아가기가 힘들듯 음지식물도 어두운 밤만 지속된다면 살아갈 수가 없다. 빛의 미학은 강도와 장단이며 조화이다.

불을 생각하면 어떤 형체의 불이 떠오를까? 불은 외양이 일정하지 않기에 사람마다 생각이 다양할 것이다. 불은 그 발생이나 사용에 따라—호롱불과 밥 짓는 불, 대형 화재나 산불, 쥐불놀이와 봉화를 올리던 불, 촛불시위와 성화 등—아주 다양하다.

먼 옛날 온 생명은 낮에는 햇빛을 받아 에너지를 흡수하고 밤에는 추위와 어둠에 떨며 살았다. 강렬한 햇살이 내리고 나무끼리 부딪히는 등 어느 순간에 불이 생겨 숲을 태웠다. 동물들이 달아나고 원시인들은 두려움에 떨며 불을 재앙으로 생각했다. 이런 현상이 자주 일어나고 불이 삼킨 숲은 온통 재로 변했다. 하마에 미처 피하지 못한 동물들은 불에 타죽기도 했다. 바비큐가 된 동물은 고소한 냄새를 풍겼다. 어떤 원시인이 이를 먹어보니 한결 부드럽고 맛이 있음을 알고 불을 사용할 수 있는 방법을 궁리했다. 그러다가 원시인들은 부싯돌을 발견하여 필요시 불을 사용하게 되었다.

그동안 인류는 불을 일으키고 사용하여 문명을 발달시켰다. 처음에는 화산, 산불, 번갯불 등 자연현상이나 자연 발생의 불을 이용하였다. 불은 주용도인 난방, 조리, 조명의 기술로 분화되고, 토기나 금속기 제작 등 산업적 이용이 시작되었다. 화약의 발명에 의해 화기가 발달하였고 전쟁과 불은 더욱 밀접하게 결합되었다. 그 후 증기기관에서 불의 열에너지를 기계에너지로 바꾸게 함으로써 산업혁명을 달성하였으며, 오늘날의 화력발전에 이르기까지 불은 근대 공업에 커다란 역할을 하고 있다. 그렇지만 불은 인류에게 유익하나 한편으로는 두려운 존재다.

요즘은 화재사고가 많이 난다. 해마다 연례행사처럼 일어나는 산불은 울창한 수림을 삽시간에 훼손한다. 한순간의 부주의로 수십 년을 가꾸어 온 산림이 사라지고 원래의 환경으로 회복되기 위해서는 많은 세월이 지나야 한다.

부주의로 일어난 사고는 관리를 잘하면 막을 수 있지만 방화 등 인재가 더 많은 것 같다. 방화는 타인의 건물이나 재산에 불을 의도적으로 지르는 범죄행위이다. 방화의 이유는 보험금을 타거나 복수를 하기 위함이든 다양하다. 근래의 유명한 방화사건으로는 대구지하철 참사사고, 숭례문 방화사건 등이 있다. 인명이나 재산피해를 생각하면 기가 차고, 방화의 동기를 따져보면 어처구니없으며 이해되지 않는다. 무엇보다 방화로 유명을 달리한 가족들의 절규는 어떤 방식으로 배상을 하더라도 치유될 수 없는 허탈한 비극이다.

불은 질풍노도와 같다. 성격이 급하여 화를 참지 못하는 사람을 불같다고 한다. 불은 물체의 귀천을 가리지 않고 즉시 태워버린다. 이런 위험한 불을 진압하는 소방관들의 심정은 어떠할까. 화재현장에서 순직한 그들을 보며 우리는 그때만 안타까워하는 것이 현실이다. 언제 어디서나 불 조심을 생활화해야 하는데.

방화는 불을 낸 사람에게 가장 큰 잘못이 있지만 근본적으로 따져보면 우리 모두의 책임이다. 나만 잘 살면 된다는 이기적인 마음이 있는 한 우리 사회는 방화가 계속 일어날 것 같다. 사회생활에서 소외되고 왕따를 당한 사람은 불만이 쌓여 인간을 증오하고 결국은 방화를 저지르는 것 같다.

불은 물질을 파괴하고 흔적도 없이 사라지게 하지만 그 과정에는 생명을 창조한다. 정월대보름 때에 여는 미사리 들불축제를 보라. 거대한 한강변 억새밭을 동시에 태우는 불꽃의 장관은 인간이 표현할 수 없는 예술이다. 축제에 참가한 사람들은 어떤 소망을 바랐을까. 국가의 안녕과 경제회복을, 사회의 질서와 인간성회복을 기원했을까. 이글거리는 불덩이를 바라보며 세상의 불합리함과 한을 사르고 참사람으로 거듭나리라는 다짐을 했으리라.

어쩌면 우리는 불같은 세상을 살아가는지도 모른다. 불은 잘 이용하면 무한한 편익을 주지만 부주의하거나 잘 못 사용하면 대재앙을 가져온다. 우리가 불을 다루듯이 세심한 주의로 서로를 사랑하고 배려하면 세상은 살만하지 않겠는가. 아무튼 불은 성질이 고약한 면이 있더라도 만물의 근원 중에 하나로 볼 수 있다.

생명의 숨인 공기

공기는 일종의 혼합기체이며, 주성분인 산소와 질소 외에 소량의 이산화탄소, 아르곤 등 비활성기체를 포함한다. 그러나 공기는 때와 장소에 따라 수증기, 아황산가스, 일산화탄소, 암모니아, 탄화수소 등의 기체 또는 먼지, 꽃가루, 미생물, 염화물 등의 무기물, 타르 성분 등의 유기고형물을 포함하고 있다.

공기는 숨이다. 살아있는 생명체는 한 순간도 쉬지 않고 날숨과 들숨을 쉰다. 공기가 없으면 지구 표면은 격렬한 태양광 등에 직접 노출되고, 탄소동화작용, 질소고정작용, 호흡이 이루어지지 않아 생물이 존재할 수 없게 된다. 또한 소리가 공간에서 전파되지 않고 물체의 연소도 불가능하며 대기압이나 비, 바람도 존재하지 않을 것이다.

공기의 중요성은 아무리 강조해도 지나치지 않지만 사람들은 공기의 고마움을 잊고 산다. 공기는 주위에 널려 있고 직접 돈을 지불하지 않아도 되기에 그런 것 같다. 우리는 높은 산을 오를 때나 밀폐된 공간에 있을 때를 제외하고는 공기의 필요성을 느끼지 못한다. 군대에서 화생방 훈련을 하던 순간을 기억해 보면 독가스의 고통이 어떤지, 오염되지 않는 공기가 얼마나 소중한지를 알 것이다.

공기는 가까이 있으면 공기일 뿐이지만 높이 있으면 하늘이다. 하늘을 보면 지구의 건강상태를 알 수 있다. 하늘은 지구의 상태를 볼 수 있는 거울이다. 하늘이 청명하면 멀리 바라볼 수 있어 좋지만 그보다 지구가 깨끗하다는 표시이다. 하늘이 혼탁하면 공기가 오염되어 지구가 힘들어 하고 생명체는 살기가 어렵다고 아우성이다.

공기가 움직이는 것을 대기의 이동이라고 한다. 대기가 더 빠르게 이동하면 바람이 분다고 한다. 바람은 공기의 압력 차이에 의하여 일어난다. 기압이 심하면 강풍이 불고 태풍이 온다. 태풍이 불면 많은 비를 동반하여 홍수가 나고 들판을 휩쓸고 삶의 현장을 파괴한다. 사람들은 태풍을 두려워하고 거센 바람을 싫어한다. 바람은 원해서 부는 것이 아니라 기압차가 있으면 불 수 밖에 없다고 한다.

기압차가 생기는 것은 햇빛이다. 지구는 햇빛을 일정하게 받지만 바다와 육지는 수열량의 차이가 있고, 극지방과 적도지방은 기온차가 크다. 또

공기에 작용하는 힘으로서 지구의 자전에 의한 전향력도 무시할 수 없다. 이런 이유로 바람은 불 수 밖에 없으며 여기에 지구의 온난화가 더해지면 태풍은 더욱 강력하여 많은 피해가 속출할 것이다.

바람은 사람들이 처한 상황에 따라 좋은 바람, 나쁜 바람으로 구분할 수도 있다. 들판에서 부는 바람은 농부에게, 강가에서 부는 바람은 어부에게, 산 위에서 부는 바람은 나무꾼에게 얼마나 고마운 바람인가. 북풍한설에 시골길을 걷던, 삭풍이 몰아치는 전선을 지키던 사람들에게 바람은 얼마나 고통스러웠겠는가.

우리가 춥다, 덥다, 따뜻하다, 서늘하다 등 기후의 변화를 느끼는 것은 피부에 와 닿는 공기로 안다. 공기의 흐름은 근본적으로 지구의 자전과 공전, 태양으로부터 받는 열이지만 그 미세한 변화는 지형과 산림 등 자연환경에 좌우된다. 극도의 편익을 추구하는 현대사회는 난개발, 자동차 배기가스 등으로 산소와 이산화탄소의 균형이 깨져 지구촌 어느 곳을 막론하고 이상기후현상이 나타난다. 지구의 온난화가 대기 순환의 순기능을 가로막는 최대의 적이 되고 있다.

동장군의 한파는 물러갔지만 먼 산에는 아직도 눈이 쌓여 있는 2009년 2월, 나는 강원도 홍천의 어느 산을 찾았다. 산은 그리 높지는 않으나 처첩이 산으로 둘러싸여 그윽하다. 나무들이 벗은 낙엽은 능선을 따라 두꺼운 이불이 되어 산속에는 수많은 생명이 동면에서 깨어나고 있다. 그만 낙엽에 주저앉으니 태양, 하늘, 구름, 나무만 보이고 어디선가 바람이 운다. 한참을 지나니 바람도 멎는다. 자연과 하나가 되니 바람이 나를 감싼다. 바람은 어디서 와 어디로 가는가. 인생은 바람과 같다. 바람은 대자연을 부드럽게 때론 강하게 다스리는 윤활유다.

차량을 운전하면 때때로 공기가 밀폐되어 졸음이 잘 온다. 응급처방으로 차창을 열면 순간적으로 신선하고 상쾌하다. 차창으로 손을 내밀어 바람을 만져보면 차량속도와 계절에 따라 바람의 느낌이 다르다. 저속으로 가면 따뜻한 느낌이 있고 속도가 서서히 증가함에 따라 바람이 손끝에 스치는 느낌은 여인네 가슴이 닿는 감촉과 같다. 특히 겨울철에 고속으로 달리면 바람은 살을 에며 졸음을 화들짝 달아나게 한다.

공기는 우리 주변에 일정하게 있으며, 온도, 압력, 밀도에 따라 변화하는 성질이 있다. 이러한 성질을 잘 알고 이용하면 보다 건강한 삶을 살 수 있다. 한시라도 공기가 없으면 생명체가 살기 곤란하므로 공기는 만물의 근원이라고 아니할 수 없다.

농부들이 좋아하는 흙

우리가 지탱하고 사는 지구의 표피가 흙이다. 흙은 바위와 같이 단단한 것에서 시작하여 유구한 세월동안 풍상을 섞어 나무와 풀과 곡식이 자라나는 토양이 되었다. 만물의 근원이 흙이라고 하여도 토달 사람은 없을 성 싶다. 흙을 떠나서는 살수가 없기에 누구나 당연하게 생각할 것이다.

농사짓는 사람에게 흙이 무엇이냐고 묻는다면 흙에서 삼라만상이 자라고 곡식이 생산되어 우리가 밥을 먹을 수 있다고 할 것이다. 인간은 흙에서 태어나 흙으로 돌아가니 또한 가장 중요하다고 생각하지 않겠는가. 농부들이 좋아하는 흙은 자양분이 풍부한 비옥한 토양이다. 어떤 경우에는 석산이나 모래땅도 필요하기는 하다. 흙은 자연적으로 비옥한 토지가 되자면 오랜 세월이 걸린다. 거름을 주고 잘 보존하고 가꾸어야 양토가 된다.

산에 있는 나무를 보고도 흙의 종류를 알 수 있다. 흙에 따라 나무는 그 토양에 맞게 군락을 이루며 자란다. 비교적 양토에 자라는 소나무, 척박한 사질토에서 자라는 잡목, 토양이 단단하여 뿌리를 깊게 뻗을 수 없어 느리게 자라는 나무 등 다양하다. 설악산과 오대산을 이어주는 구룡

령에서 도로절개지로 드러난 지질과 그 위에서 자라는 나무를 보면 이런 현상을 쉽게 볼 수 있다.

흙을 밟고 거닐어 보라. 나무와 풀, 곡식들이 얼마나 성스럽고 아름다운가. 흙에서 자라는 식물을 보면 흙의 상태를 알 수 있다. 흙은 절대로 거짓말을 하지 않는다. 흙이 병들면 자연이 오염되고 인간은 물론 생명체가 살아가기가 힘들어진다.

산업화가 됨에 따라 상당부분의 흙이 도시나 산업단지, 포장도로로 변질되어 그 속에 있는 흙은 제 기능을 못하고 있다. 이러한 흙은 농업 생산뿐만 아니라 공기를 정화하고 물을 저장하는 기본적인 일도 못하는 것이다. 더 심각한 문제는 토양오염이다. 흙은 화공약품, 중금속, 비료, 각종 세제로 인하여 우리가 깨닫지 못하는 사이에 서서히 죽어가고 있다. 토양이 오염되면 공해로 인해 우리는 더 힘든 세상을 살 수밖에 없다.

모든 생명은 흙에서 산다. 흙을 떠나서는 살기가 매우 어려울 것이다. 호수나 늪에서 자라는 하찮은 물풀이라도 따지고 보면 흙에서 사는 것이다. 흙이 없어도, 흙을 밟지 않아도 별 어려움 없이 사는 사람들도 있다. 물론 콘크리트빌딩이나 자동차 안에서 흙을 직접 밟지 않고 살 수는 있다. 그렇다고 하여도 흙과 무관하다고 볼 수 없다. 음식물 하나만 보더라도 모든 식품은 1차적으로 흙에서 자란 농산물을 가공하여 만든 것이기에 흙을 떠나서는 생각할 수 없다.

흙을 떠올리면 어린 시절의 그리움이, 고향의 향수가 나지 않는가. 동구 밖 들판에서 철없이 뛰어놀던 동무가, 보리밭·밀밭에서 나뒹굴던 그때가 그리워 가슴이 아프지 않는가. 봄이 오고 농사철이 시작되면 논밭을 뒤덮는 두엄에서 나는 냄새는 그리 향기롭지 않는데, 그 향기가 그리운 것은 무엇 때문일까. 만물이 소생하고 갈참나무 위에서 뻐꾸기가 봄을 노래하고 참꽃이 온 산을 붉게 물들이던 아득한 날, 보리밭 길 따라 걷던 그대는 지금 어디에 있는가!

　나는 아파트 베란다에 매화나무 한 그루를 가꾸고 있다. 식목일 즈음에 화분에 흙을 담아 매화묘목을 심고 물을 주었는데 어느새 잎이 돋아나고 가지가 뻗었다. 여름이 되니 무성하다. 아침저녁으로 바라보기만 해도 신기하다. 가을이 되면 황엽으로 물들고 새봄이 올 무렵 꽃이 핀다는 것을 상상하니 가슴 벅차다.

　나무 한 그루에서도 삼라만상의 오묘한 이치를 본다. 잎은 어디에서 왔으며 연녹색에서 나날이 짙어가는 변화는 무엇이라고 할 수 있는가. 나무가 자라는 것은 나무의 본성이라 하더라도 그 근간에는 흙이 있다. 광활한 대지 위에 펼쳐지는 자연의 향연을 보지 않더라도 땅과 떨어져 있는 작은 화분에서 보잘것없는 흙이 만물을 창조하니, 흙이 만물의 근원이 아니겠는가.

신비로운 자연

우리는 어디서나 하늘, 구름, 나무, 풀 등 자연을 볼 수 있다. 자연에는 어떠한 느낌이 있을까? 푸르다, 장엄하다, 아름답다, 변화무쌍하다 등 다양하다. 가까이 다가갈수록 자연은 신선함과 신비로움을 더해준다. 자연은 나고 자라고 쇠락하고 사멸하면서 생명력을 가지고 스스로의 힘으로 생성, 발전한다. 낮과 밤이 반복되고 계절이 오가는 것은 우주의 섭리지만 그에 따라 자연은 끊임없이 변화한다.

아침이면 태양은 세상을 밝히고 만물은 그 정기를 받아 소생한다. 대지 위의 수많은 동식물은 낮에 왕성한 활동을 하다가 어둠이 내리면 잠든다. 서산으로 해가 넘어가면 검붉은 하늘과 희미한 산의 형체는 형언할 수 없는 모습으로 변한다. 자연은 꽃피고 녹음으로 변하고 황엽으로 단장하고 눈 내리는 계절의 아름다움을 유감없이 보여준다.

이 땅에 사는 모든 생명체는 아름답고 신비롭다. 생명체마다 느낌이 다를 수 있고 알 수 없는 부분도 많다. 자연의 신비는 동물보다는 식물이, 동물도 하등동물로 갈수록, 식물 중에서도 나무와 풀, 들판에서 자라나는 곡식들이 더 신비한 것 같다. 우리는 바위틈, 개펄, 늪, 들녘에서 살아가는 생명을 볼 때 남다른 신비로움을 느낀다. 이는 가까이 있어 관찰하기가 어렵지 않고 손쉽게 다가갈 수 있으며 인간이 모든 지혜를 짜내도 만들 수 없는 것이기에 그러하다.

유채꽃이 피고 아지랑이가 춤추는 봄, 대지에는 약속이라도 한 듯 생명이 소생한다. 개나리, 진달래가 산하를 물들이고 복사꽃, 살구꽃이 앞다투어 피어난다. 들녘 한 켠에 홀로 핀 민들레는 외로움을 숨기고 불평도 없이 홀씨 되어 생명을 이어간다. 해마다 되풀이되는 전경이지만 어찌 아름답고 신비롭지 않겠는가. 꽃들이 유혹 하는 들녘은 봄 처녀의 신방이다.

이슬비 내리는 날 숲속을 거닐어보라. 가랑잎에서 빗물이 떨어지고 그 소리에 대지는 잠에서 깨어나 자연의 축복을 합창한다. 어느새 풀잎은 물을 머금고 새파랗게 웃는다. 나무에 걸린 구름은 어디론가 떠나가고 땅에서는 물안개가 피어난다. 숲속은 생기에 취해 잔치를 벌인다. 만물은 따스한 미소로 기쁨을 노래한다. 숲속 연못에 떠 있는 수련은 초록의 싱그러움과 어우러져 삶을 관조한다. 흙탕물에서 묵묵히 고난을 참고 깨끗이 피어나는 연꽃은 우연의 일치인가 오묘한 조화던가. 새들이 우는 숲은 평온하고 생기가 넘친다.

내륙 한가운데 바다, 충주호가 있다. 나는 충주호 유람선을 10년마다 타본다. 호수는 20년 전이나 10년 전이나 한결같다. 유람선은 물살을 가르며 풍광을 끌어온다. 하늘과 산이 품은 구름, 나무, 바위는 시공을 초월한 듯 세월을 비껴가고 있다. 산천초목은 고고하고 유유하며 말이 없는데 오고가는 사람들만이 제행무상이라고 한다.

옥순봉, 구담봉을 바라볼 때마다 봉우리를 이루는 형상과 자태에 놀라움을 금치 못한다. 저 봉우리들은 신선이 피로에 지친 메마른 인간에게 준 한 폭의 동양화다. 게다가 바위틈에서 자라는 나무들이 신기하기 그

지없다. 어떻게 흙도 아닌 바위에서 나무가 자랄까. 자연은 어떤 악조건에서도 살아가는 힘이 있다. 밤마다 운무가 나뭇가지에 부딪혀 바위틈으로 물이 스며들어 뿌리로 이어지는 것인가. 이는 눈부신 과학의 승리가 있어도 인간의 힘으로는 만들 수 없는 자연의 숭고한 질서다.

자연의 신비로움은 돌담과 야생화에도 있다. 거칠고 메마른 돌담에도 햇살이 비치면 어김없이 돋아나는 풀잎은 어떠한 생명력을 지녔기에 늘 웃고 있는가. 누가 씨를 뿌리지도 않았는데 해마다 봄이 되면 새싹이 돋아나고 뽑아도 어느새 다시 솟아난다. 가꾸지 않아도 척박한 흙을 탓하지도 않고 비바람이 몰아쳐도 잠시 흔들릴 뿐 쓰러지지 않는다.

산과 들에 피어나는 야생화를 보라. 누가 보아주는 이 없어도 고귀한 생명의 꽃을 피운다. 꽃이 좋아 집에다 옮겨 심으면 그만 죽는다. 야생화는 인간의 독이 가장 싫은가 보다. 자연은 자연그대로 내버려두는 것이 자연을 살리는 것이라고 무언의 말을 한다. 야생화는 누가 도움을 주지 않아도 죽지 않는다며 나약한 인간에게 고난과 끈기가 무엇인지를 보여주는 것이 아닌가.

개펄이 숨 쉬는 바다에도 자연의 신비는 있다. 바닷물이 가득 차 있을 때는 막막한 바다도 썰물이 되어 모습을 드러내면 생명이 활동한다. 찐득한 개펄 속에 흙이 살아 있듯 구멍이 나고 물방울이 보글거린다. 개펄은 보기에는 그리 중요한 땅이 아닌 것 같아도 풍성하고 비옥하다. 거기에는 망둑어가 뛰고 살찐 게며 낙지, 조개, 바지락이 지천이다. 작은 게는 부지런히 펄 구멍을 드나들고 낙지도 제 구멍에 깃들여 있다. 게다가 바다 새들은 먹이를 쫓느라 정신이 없다. 생명의 땅 개펄에서 이루어지는 생태계는 밀려왔다 밀려가는 바닷물과 함께 한시도 쉬지 않고 살아 숨 쉰다. 바라볼수록 신비로움을 더해주지 않는가.

찬란한 태양과 함께 남도에도 아침이 밝아온다. 태양을 뒤로하고 보성,

장흥에서 영암, 나주로 가다보면 아침 들녘은 고요하고 은은한 아름다움으로 다가온다. 차창으로 보이는 농촌마을은 명절 때 고향에 온 느낌을 준다. 바람도 구름도 한 점 없는 한낮으로 가는 가을하늘에서 햇살이 사정없이 쏟아진다. 들판은 황금빛으로 익어가고 들꽃으로 수를 놓는다. 곡식들은 햇볕을 받느라 분주하고 수줍음을 잊은 채 알몸을 드러내고 있다. 들녘의 가을은 보름달같이 풍성하게 알알이 영근다. 이 얼마나 성스럽고 신비로운가.

동트는 여름, 음성 대풍리 들판으로 나가보면 곡식들이 어두운 잠에서 깨어나 기지개를 켠다. 주위에 물상들이 하나둘 모습을 드러내면서 앞 다투어 움직이는 것 같다. 일찍 밭에 나온 촌로는 정성스레 김을 매고 있다. 고추는 촌로의 손끝이 닿을 때마다 근질근질한 등을 긁어주는 듯이 시원해하고 활짝 피어난다. 곡식들은 사람의 손이 갈수록 더 무성한 것 같다. 저 고추들은 어디서 왔으며 저리도 많이 달렸는지 참 신기하다.

어린 시절 나는 시골에서 자라 김매기를 한 적이 있었다. 그때는 왜 일하기가 그렇게도 싫었는지, 그리고 곡식들이 자라는 것에 대한 신비를 느끼지 못했는지 실없는 웃음이 난다. 뿐만 아니라 한 이랑의 밭의 풀을 뽑고 남은 밭고랑을 센 적이 많다. "김매기 싫은 놈 밭고랑만 센다"는 속담이 있듯이 일을 많이 하지도 않으면서 일하기가 무지 지겨웠던 것 같다.

대풍리 들에는 벼, 콩, 파, 들깨 등 많은 곡식이 자라는데 유독 촌로가 가꾸는 고추밭에서 더욱 신비로움을 느낄까? 이 고추밭의 풍경이 그 옛날 할아버지, 아버지가 일하시던 시골의 우리네 밭 같아서 그런 것 같다. 가끔 대풍리 들녘으로 나와 곡식들이 무럭무럭 자라나는 것을 보면 볼 때마다 신비로움을 더한다.

울창한 소나무 숲과 수많은 생명체가 서식하던 고성 숲은 1996년 4월에 불행하게도 산불이 나서 초토화되었다. 사진기자 김선규 님이 카메라에 담은 '고성산불 그 후 10년'의 기록 사진을 보면 불길이 스치고 간 대지에도 생명이 살아나고 있음을 볼 수 있다. 불이 났을 때 산은 무서운 하마에 휩싸이고 불길이 지나간 자리는 검게 그을려 버려진 암흑의 땅 같았다.

그의 표현을 빌리자면 산불을 취재하기 위해 달려간 강원도 고성 산불 야산에서 그는 분노하는 자연의 절규를 들었다고 한다. "이글이글 넘나들던 불덩이들에게 영혼이 있다는 생각에 압도당했다"고도 한다. 검은 숯덩이 사이로 솟아오르는 몸짓의 사진에는 생명의 경이로움이 있다. 그것은 무참하게 짓밟힌 자연이 인간의 잘못에도 아랑곳하지 않고 생명의 신비로움을 보여주고 자연이 가야만 하는 처연한 몸부림을 알려주는 것이다.

숲이 사라지자 새들은 둥지를 잃고 떠나갔다. 시간이 흐르고 산림이 조성되면서 놀라운 생명력이 보이기 시작했다. 거친 땅에서 싹을 틔우는 상처식물들이 숲을 메우고 숲은 서서히 회복력을 찾아가고 있다. 고성 숲은 이제 마른 하천에 물이 흐르고 식물이 생장하면서 뿌리에 저장하고 있는 수분이 마른 하천을 살아나게 했다. 물이 흐르는 계곡에는 참게도 돌아왔다. 고성 숲은 거목은 사라졌지만 바위보다 낮은 나무들로 숲이 푸르고 새들이 날아와 둥지를 틀었다. 들꽃이 피고 벌, 나비가 날아와 새까맣던 적막감을 아름다움으로 승화시키고 있다. 자연은 다시 인간을 살리고 있는 것이다. 자연의 신비를 넘어 위대함을 지켜보자.

자연의 신비는 이 땅 어디서나 볼 수 있다. 길가에 있는 돌멩이, 들풀 하나에도 신비로움이 있다. 생명이 있는 곳에는 우리가 모르고 느끼지 못하는 신비가 있다. 우리는 자연을 신비로움으로만 바라볼 것이 아니라 자연이 신비를 연출하도록 지켜주어야 한다.

자연은 곧 생명이다. 생명체는 하루에도 상당한 종이 사라지고 있다. 생명체는 진화하며 번식되는 것이 자연의 순리이다. 멸종되는 동식물을 생각하면 인간의 잘못이 얼마나 무서운지 미안하고 숙연해질 따름이다. 멸종은 무분별한 남획이나 서식지 파괴, 환경오염에 그 원인이 있다.

우리는 자연을 잘 가꾸고 보존해야 한다. 그래야만 자연도 멋진 신비를 연출한다. 자연과 함께하는 삶을 이어가는 것이 인간의 도리이며, 이것이 정녕 아름답고 인간다움이 아니겠는가.

낙원은 어디에

미국의 작곡가 포스터의 〈올드 블랙 조〉에는 "그리운 날 옛날은 지나가고 뜰에 놀던 동무 간 곳 없으니, 이 세상에 낙원은 어디요. 블랙 조, 널 부른 소리 그립다"라는 가사가 있다.

낙원은 어디에 있을까. 낙원은 지나간 시절이 아닐까. 유년 시절은 그 당시의 즐거움이나 괴로움을 떠나서 누구나 그리워한다. 어쨌든 사람들은 그때가 좋았다고 하며 그 시절로 돌아가고 싶어 한다. 어린 시절은 다시 돌아갈 수 없는 곳이다. 그 시절 놀던 곳에 가더라도, 옛 모습 그대로 있더라도 사람들은 그때의 자신들이 아니다. 낙원은 아득한 기억 너머 우리 마음속에 있을 뿐이다.

이 세상에 낙원은 있는가? 사람들은 낙원이 있어도 낙원이 아니라고 하거나 생로병사를 피할 수 없는 운명이기에 낙원이 없다고 생각한다. 낙원은 사람마다 생각이 다르듯이 그저 이상향일 뿐이다. 그래도 낙원은 어딘가에 있지 않을까.

사람들은 어떤 곳을 낙원이라고 할까? 유토피아, 무릉도원, 에덴동산이 낙원일 거라고 생각할 것이다. 에덴동산은 아무런 고통이 없는 예수님이 예비하신 곳으로 궁극적으로 천국을 뜻하며, 불교에서의 낙원은 번뇌의 굴레를 벗어난 아주 깨끗한 곳인 극락세계를 의미한다. 종교적인 차원의 낙원은 제외하더라도 인간의 삶과 가까운 곳을 생각해보면 우리가 사는 자연에서 낙원을 찾아야 할 것 같다.

금강산도 식후경이란 말이 있다. 아무리 아름다운 경치도 배가 불러야 흥이 나지 배가 고파서는 아무 일도 할 수 없다. 금강산은 수려하고 빼어난 산이지만 낙원이라고 하지는 않는다. 옛사람들은 낙원을 비옥한 땅으로 여겼고, 거기에는 평화와 풍요로움이 있으며 근심걱정 없이 살 수 있는 곳을 생각했는지도 모른다. 그러한 땅은 많이 있다.

하지만 어떤 사람들이 낙원에서 행복하게 살아가는데 난데없이 침략자들이 들이닥쳐 쑥대밭이 되고 힘이 약한 사람들은 낙원을 잃게 된다. 이런 식으로 낙원은 주인이 바뀌고 새 주인은 외부의 침략을 막는 데 온 힘을 쏟아야 하니 이제 낙원은 더 이상 낙원이 될 수 없게 되었다. 인류가 탄생한 후 지구상에는 살기 좋은 낙원이 많이 존재하고 있으나 씨족, 부족, 국가가 생기면서 낙원에 사는 사람들도 통제를 받아야 하고 늘 위험을 안고 살아야 하니 그들은 결국 낙원을 잃어버렸다.

문명이 발달함에 따라 먹을거리가 해결되고 어디서나 양식을 구할 수 있어서 낙원의 개념도 달라지고 그 범위도 확대되었다. 비옥한 토지가 아닐지라도 살기 편하고 경치가 아름다우며 환경이 깨끗하면 낙원이라 해도 손색이 없다고 봐야 한다.

충북 진천군에는 초평리 저수지가 있다. 이 저수지는 낚시터로 유명한데 안개가 끼면 더욱 운치가 있다. 새벽에 물안개가 올라오면 그 사이로 보이는 산과 배를 탄 사람이 원근의 조화를 이루어 한 폭의 그림을 연상케 한다. 무심코 바라보면 배가 움직이는지 산이 지나가는지 헷갈린다.

물이 많은 곳에는 으레 물고기 요리가 유명하듯 초평리 저수지는 붕어

찜으로 널리 알려져 있다. 음식을 주문하고 식당 옥상에서 바라보는 저수지 주변은 저물어가는 가을을 배경으로 너무 한가로워 목가적이다. 호수에는 강태공이 낚시를 즐기고 가을걷이를 한 들녘은 서서히 겨우살이 준비를 하고 있다. 나들이 온 사람들은 이곳을 낙원이라고 생각하는 것 같은데 여기에 사는 사람들은 낙원이라고 하지 않는 것 같다.

우리나라는 어디를 가나 한번 살아보고 싶은 아름다운 곳이 많다. 일출과 일몰, 월출까지 모두 한 장소에서 볼 수 있는 서해안 왜목마을은 어떠한가. 이곳의 일출은 찬란한 동해의 일출과는 달리 한순간 바다를 가로지르는 짙은 황톳빛 물기둥이 만들어지면서 소박하면서도 서정적인 분위기를 연출한다. 일몰은 비경도를 중심으로 활활 타오르던 태양이 서서히 빛을 감추며 바다와 하늘을 동시에 검붉게 물들인다. 하늘에 달이 뜨면 산 쪽의 작은 바다와 서해의 넓은 바다는 왜목마을을 중심으로 원근의 조화를 이룬다. 같은 달빛인데도 바라보는 방향이나 거리, 물결에 따라 다르게 보이니 진정 아름답지 않겠는가. 해와 달이 뜨고 지는 것은 자연의 순리지만 이를 즐기는 것은 이 지역 사람들의 복이다.

겨울이 되면 여름이 그리운 천혜의 자연환경을 자랑하는 강원도 고성에는 소똥령 마을이 있다. 한겨울에 용대리에서 진부령을 넘어가면 설경이 아름답다. 차에서 내리는 순간 이렇게 추운 곳이 있는가 싶을 정도로 바람이 살을 엔다. 이곳 또한 겨울 한철은 추워도 뜨거운 여름에는 계곡에 흐르는 물에 발을 담그며 살고픈 곳이 아니던가.

한번쯤 낙원을 떠올릴 때 사람마다 그리는 모습이 다를지라도 낙원은 아름답고 풍요와 평화가 있고 꽃피고 새우는 그런 곳일 게다. 새들이 우짖는 숲속을 시원한 바람과 마주하며 산책할 수 있고, 붉게 물든 노을을 인생과 더불어 바라볼 수 있으며, 굽이굽이 이어지는 물길을 따라 산에는 단풍이 불타고 강에는 하늘빛이 채색되어 내려앉는 곳이 낙원이 되지는 않을까.

우리나라만 하더라도 아직 때 묻지 않은 자연이 많이 있다. 일출 하나만 보더라도 정동진, 낙산사, 마니산, 태백산, 지리산 천왕봉, 포항 호미곶, 석굴암, 문경 오정산, 성산 일출봉, 거제 해금강 등 많이 있지 않은가.

앞으로 우리나라에서 최적의 낙원은 어디가 될까? 아마 그곳은 155마일 비무장지대가 될 것 같다. 비무장지대는 6·25전쟁 중 남북이 휴전에 합의하며 서로간의 적대적 행위로 인한 전쟁 재발을 막기 위해 설정되었는데, 한반도 중앙을 동서로 가로지르는 군사분계선을 중심으로 남쪽 2㎞, 북쪽 2㎞ 지점을 남북방한계선으로 하고 있다. 비무장지대는 민족의 비극을 상징하지만 출입이 제한되어 희귀동물들의 주요서식지가 되었다. 실제 비무장지대는 남북이 철책을 군사분계선 가까이로 설치하여 직선거리가 800m 정도밖에 되지 않는 지역도 있으며, 남북한 모두 철책 안팎에 감시초소, 관측소 등을 설치하여 군대를 주둔시키고 있다.

나는 군 생활을 비무장지대와 그 후방에서 했다. 그 지역은 강원도 화천군 상서면과 김화군 원남면 사이에 있는 주파령 부근이다. 좌우측 전방에는 접근산과 백암산이 자리하고 있다. 봄이면 비무장지대 후방에서는 진지보수작업을 하고 철책 안에서는 시계 확보를 위해 화공으로 풀과 잡목을 태운다. 남녘에서 훈풍이 불어오면 휴전선에도 어김없이 꽃이 피고 새가 운다. 꽃피면 더욱 슬퍼지기도 하는 적막한 산하는 아름다움으로 단장하지만 한없는 서러움이 일기도 한다.

언제나 그렇듯이 비무장지대는 긴장이 흐르지만 이 더 평화스러울 수 없다. 산꿩이 알을 품던 산은 어느새 녹음으로 우거지고, 여름으로 가는 주파리호수는 나비들이 축제를 벌이고 있다. 아무도 접근하지 않는 주파리 산천도 가을이면 어김없이 단풍으로 물든다. 하천을 따라 펼쳐놓은 갈대숲과 만산홍엽은 그야말로 장관이다. 한번 내리면 녹을 줄 모르는 백암

산, 접근산은 설경 그 자체다. 눈이 온 순간만은 남북의 젊은이들이 대치해 있어도 온 산하는 통일되어 있다. 저 눈이 언제 다 녹을까. 그날이 오기는 하는 걸까.

계절이 멈출 것만 같던 겨울의 비무장지대도 꽃피고 푸르고 단풍들고 다시 눈 내리는 계절은 누가 시키지 않아도 반복되고 있다. 그 속에서 뛰어놀던 짐승들은 여기가 낙원이라고 수없이 외쳤던 것 같다. 그때는 근무에 열중하느라 모르고 있다가 이제 그 메아리가 전달되고 있으니 그때 내가 무지 고문관이었던 것 같다.

낙원은 우리가 사는 아름다운 이 땅이다. 밤낮이 섞바뀌는 가운데 고요하고 밝은 새벽이 오고, 하늘의 빛과 땅의 정기가 한데 어우러져 한바탕 사랑을 하다가 헤어지는 연인들처럼 다시 밤이 되니 이보다 저 좋은 곳이 어디 있겠는가! 사람들이 따분해 할까봐 여름과 겨울의 변화가 있고 철따라 자연은 옷을 갈아입으니 그 모습이 더욱 멋지지 않겠는가! 꽃과 과일, 자욱한 안개와 맑은 하늘, 봄비와 가을바람, 생명력을 주는 늪과 살아 숨 쉬는 개펄이 있으니 이보다 더 풍요로움이 있겠는가! 어디를 가나 굽이치는 물, 빙그레 웃는 들판의 곡식, 장엄한 산, 해안의 절경, 동굴의 신비까지도 있으니 이보다 더 아름다운 곳이 있겠는가!

자연은 낙원으로서의 필요한 모든 것을 준비해두고 있는데, 인간은 쉽게 따분해 하고 변덕이 심하여 천하절경이라고 하면서도 또 다른 곳을 찾고 있다. 낙원이 무엇인지도 모르면서 끝없이 낙원을 찾아 헤매는 사람들이 안타까울 따름이다. 낙원은 바로 우리 옆에 있는데.

자연과 인간

자연은 인간의 힘이 더해지지 아니하고 세상에 스스로 존재하거나 우주에 저절로 이루어지는 모든 존재나 상태를 말한다. 이를테면 태양, 하늘, 구름, 산, 강, 바다, 식물, 동물 따위의 존재나 그것들이 이루는 지리나 지질적인 환경을 의미한다.

자연에서 살아가는 동물을 자연으로 볼 것인가는 의견을 달리할 수 있지만 인간을 제외한 동물은 본능적으로 먹이사슬의 법칙에 따라 생태계를 형성하며 자연에 순응하기에 자연으로 보아야 할 것 같다. 인간도 동물이기는 하지만 지성과 이성이 지배하고 자연을 아우르는 능력이 있기에 우주의 삼라만상을 자연과 인간으로 구분할 수밖에 없다.

태초에 우주가 시작되고 수백억 년이 흐른 뒤에 지구가 생겨나 오늘날 인간이 누리는 자연의 상태가 되었다. 인간은 그저 하늘이나 땅에서 떨어지거나 솟은 것이 아니라 자연에서 태어났다. 그것도 지구가 서서히 변화하여 인간이 살기에 알맞도록 환경을 만들어준 후의 일이다.

자연은 자신을 지배할지도 모르는 위험천만한 인간을 창조하였기에 더욱 위대하다. 우리는 인간을 탄생시킨 존재가 자연이든 신이든 간에 인류가 자연과 더불어 살아갈 수 있게 천혜의 환경을 만들어준 것에 경의를 표하고 감사해야 한다.

자연은 인간의 모성이다. 모성의 그리움은 모든 생명의 본능이다. 대부분의 사람들은 어버이 품속을 그리워하고 한없이 사랑하며 그들이 세상을 떠나갈 때까지 봉양한다. 하지만 어떤 사람은 마음은 그렇지 않을지라도 인면수심의 행동을 한다. 오늘날 자연과 인간의 관계는 이와 같이 닮은 점이 많다. 인간은 자연을 위대한 존재로 생각하며 그 신비로움에 감탄하고 한없는 고마움을 갖지만, 인간에게 편익이 된다면 자연을 훼손하고 파괴하는 행위를 서슴지 않으니 말이다.

이에 비해 자연은 인간의 어떤 행위에도 아랑곳하지 않고 자연의 길을 가고 있을 뿐이다. 인간이 자연을 오염시키고 파괴하여도 자연은 인간을 미워한다기보다는 꾸준히 환경을 정화하고 더 자연적으로 만들려고 한다. 자연이 살아난 곳에는 생태계가 복원되고 다양의 종이 번식된다. 이것이 자연이 가는 길이다.

문명의 발달로 인해 자연은 점점 피폐해지고 있다. 어디까지 자연을 개발해야 인간의 욕망이 멈출 수 있을까. 인간으로 인해 지구는 온난화가 급속도로 진행되고 있다. 지구촌에는 이상기후가 생기고 하루에도 수백 종의 생명체가 사라지고 있다.

자연과 인간이 싸우면 누가 이길까? 언뜻 보기에는 인간이 이길 것 같지만 결국은 자연이 승리한다. 개발이 극대화되어 자연이 파괴되면 자연과 인간은 함께 죽는다. 인간은 사라져도 자연은 장구한 세월이 지나면 서서히 회복되어 다시 본래의 자연으로 되살아난다. 그렇지만 자연이 인간이 살기에 알맞은 환경을 만들어준다 해도 인간은 현재와 같은 인류가 탄생되리라는 보장이 없다.

경상남도 양산에 있는 천성산 정상에는 초원과 습지가 잘 발달해 있다.

습지에는 도롱뇽을 비롯한 희귀동식물이 서식한다. 그런데 대구와 부산을 잇는 경부고속철도가 천성산을 관통하는 것으로 결정됨에 따라 생태보존가치가 매우 높은 천성산은 공사시행 이후 늪지 훼손, 생태계파괴 등의 위험성이 커지고 있다.

이에 지율스님을 비롯한 환경단체 관계자와 시민들은 '도롱뇽소송'이라고 하는 공사착공금지가처분신청을 법원에 제출하였으나 부산고등법원의 2차 항고에서도 패소했다. 여기에 그치지 않고 스님은 천성산을 지키기 위한 최후의 수단으로 자신의 목숨을 걸고 단식투쟁을 했다. 숭고한 스님의 노력에도 불구하고 공사는 환경보존에 비해 경제적인 편익이 크다는 이유로 당초대로 시행되었다.

지율스님이 생사를 넘나드는 단식투쟁을 할 당시 대부분의 사람들은 안타까운 마음 그지없었으나 스님이나 환경단체의 노력이 있었다 해도 대안노선이 없는 한 공사가 중지된다고 보지 않은 것 같다. 말로는 환경보존을 주장하지만 실제로 자신에게 당장 피해가 없으면 관심이 없는 것이 현실이다.

이런 현실에서 스님의 단식투쟁은 현대를 살아가는 우리에게 주는 의미가 크다. 천성산 관통으로 치명적인 피해를 볼 수 있는 도롱뇽 등 희귀동식물들에게 인간의 편익으로 희생되어야 하는 뭇 생명체에 조금이나마 사죄를 하고 앞으로 공익사업시행의 신중과 절실한 환경보호를 역설했다고 본다. 환경을 생각하고 보호하지 않는 인간은 지구를 떠나라는 외침이 아닐는지.

천성산 같이 높고 깊은 산의 환경이 왜 중요한가? 산과 강, 습지 등은 환경적인 측면에서 인체에 비유하면 머리 부분에 해당된다고 볼 수 있다. 우리 인체는 신비하게도 날씨가 추워지면 중요한 머리를 보호하기 위해 피가 머리로 몰린다. 그래서 손발이 차고 이런 현상이 지속되면 동상에 걸리기도 한다. 우리는 추우면 장갑을 끼려고 하지만 사실은 머리 보호를 위해 먼저 모자를 써야 한다. 이와 마찬가지로 천성산 생태계가 멀리 있고 급한 것 같지 않아 보여도 생활주변의 환경보다 더 중요하다고 봐야 한다. 머리 부분의 환경이 훼손되면 꼬리 부분의 환경은 자연적으로 훼손되거나 오염되기 마련이다.

우리나라 역대 대통령 중에서 기억에 남는 분을 들라면 박정희 대통령을 말하고 싶다. 군사독재정권이라는 오명도 있고 어려운 시절 경제성장과 발전을 이룬 공이 크지만 그보다 자연보호에 관심이 남달랐기 때문이다. 대통령 재임시절 자연보호헌장을 제정하여 '사람은 자연보호, 자연은 사람보호'라는 슬로건으로 자연환경보호를 실천한 분이다. 1971년부터 그린벨트를 지정하여 무절제한 도시팽창을 억제하고 녹지보전으로 대기오염 방지 및 도시경관을 보호했다. 또한 헐벗은 산에 나무를 심어 치산치수뿐만 아니라 산림자원을 가꾸고 키우는 일에도 남달랐다.

오늘의 현실에서 생각해보면 미래에 닥쳐올 자연환경을 30여 년 전에 예측하고 실천했다는 것은 선견지명이 탁월했다고 봐야 한다. 모름지기 최고지도자는 백년대계를 바라보고 정책을 추진해야 하는데 5년 앞도 내다보지 못하는 현실이 안타까울 뿐이다.

인간은 자연에서 태어나 자연으로 돌아가지만 자연의 혜택을 잊고 사는 것 같다. 자연이 주는 지혜는 산과 들에서 자라나는 풀 한 포기, 나무 한 그루뿐만 아니라 하늘을 날거나 추운 남극에서 사는 새들에게도 볼 수 있다.

가을이 깊어 가는 날, 청명한 하늘을 보면 처량한 듯 외로워 보이는 기러기 가족을 볼 수 있다. 기러기는 편대를 형성하여 구만리장천을 비행한다. 장시간 날아가려면 얼마나 고단하겠는가. 그렇지만 기러기는 각자 순서대로 선두에서 편대를 이끌며 지치면 후미로 빠지면서 힘을 균등히 배분하며 긴 여행을 한다.

남극에서 서식하는 펭귄은 추운 환경이 삶의 터전이지만 기후가 아주 추우면 생존에 어려움이 있어 무리지어 있지 않으면 죽고 만다. 수천 마리의 수컷 펭귄들은 함께 몸을 움츠리고 서로의 체온에 의지해 냉혹한 추위를 견뎌낸다. 그들은 번갈아 가며 무리 바깥쪽에 서며 안쪽에 있는 펭귄들은 잠을 잔다.

이와 비교하면 인간은 어떠한가. 우리 사회의 조직이나 직장은 업무의 균형이 맞지 않는 것 같다. 노는 사람이 있는가 하면 어떤 사람에게는 일이 집중되어 있고, 필요 없는 제도에 얽매여 비효율적이며, 보여주기 위하거나 눈 가리고 아웅 하는 것도 많다. 만약에 인간이 펭귄이 처한 환경에 직면하면 질서를 지킨다고 하겠지만 그중에는 배반자가 있어 결국 다 생존하지 못할 수도 있다. 우리도 기러기나 펭귄과 같이 힘의 균형을 이루고 서로를 위하는 삶을 살았으면 얼마나 좋겠는가.

한국도로공사는 춘천과 양양을 잇는 고속도로를 건설하고 있다. 홍천-인제 구간이 착공되어 나도 홍천양양사업단에 합류했다. 내가 하는 일은 인제구간 토지 등의 보상업무였다.

2009년 2월 초순에 현장을 답사했다. 날씨가 풀렸다고는 하지만 산에는 눈이 희끗거리고 산을 넘어가는 고개는 험준하다. 처음 대면하는 인제지역의 상남, 기린면은 원시적인 자연 그대로다. 국도와 지방도를 번갈아 따라가는 내내 자연이 연출하는 풍광에 사로잡혀 있었다. 자연을 보고 한없는 황홀감을 느꼈다. 상남면 소재지에 이르니 '하늘이 내린 상남'이라는 푯말이 눈에 띈다. 물과 길이 나란히 가지 못한 그 옛날에는 인제지역이 산골오지로, 여기에 살았던 민초들은 어쩌면 하늘이 버린 곳이라고 했을 수도 있다. 선계에서 인간세계로 나온 인제는 어떤 표현으로 극찬하더라도 부족한 태곳적 자연이다.

한국도로공사는 국내 최초로 홍천인제구간에 생태환경고속도로를 건설하고 있다. 그렇다고 하여도 고속도로건설 전과 후의 차이는 크지 않겠는가. 이곳이 이 땅에 건설되는 마지막 고속도로가 되었으면 한다.

자연과 인간은 서로 어떻게 보는가? 인간은 자연과 공생관계라고 한다. 자연이 인정하지 않을지라도 인간은 공생관계라고 우긴다. 그래야만 인간이 자연과 함께 살아갈 수 있다. 인간은 말로만 자연을 보호한다고 하면서 실천을 하지 않는 것이 문제다. 더욱 나쁜 것은 자연을 파괴하고 있으니 말이다. 자연은 단호하게 인간이 만물의 영장이 아니라고 한다. 만물의 영장이라는 것은 인간의 입장에서 볼 때 그렇다는 것이지 자연이 볼 때는 파괴자와 다르지 않다. 자연은 인간을 바이러스나 마찬가지라고 하는지도 모른다.

"인간은 자연에서 태어나 자연의 혜택 속에서 살고 자연으로 돌아간다"로 시작하는 자연보호헌장을 대부분의 사람들이 기억하지 않는다 해도 그 내용대로 실천한다면 자연과 인간은 하나이며, 이 땅은 하늘이 내린 세상이 될 것이다.

제2장

끝없는 욕망 너머
고귀한 인간

인간이란 무엇인가?

누구나 '인간이란 무엇인가?' 하는 물음에 답하기는 어려울 것이다. 어떤 답을 하더라도 사람마다 생각이나 의미하는 바가 다르니 전부 맞는다거나 전혀 아니라고 할 수는 없다. 인간을 어떤 사물이나 현상에 비유하여도 두루뭉술한 답 정도에 불과할 것이다. 우리는 인간이기에 더욱 자신을 무엇이라 단정지울 수 없다.

누가 내게 '인간이 무엇인가?'라고 묻는다면 에른스트 캇시러가 정의한 '상징적 동물'이라고 해야 할 것 같다. 아직까지 우주에는 인간과 유사한 지능이나 이성을 가진 동물이 없는 것 같아 그렇게 생각한다. 인간은 자연과 함께 살아가는 동식물을 아우르며 끊임없이 자신과 세계의 의미를 찾는 동물이다. 인간은 이상을 추구하고 보다 나은 세상을 만들기 위하여 문화를 창조해왔다. 그래서 인간에게 상징성을 부여해야 한다.

그러면 문화를 창조하는 인간의 특징은 무엇일까? 무엇보다 인간은 신체적으로 직립보행을 한다는 것이다. 그로 인해 손을 자유로이 사용할 수 있게 되었다. 두발로 서서 걷게 되면서 인류는 뇌의 크기가 점점 커져 타동물보다 뛰어난 두뇌를 가졌으며 손을 이용하여 도구를 만들어 쓸 수 있었다. 그리고 언어의 발명과 불을 사용함으로써 문화인으로 성장하게 되었다.

인간이 진화하면서 직립보행과 손을 사용할 수 있다고 하여도 지능이 발달되지 않았다면 약육강식의 세계에서 살아남기는 어려웠을 것이다. 사물을 보고 인지할 수 있는 지능을 가짐으로써 인간은 세상을 이성적으로 판단할 수 있게 되었다.

타 동물보다 뛰어난 인간의 본성은 어떠할까? 선한가, 악한가? 선도 악도 아닌 무인 상태일까. 세상살이를 해야 하는 인간은 어떤 면에서는 악을 행하고 있을지라도 본성은 선하다고 봐야 한다.

적절한 비유는 아니지만 우리가 쉽게 관찰할 수 있는 배추, 양파 등 채소를 살펴보면 그 속은 하나같이 부드럽고 연약하며 색깔도 흰색에 가깝다. 하지만 점점 자라나 껍질이 되면 강하게 변한다. 그것은 외부환경에 적응하고 살아남기 위해 단단해지고 색깔도 변하는 것이다. 가령 배추는 속이 차면 몸집이 커져 속은 여리고 달콤하나 가장자리는 구멍이 나는 등 거칠어진다. 이런 현상과 외양을 보고 배추의 속성을 판단해서는 안 되듯이 인간도 이와 유사하다고 생각된다. 인간의 본성이 악에 노출된 면이 있을지라도 근본적으로는 선하지 않겠는가.

욕망을 간과하고는 인간을 논하는 것이 무의미하다. 인간에게는 끊임없이 무엇을 하거나 갖고자 하는 마음이 있다. 사람들은 해가 바뀌거나 한 단계 성장할 때마다 나름대로 계획을 세운다. 그러나 이 계획이라는 것이 우리의 욕망을 바탕으로 한 것이어서 실현 불가능한 것도 있다. 그러나 우리는 이를 포기하지 않고 희망이라는 이름으로 그것을 실현하려 애쓰며 많은 이미를 부여한다.

긍정적인 의미에서의 욕망은 우리 인간의 발전과 미래를 이끌어 왔으며 오늘날 이 엄청난 문화를 가져올 수 있게 한 원동력이 되었다. 인간에게 욕망이 없었다면 인간은 진화도, 개척도, 발전도 하지 못하였을 것이다. 욕망은 스스로 제어할 만한 안전장치가 없다는 커다란 단점을 지니고 있다. 때로는 이러한 욕망 앞에 윤리와 질서 같은 그 어떤 것도 아무런 제동장치가 되지 못할 때가 있다. 욕망은 인간에게만 있는 가장 잔인하고 무서운 파멸의 무기이기도 하다.

흔히 사람의 가치기준을 사회적으로 높은 지위에 오르거나 유명하게 됨을 뜻하는 출세로 가늠하는 경우가 많다. 출세했다는 것은 곧 성공을 의미한다. 성공이란 일반적으로 부와 명예, 권력을 말한다. 인간은 성공적인 삶을 살려고 한다. 부는 가지면 가질수록, 명예는 얻으면 얻을수록, 권력은 높으면 높을수록 더 많은 것을 추구하려는 것이 인간의 한 특성이며 보편적인 가치일 수 있다. 부와 명예, 권력은 서로 상승작용을 하며, 인간은 끝없는 욕망에 휩싸여 불 찾아 헤매는 부나비인지도 모른다.

성공한 삶은 아름답다. 성공은 그냥 주어지는 것이 아니라 많은 노력이 따르고 어려움이 있기에 성취의 기쁨은 이루 말할 수 없다. 성공은 누구나 갈망하는 것이지만 노력한다고 모두 이루어지는 것도 아니며 빨리 쉽게 성취되지도 않는다. 인간이 살아가는 방식이나 사회의 조직이 대부분 피라미드 형태라서 경쟁에서 이겨야만 한다.

대부분의 사람은 경쟁에서 승리하기 위해 많은 노력을 하고 정도를 가지만 사람에 따라서는 쉽게 성취하기 위해 권모술수를 쓰는 경우도 있다. 이런 현실에 접하면 누구나 인간은 악에 가깝다고 느낄 것이다. 그러나 인간이 세상을 살면서 죄를 짓고 그 당시에는 숨기고 뉘우침이 없더라도 시간이 지나면 양심의 가책을 받으며 죽음에 직면해서는 참회하고 후회하기에 인간의 본성은 선하다고 봐야 하는 또 다른 이유다.

인간의 반은 동물이다. 아무리 고매한 인격이나 지혜로운 사람도 숨을 쉬고 밥을 먹고 잠을 자야 한다는 면에서는 동물과 다를 바가 없다. 인간이 동물과 다른 점은 감정을 가지고 있는 것이다. 인간의 선한 마음에서 우러난다고 볼 수 있는 사단은 도덕적인 감정이고, 일반적인 감정인 칠정은 본능적인 감정이다. 경우에 따라 인간은 도덕적인 감정이 무너지고 본능적인 감정이 요동칠 때가 있다. 감정조절은 무척 어려우나 매우 중요하다.

삶을 영위해야만 하는 인간은 어떠한 특징을 가지고 있을까? 무엇보다 인간은 유일하게 일하는 동물이다. 인간이 혼자서나 일하지 않고서 살 수 있을까. 인간은 사회적인 동물이어서 결코 혼자서는 살 수 없다. 사회가 싫어서 현실을 도피하거나 궁극적인 진리를 찾기 위하여 정진하는 사람도 자기 자신은 혼자 살아간다고 할지라도 따지고 보면 누군가의 도움을 받고 있다. 또한 일할 때는 힘들어서 쉬고 싶지만 일하지 않는다면 얼마나 따분해 할까. 인간은 매일 밥을 먹듯 끊임없이 일을 한다.

그러나 인간은 일에 집중하고 몰두할 수 있어도 꿀벌이나 개미처럼 오랫동안 지속적으로 일을 하면 쉽게 따분해 한다. 인간은 유희적인 동물이어서 삶을 즐기려고도 한다. 이런 특성과 욕구를 해소하기 위해 취미생활을 한다. 일과 취미는 서로 보완작용을 하며 인간에게만 있는 유일한 특징이다.

인간이 사회생활을 하면서 벗어날 수 없는 원초적인 본능에 가까운 것으로 성욕, 도박, 거짓말이 있다.

꽃을 보고 아름다움을 느끼는 것은 지극히 당연하다. 해마다 꽃이 피고 새 생명이 탄생되니 자연을 취하려는 욕망은 덜한 것 같다. 그러나 인간은 세상 끝까지 추구하고 싶은 성욕이 있다. 인간은 나비와 벌이 꽃을 찾듯이 정력이 다할 때까지 성욕을 추구한다. 동물들은 종족번식을 위해 짝짓기를 하지만 인간은 쾌락을 위해 성행위를 한다.

도박은 금품을 걸고 승부를 다투는 것으로 과대망상에 사로잡혀 있는 사람들의 싸움이다. 도박판에는 따는 사람이 있으면 잃는 사람이 있게 마련이다. 도박에도 약간의 즐거움은 있지만 그 최후는 허탈함과 비극이다. 도박은 평상시나 평범한 사람에게는 없는 것 같아도 어느 순간 점화되면 활활 타오르는 불길마냥 걷잡을 수 없다. 누구나 게임을 좋아하고 내기해야 하는 습성이 내면에 깊숙이 자리하고 있다. 한번쯤 일확천금을 꿈꾸는 인간이기에 도박의 덫에 걸리기가 쉽다.

언어는 인간의 의사소통이다. 인간은 가정, 직장, 사회에서 자신의 생각 등을 말로 표현한다. 정직하고 진실하게 사는 것이 당연하지만 말 한마디에도 이해관계가 있으니 사실이나 진솔한 감정을 말하기보다 거짓말을 하게 된다. 누구나 어린 시절에는 순진무구하고 바르게 생활했더라도 성인이 되고 사회생활을 하면서 마음은 아닐지라도 어쩔 수 없이 거짓말을 하게 된다. 이는 인간이 이기적이고 이해관계가 있어서 그런 것 같다.

쾌락이든 도박이든 거짓말이든 간에 그 끝은 파멸의 구렁텅이라는 것을 알지만 자기 자신만은 모든 위험을 피해갈 수 있고 모든 것을 얻으리라는 신념이 오히려 절대적인 본능이 아닐까.

인간이 의식주를 해결하고 보다 나은 삶을 살더라도 다양한 감정을 지니고 유한한 존재임을 아는 이상 궁극적으로 인간은 예술을 창조하고 종교생활을 할 수밖에 없는 존재이다.

예술은 미적인 작품을 형성시키는 인간의 창조 활동으로 음악, 미술 등 다양하다. 예술의 미는 단순한 아름다움이 아닌 사람들에게 감동이나 쾌감을 주는 것으로 인간의 관념과 상상력의 산물이다. 그리하여 예술은 현실과 다소 무관한 인간의 또 다른 삶의 영역이기도 하며, 일상적인 생활에서 벗어나 휴식 공간이 되기도 한다. 인간은 개성이나 삶의 차이가 있을지라도 예술을 좋아하고 예술을 해야만 하는 존재이다.

세상만사가 평안하다 해도 인간은 두려움이 많아 늘 불안하다. 그 두려움은 생로병사에서 기인되기에 알 수 없는 존재에 의지하려고 한다. 또한 인간은 유한한 존재이기에 영원한 세상을 갈망한다. 누구나 젊었을 때는 이 세상이 자기 것인 양 사고하며 온 세상을 가지려고 한다. 그렇지만 인간은 늙어감에 따라 다 부질없음을 깨닫고 자신이 보잘것없는 우주의 하찮은 티끌에 불과하다는 것을 안다. 더 좋은 세상을 만들고 영원한 삶을 위해 종교적인 생활을 할 수밖에 없는 것 같다.

인간이 상징적이든 이성적이든 사회적이든 종교적이든 간에 사는 모습을 그려보면 다양하지만 그 삶은 언제나 호수 위에 떠 있다고 볼 수 있다. 그래서 인간은 삶을 위해 끊임없이 자맥질을 해야만 한다. 잠시라도 쉬고 있으면 수면 아래로 가라앉는다. 열심히 집중적으로 자맥질을 한다고 해서 오랫동안 떠 있는 것도 아니다. 떠 있다는 자체는 희망적이지만 동시에 고통을 수반한다.

사람들은 언젠가는 지금보다 더 나은 삶을 살 수 있을 거라는 조그만 희망을 품고 살아간다. 기약 없는 그 희망 때문에 삶이 더욱 고통스러울 수도 있다. 하지만 희망이 없다고 해서 고통에서 해방되는 것은 아니다. 삶은 이리저리 살아도 후회다. 우리는 가보지 않은 가고 싶었으나 갈 수 없었던 길에 대한 동경을 가지고 있기에 허무를 더 느낀다. 인간은 결국 죽는 날까지 희망을 갖지만 희망이 서서히 줄어드는 자리에 회한이 차곡차곡 채워지는 것은 아닐까.

인간에 대하여 사람마다 보는 견해가 달라 무엇이라 정의하기는 어렵지만 파스칼이 말한 "인간은 생각하는 갈대다"라는 것이 가장 근사한 표현이 아닐까. 생각은 좋은 생각, 나쁜 생각, 긍정적인 생각, 부정적인 생각, 이런저런 생각 등 다양하다. 우리는 인간답게 살아야 한다. 인간답게 사는 것은 좋은 생각을 하고 그것을 실천하는 것이다.

성선설과 성악설

초등학생들에게 인간의 선악에 대해 묻는다면 대부분의 어린이는 선하다고 하겠지만 어떤 어린이는 신문, 방송에서 보아온 유괴나 연쇄살인범을 연상하며 악하다고 할 수도 있다. 또한 인적이 끊어진 외딴 산길을 홀로 간다면 짐승의 발자국이나 구슬피 우는 벌레소리가 무섭고 두려울 것이지만 그보다 낯선 사람을 만나면 더욱 놀랄 것이다. 우리는 인간이 선하다고 하면서도 낯설거나 신분을 알지 못하면 왠지 모르게 서로를 의심하며 두려워한다.

인간의 선악을 두고 맹자는 성선설을, 순자는 성악설을 주장하였다. 성선설과 성악설에 있어 어느 이론이 명확히 옳다고 할 수는 없다. 선하다는 것은 좋음을 뜻하고 악하다고 하면 나쁜 사람으로 간주되거나 인간이 어떻게 악할 수 있겠나 등의 이유로 대부분의 사람들은 성선설을 따를 것이다.

맹자는 "인의예지인 사단이 천성에서 발생하므로 인간의 본성이 선하다"는 것이다. 인간의 본성이 짐승과 다른 것은 사단에 의한 인간의 선함 때문이다.

순자는 "인간의 성품은 악하다. 선한 것은 인위"라고 하였다. 선은 선천적인 것이 아니라 후천적임을 지적한 것이다. 성악설은 사람이 태어나면서부터 가지고 있는 감성적인 욕망에 주목하고, 그것을 방임해두면 사회적인 혼란이 일어나기 때문에 악이라는 것이다.

일반적으로 성선설과 성악설이 사람의 본성이 선과 악의 이분법적인 반대이론인 것 같지만 그렇게 보는 것은 옳지 않으며 그것들이 추구하는 바는 같다고 봐야 한다. 성선설은 인간의 본성이 원래 선한데 세상을 살아가면서 온갖 사악한 것에 물들어가기 쉬우니 자신의 인격을 수양하고 예를 배워 그런 악함에 물들지 말자는 것이고, 성악설은 인간의 본성은 동물의 본능과도 같이 자신의 욕심만을 채우려고 하는 것이니 예를 배워서 올바른 길로 나아가야 한다는 것이다.

맹자는 갓난아이의 맑은 모습, 어린아이의 순수한 모습에서 성선설을 착안한 듯하고, 순자는 먹을 것에 욕심을 부리고 자신의 뜻대로 되지 않으면 이내 울어버리는 것을 인간의 악한 본성으로 본 듯하다. 달리 표현하면 맹자는 선심(善心)을, 순자는 정악(情惡)을 강조했다고 볼 수 있다.

맹자는 인간의 근본적인 심성이 착하다는 전제하에서 도덕에 의한 교화를 기본으로 삼는 왕도정치를 구현하였다. 이에 비해 순자는 후천적인 작위에 의하여 기질을 변화시킴으로써 선하게 될 수 있다고 하며, 예치주의를 바탕으로 한 그 사상은 후에 법가가 나오게 되었다.

인간의 본성이 선할까, 악할까? 성선설이나 성악설을 접할 때마다 누구나 한번쯤 고민해본 문제이다. 인간의 본래 모습이 선도 아니고 악도 아니며 선도 있고 악도 있다. 선악을 초월해 있는 존재다. 일련의 과정을 거치면서 선악을 모두 지니고 있게 된 것이다. 때로는 착하고 때로는 죄를 범하기도 한다. 즉, 시대와 환경에 따라 선해지기도 하고 악해지기도 한다.

우리가 자기 자신을 돌아보면 누구나 자신만큼은 선하다고 생각할 것이다. 자신이 하는 일은 지극히 당연하고 잘못을 하여도 다 합당한 이유가 있으며 한없이 관대하다. 반면에 남들이 저지른 잘못에 대해선 철저하게 시비를 가리려 하고 전후사정은 들어볼 필요도 없이 나쁜 것으로 간주하고 뭉개버리지 않는가. 선과 악에 대하여 마음은 그렇지 않을지라도 행동은 너무나 편의적이다.

맹자의 왕도정치는 군주가 인과 의를 몸에 익혀서 널리 사람들에게 확산시켜 나가는 것이다. 인이란 동정이나 애정을 의미하며, 의란 도리에 맞고 인간으로서 바르게 살려고 애써서 잘못됨이 없는 것을 말한다. 순자는 〈근학〉편에서 "청색은 쪽이라는 풀로 만들지만 원래의 쪽 색깔보다 한층 더 푸르다. 얼음은 물로부터 이루어지지만 원래는 물보다 더 차갑다. 나무는 먹줄에 맞춰서 깎으면 곧바르게 되고, 쇠는 숫돌에 갈면 잘 들게된다. 이와 마찬가지로 인간도 매일 반성하며 학문에 힘쓰면 지혜도 연마되고 그릇된 일도 하지 않게 된다"고 하였다. 맹자의 왕도정치나 순자의 근학을 비교해보면 방법에 차이가 있을 뿐 추구하는 목표는 같다고 볼 수 있다. 그리고 순자의 성악설이 우리가 일반적으로 생각하는 나쁨을 뜻하는 악이라고 볼 수는 없다.

맹자의 성선설은 숭고하며 많은 세월이 흘러가도 변함이 없을 것이다. 성선설에 바탕을 둔 왕도정치는 군주가 하늘이라고 생각하던 왕조시대에는 인간을 올바르게 인도하고 인과 의로서 나라를 통치하고 사회를 이끌어 갈 수 있었다. 하지만 문명이 극도로 발달한 현대사회에서는 이것만으로 좋은 세상을 만들기에는 한계가 있다.

산업화가 진행되던 농경시대만 하더라도 몇몇 사람들의 잘못되고 삐뚤어진 행동은 대부분의 사람들이 올바르게 살기에 그리 문제되지 않았다. 도덕과 규범을 따르던 그 시대에는 일시적인 악이 있다하여도 이내 선에 동화될 수밖에 없었다. 어느 누가 잘못을 저지르면 모두가 나서서 가르치는 예절과 장유유서가 있는 미풍양속의 사회였으니까.

각박한 세상이 되어버린 요즘은 일상생활을 보더라도 남녀노소를 가릴 것 없이 자기중심적으로 행동한다. 공중도덕이 무엇인지 알려고도 하지 않으며, 안다고 하여도 지키는 것은 별개라고 행동하는 사람들이 너무 많다. 그런 사람들은 누가 그들의 잘못을 지적하면 수긍은커녕 당신이 뭔데 참견하느냐며 되레 화를 내거나 심지어 폭력을 휘두르기까지 한다. 눈꼴 사나운 현실이 서글프지만 어찌 한두 사람의 정의나 노력으로 이를 바로 잡을 수 있겠는가.

성선설과 성악설을 호수에 비유하면 호수의 물을 깨끗하게 유지하는 방법이 될 것이다. 그 방법은 무엇보다 물을 깨끗하게 호수로 흐르도록 해야 한다. 그렇게 하자면 호수 주변에 사는 사람들이 세제나 화공약품 등을 사용하지 말고 절제해야 한다. 또한 사람이 살다보면 물이 오염되기에 정화시설을 설치하고 오염시키는 자의 처벌을 강화해야 한다. 전자는 성선설에, 후자는 성악설에 가깝다. 어느 것이 더 나을까. 전자가 참 좋은 방법이기는 하나, 사회 규모가 커지고 문명이 발달할수록 각자 깨끗한 물을 배출하자고 하는 데는 한계가 있어 후자를 선택하지 않을 수 없다. 물론 두 가지 방법을 병행해야 한다.

우리는 다양하고 개성이 강한 세상을 살고 있다. 사람들은 자신의 이익을 위해서는 공익이나 다른 사람들의 피해는 아랑곳하지 않으며 심지어 권모술수, 사기, 부도덕하고 비양심적인 행위를 서슴지 않는다. 오늘날 사회는 급격히 변화하며 사람들의 욕심과 이기심은 날로 늘어가고 있다. 법을 엄격하게 집행하지 않으면 사회를 유지하기가 어렵게 되었다.

성선설로 인간성을 회복하고 도덕적인 사회를 만들기 위해서는 무엇이 선행되어야 할까? 많은 것이 해결되어야 하겠지만 기본적으로 적정한 인구 유지와 올바른 인성교육이 아닐까 싶다.

먼저 이 땅에 적정한 인구가 유지되어야 한다. 파이는 일정한데 인구가 많다 보니 각자에게 돌아가는 게 적고 부담해야 하는 것은 늘어나고 있다. 어느 나라를 막론하고 실업문제가 대두된다. 일자리를 충분히 창출하면 되지 않느냐고 할지 모르지만 그리 쉬운 일이 아니다. 우리나라만 해도 청년실업문제가 수십 년이 지나도록 시원하게 해결된 적이 없고 앞으로도 계속될 것이다. 정책의 잘못이라면 그것은 인구정책의 잘못이다. 이미 지구상에는 다함께 참살이를 하기에는 인구가 너무 많은 것이 사실이다.

또 다른 측면은 지나친 자식애가 올바른 인성교육의 장애가 되는데 이를 극복해야만 한다. 부모의 자식사랑은 뭇 생명체와 마찬가지로 본능적이고 남다르다. 자식을 부모의 분신으로 생각하다 보니 조그만 아픔도 애달파하고 남에게 당하는 수모는 진실 여부를 떠나서 참기가 어렵다. 자식의 잘잘못에 대해서 옳고 그름을 따지기보다 먼저 감싸려고 한다. 부모의 지나친 자식사랑과 경쟁해야만 하는 사회구조에서 인성교육은 무척 힘들 수밖에 없다.

하루가 다르게 발전하고 변하는 현대사회에서 인간은 경쟁에서 이겨야만 하기에 순자의 성악설이 사회를 유지하고 이끌어가기 위해 더 맞지는 않을까. 물론 맹자의 성선설이 인간의 본성으로 보자면 당연하고 부인할 수 없지만 점점 이기적으로 가는 현실에 비추어볼 때 왠지 모르게 모든 사람이 실천하기에는 한계가 있는 것 같다.

성선설은 도덕적인 측면에서 인간의 본성을 본 것 같고, 성악설은 감정적인 측면에서 인간이 하는 행동을 관찰한 것 같다. 성선설이든 성악설이든 목적은 같으므로 인간다운 삶을 살고 좋은 사회를 유지하기 위해서는 둘 다 필요하다.

사단과 칠정

사단은 유학에서 인간의 본성을 가리키는 말이다. 맹자는 인간이 본래부터 선한 마음을 가지고 있다고 주장하였으며, 측은·수오·사양·시비의 네 마음을 각각 인의예지의 단서로 보았다. 칠정은 인간의 여러 가지 감정을 일컫는 말이다. 칠정이라는 표현이 처음 나타나는 곳은 〈예기〉로 인간의 여러 감정들을 기쁨, 노여움, 슬픔, 두려움, 사랑, 미움, 욕망으로 희·노·애·락·애·오·욕을 말한다.

조선의 성리학은 인간의 본성에 따른 마음인 사단과 인간의 감정인 칠정이 어떤 관계에 있는지에 대해 학파에 따라 다른 입장을 보였다. 이러한 견해 차이는 성리학의 기본 개념인 이(理)와 기(氣)에 대한 관점 문제에서부터 구체적인 인간의 행동, 윤리에 이르기까지 발전하였다.

사단이 인간의 삶에 있어서 어떠한 영향을 미치며 사람들은 어떻게 받아들이고 있을까?

측은지심은 남을 불쌍하게 여기는 착한 마음을 이르는 말로 누구에게나 이런 마음은 있다. 인간은 남의 아픔과 고통, 어려움 등이 마치 자신의 것인 양 생각하는 마음이 있기에 고귀한 존재다. 우리는 어떠한 경우에 측은한 마음을 느끼는가. 남들이 불의의 사고를 당하거나 생활형편이 어려워 고통스럽게 사는 이를 보는 등 이와 유사한 경우에 측은한 생각을 한다.

사람들은 남의 불행에 대해 안됐다고 생각하면서도 한편으로는 순간의 행복을 느끼는 경우가 있다. 왜 이런 생각이 들까? 나쁜 마음이 있어서가 아니라 자기 자신과 비교하여 남의 아픔을 위안으로 삼는 것이다. 자신도 어려움에 처해질 수 있었는데 운이 좋아서, 아니면 잠시 마음을 비워서 그런 생각을 하는 것 같다.

반대로 "사촌이 땅을 사면 배가 아프다"는 속담이 있다. 그것은 진정으로 마음이 그렇다는 것이 아니라 자신의 처지와 비교해보니 자신이 더욱 초라해지는 느낌을 받기 때문이다. 엄친 아들이 공부를 잘하면 무척 스트레스를 받는다. 어머니를 비롯한 주변 사람들이 자꾸 비교를 하니 그럴 수밖에 없다. 사실은 자신과는 직접적인 관계가 없는 일인데 우리 사회가 그렇게 만들어놓은 것이다.

수오지심은 자기의 옳지 못함을 부끄러워하고 착하지 못함을 미워하는 마음이다. 이런 마음이 있기에 사람은 인간다운 생활을 한다. 인간은 일생 동안 옳은 마음을 갖기 위해 노력하며 옳지 못한 행위에 대해 창피함을 느끼고 반성한다. 인간의 도리를 못할 때, 보통 사람들은 다하는데 나만 못할 때, 주변 환경이나 신체적인 장애가 있을 때도 부끄럽고 심지어 수치심을 갖는다. 우리는 인간이기에 수오지심을 갖는 것은 지극히 당연하다. 부끄러운 행동을 했을 때 반성하고 고치려고도 한다. 그러나 잘못이나 반사회적인 행위를 하고서도 부끄러워하기는커녕 철면피한 사람도 있기는 하다.

사람들은 자신의 행위와는 무관하게 처한 환경에 대하여 수치심이 앞서 숨기려고 한다. 열악한 환경이나 처지가 자랑할 것은 못되지만 숨긴다고 사실이 없어지지는 않는다. 거론하기가 미안하나 장애인 가족을 생각해보면 우리는 너무나 떳떳하지 못하게 사는지도 모른다. 장애는 누구에게나 올 수 있고 장애를 부끄럽게 생각하면 또 다른 장애가 생긴다. 장애는 불편할 뿐 수오지심의 대상이 아니며 그것을 숨기려는 마음을 부끄러워해야 한다.

사양지심은 겸손하며 남에게 양보할 줄 아는 마음이다. 사양지심을 생각하면 먼저 선조들이 미덕으로 여겨온 겸양의 덕이 있다. 겸양은 능력이 있는데도 불구하고 다른 사람에게 지위나 자리를 양보하는 것을 말한다. 현대사회는 자기 자신을 자랑하고 과시하려는 명예욕이 강하여 겸양의 미덕은 거의 찾아볼 수 없다. 비근한 예로 선거로 뽑는 자리는 정당하기보다는 상대방을 비방하고 중상 모략하는 경우가 허다하지 않는가.

노인을 공경하고 연장자를 우선시하는 우리의 미풍양속도 서서히 사라지고 그 본래의 기능을 하지 못하는 것 같다. 사회가 변화하고 인성교육의 부재도 한 몫 하지만 세상살이가 각박해졌다는 증거이다. 전철을 타보면 쉽사리 느낄 수 있다. 물론 양심이 살아 있고 경노사상이 투철한 사람도 있지만 대부분의 사람들은 자리양보에는 관심이 없는 것 같다. 양보의 질서가 없는 사회는 남을 생각하지 않는 자기중심적인 닫힌 사회로, 종국에는 인간성이 상실되어 삭막하고 고독한 군중이 될 뿐이다.

시비지심은 옳음과 그름을 가릴 줄 아는 마음이다. 시비를 잘 가리는 사회나 조직은 건강하다. 시비지심은 곧 공정성이다. 어떤 결정이 이루어지면 피해자는 언제나 공정성이 결여되었다고 한다. 그런 면도 다소 있지만 무엇보다 그것은 서로 믿지 못하기 때문이다. 또한 집행자나 결정자도 어느 정도의 편견을 가지고 있다. 팔이 안으로 굽는다는 속담도 있지 않는가.

검찰이 수사를 하면 특히 대상이 정치인일 경우에는 수사의 공정성과는 관계없이 어떤 결과가 나오더라도 편파수사, 표적수사라고 한다. 법원의 판결에 대해서도 '유전무죄, 무전유죄'라는 수식어가 떠나지 않는다. 모순되게도 우리는 공정성을 주장하면서도 원리원칙에 따라 집행하면 "맑은 물에는 고기가 살기 어렵다. 한번 두고 보자"는 등 비난한다. 시비지심은 자신에게는 관대하고 남에게는 엄격한 지극히 자기중심적이고 남을 믿지 못하는 마음의 문제가 아닐까.

사단과 칠정을 말할 때 이황과 기대승의 사단칠정 논쟁을 빼놓을 수 없다. 이황은 사단은 이(理)가 발한 것으로 기(氣)가 그것을 따르는 것이고, 칠정은 기가 발한 것인데 리가 그것을 타는 것이라고 하였다. 사단과 칠정을 전혀 다른 것으로 보면서도 리와 기는 나눌 수 없는 것으로 보고 있다. 이에 반해 이기일원적인 입장에 선 기대승은 사단과 칠정은 모두 성이다. 사단이 선한 것은 천명의 본연이고 칠정에 악이 있는 것은 기품에 과불급이니 사단칠정에 본래 두 가지 뜻이 있는 것이 아니라고 보고 있다.

사단칠정의 논쟁이 다 맞는 것도 같고 차이가 있는 것도 같아 명확히 말하기는 곤란하다. 사단과 칠정을 분리하면 이 둘은 전혀 다른 차원의 감정이고, 사단과 칠정을 통합하면 이 둘은 똑같이 성에서 출발한 것이고, 사단과 칠정을 분리와 통합을 넘어서 보면 통합과 대립의 구도를 벗어나 절충, 극복하려는 관점이다. 아무튼 우리가 사단이나 칠정을 느낄 때 어느 정도 서로의 영향을 받는 것은 사실인 것 같다.

인간은 태어나서 죽을 때까지 '희노애락애오욕'의 감정을 늘 느끼며 살아간다. 칠정은 기쁨과 슬픔, 사랑과 미움마냥 서로 상대되는 감정도 있지만 각자 별개의 감정이라고 보아야 한다. 감정은 사람의 천성에 따라 차이가 많으므로 그 사람의 본성이 가장 중요하다. 낙천적인 사람은 사물을 밝게 볼 것이고 차분하고 냉정을 유지하는 사람은 슬픔을 잘 이겨낼 수도 있다.

그러나 본성 못지않게 영향을 미치는 것이 환경인 것 같다. 해마다 봄이면 온 산과 들녘을 꽃으로 수놓는 남도에서 죽 살아온 사람과 겨우내 눈 아니면 적막한 겨울산만 보이는 산골에서 수십 년을 산 사람에게는 감정의 차이가 있지 않겠는가.

보상 관련 업무를 하면서 절실히 느낀 것인데 충실히 군대생활을 오랫동안 한 사람과 선량하고 소박하게 산 농부는 어딘가 모르게 감정이 직설적이고 단순화되어 있는 듯하다. 그들은 사회적으로 대인관계가 그리 넓지 않고 같은 일을 반복적으로 하여 지극히 자기편향적인 감정을 갖고 있다. 공익사업을 하는 것은 좋은데 왜 자신들이 손해를 봐야 하는지 항변을 한다. 그들의 생각이 틀리지는 않으나 사회는 여러 사람이 함께 살아가는 공익이 필요한데 이를 이해하려고 하질 않는다. 그들은 분명 완고한 고집이 있으나 악의는 없다. 그리고 그들은 인간 본성의 마음인 사단이 관계하지 않는 순수한 감정을 소유한 것 같다.

우리는 사회나 조직생활에서 같은 잘못을 하였는데도 사람에 따라 노여워하는 정도의 차이를 느낄 수 있다. 이는 그 순간의 감정보다 그 사람에 대한 인식과 편견이 있어서 그럴 것이다. 또한 칠정에는 일반적인 감정이 주를 이루지만 인간의 악한 성질이 숨어 있지는 않을까.

인간의 선하지도 착하지도 않은 순수한 감정은 어떤 때 생길까? 아마도 그것은 예술을 할 때의 감정이 아닌가 싶다. 예술은 아름다움을 창작하는 것이니 그림을 그리거나 노래를 부르는 순간은 감정이 몰입되고 집중되어 인간의 순수한 마음 그 자체일 것이다.

어느 날 나는 인터넷신문을 검색하다가 '예비군훈련 잠행한 연대장'이라는 제하의 기사를 보았다. 아무런 생각 없이 읽는데 순간 성명이 눈에 확 띄었다. "어, 옛날 우리 중대장이네. 저 사람이 별을 달아야 하는데 아직도 대령이야." 먼저 안타깝고 안됐다는 생각이 들었다. 그냥 잊고 있다가 우리 아들이 군 입대를 하고 마음이 허전하여 그 중대장을 검색해보니 준장이 되어 있었다. 축하해주고 좋아해하는 것이 순서인데 나도 저 길을 갔더라면 별을 달았을 것처럼 아쉬움이 먼저 왔다.

사람의 마음이란 참 이상하다. 왜 그런 마음이 있었을까. 사실 중대장님은 30여년의 군 생활을 하면서 일반인이 누리는 편익과 즐거움을 억제하고 오직 군에 충실하여 오늘의 그가 되었다. 그 과정에서의 숱한 어려움과 갈등은 이루 말할 수 없었을 것이다. 그런 사정은 제쳐두고 영광의 순간만을 보고 탐내고 있으니 한심스럽기 짝이 없지 않는가.

가령 누가 로또복권이라도 당첨되면 특히 당첨자가 주위에 아는 사람이라면 부러워하면서도 자기 자신은 운이 없다고 생각한다. 심지어 로또복권을 사지도 않는 사람이 그런 생각을 하는 경우도 있다. 자신과 아무런 관계가 없는 이러한 생각을 하는 것은 인간의 끝없는 욕망 때문이다. 인간의 욕망은 드러나 보이는 것보다 숨어있는 잠재욕망이 훨씬 더 크고 많은 것 같다.

흔히들 인간은 감정의 동물이라고 한다. 인간은 세상살이를 하면서 숱한 감정을 느낀다. 감정은 수시로 변하며 변덕이 심하여 하루에도 여러 감정이 반복되며 금방 좋아졌다가도 싫어지는 카멜레온 같은 것이다. 우리가 자연에서 받는 감정은 기복이 크지 않으나 사람과 사람관계에서 일어나는 감정은 럭비공과 같아 조금만 잘못하여도 그 파장이 클 수 있다. 바둑에서 한 수의 수순을 바꾸면 끝장이듯이 일상 업무에서도 절차를 생략하거나 순서를 바꾸면 상대방의 마음을 상하게 할 수 있고 감정은 또 다른 감정을 낳아 낭패를 본 일이 숱하게 있을 것이다.

일반적으로 인간의 마음과 감정을 사단과 칠정으로 구분한다. 사단은 인간의 본성을 가리키는 선한 마음이고, 칠정은 인간의 여러 가지 감정을 말한다. 사단이 우주 작용의 원리인 이(理)에서 나왔고, 칠정은 우주 작용의 형태인 기(氣)에서 발하였다고 하더라도 그것이 그리 중요한 것인가. 쉽게 말하면 사단은 도덕적인 감정이고 칠정은 일반적인 감정일 뿐이다.

　인간의 몸과 마음은 사단과 칠정으로 이루어져 있다. 사단이 차지하는 부분과 칠정이 차지하는 부분이 어느 정도인지는 모른다. 사단과 칠정이 구분되어 있다고 하여도 칠정의 하나인 욕망이 대부분을 차지하고 있는 지도 모른다. 사단이 칠정을 지배한다고 하여도 때로는 칠정이 사단과 관계없이 행동하는 경우가 많지 않겠는가.

　사람마다 인격이나 처해 있는 환경이 다르기에 선한 마음인 사단과 자연스러운 감정인 칠정이 서로 미치는 영향은 천차만별일 것이다. 인간의 감정을 구분하는 일보다 인간의 감정이 표현되고 나타나는지를 잘 알고 악하게 되는 감정의 상태를 어떻게 선으로 회귀시킬 수 있는가가 필요하다. 중요한 것은 각자 사단과 칠정을 잘 조화시켜 수양해야 한다.

성욕과 도박

모든 생명체는 그 나름대로 본능을 지니고 있다. 동물은 먹고 싸우며 종족을 번식한다. 인간도 짐승의 성질이 강하여 이성이 지배하더라도 본능적으로 추구하는 것이 있다. 그 원초적인 본능은 단연 쾌락이라고 하는 성욕일 것이다. 또한 원초적인 본능은 아닐지라도 성욕과 속성이 유사한 것으로 한번 빠지면 헤어나지 못하고 종국에는 빈털터리가 되는 도박이 있다.

성욕은 인간의 성스러움도 있지만 도가 지나치면 부작용이 따른다. 성욕으로 인해 파생되는 성희롱, 성추행, 성폭행, 성매매는 사회 곳곳에 내재하고 있으며, 연령이나 지위 고하를 막론하고 발생되는 것을 보면 너무나 황당하고 수치스럽다.

도박은 규칙을 정해놓고 승부를 겨루는 게임의 일종이지만 사행성을 동반한다. 요행을 바라는 게임은 상대적으로 확률이 낮으며 중독성이 있기에 마음을 병들게 한다.

누구나 성욕으로 인해 발생되는 일련의 사건과 도박을 비도덕적이고 반사회적이라고 비난한다. 하지만 인간은 성욕을 추구하고 도박을 즐기기에 이것들의 유혹에서 자유롭지 못하다.

성욕

피비 케이츠가 열연한 〈파라다이스〉는 원시의 사막에 혼자 남은 소녀가 성을 알게 되고 자연 속에서 어른이 되는 모습을 그린 영화이다. 젊음과 빼어난 미모로 거울처럼 투명하게 맑은 물에서 헤엄치는 소녀의 장면을 볼 때 누구나 한번쯤 그런 세상을 동경할 것이다.

나는 한때 어느 여직원이 유년 시절의 누구와 닮았다는 이유로 그녀를 사랑한다고 생각했다. 세월이 많이 흘렀지만 지금도 그녀를 스치는 정도로 마주칠 때가 있다. 냉정히 생각해보면 그녀를 순수하게 사랑한 것이 아니라 애욕을 갖고 있었던 것 같다.

보통 남성들이 술을 마시거나 그들만의 모임에서 빠지지 않는 것이 음담패설이다. 통상 음담패설에 등장하는 주연은 관능미 넘치는 미모의 여인이고 조연은 화자인 그다. 그는 '어디에 가면 물이 좋다'는 등 자신의 경험담을 신나게 이야기하며, 때로는 거짓과 과장을 섞어서 리얼한 언어로 시선을 집중시킨다. 사실과 관계없이 관객은 흥미롭게 들으며 맞장구를 친다. 이야기나 농의 차이는 있겠지만 여성들도 다분히 그럴 것이다. 인간은 세대나 연령을 초월하여 성을 이야기하고 끝없이 성욕을 추구한다.

사람들은 성생활이 없으면 무슨 재미가 있으며 밥만 먹고 살 수는 없다고 한다. 맞는 말이지만 그렇다고 성행위를 마음대로 할 수 있는 것도 아니며 일방적으로 추구해서도 안 된다. 우리 사회는 도덕적·법적으로 배우자와 하는 성행위만 허용된다. 배우자와 갖는 성행위는 횟수와 장소에 관계없이 풍기문란하지 않으면 비난할 사람은 없을 것이다.

대부분의 사람들은 배우자의 미모가 뛰어나도 다른 이성을 찾는 습성을 지니고 있다. 배우자가 아닌 이성과 벌이는 혼외정사는 분명 도덕적으로 비난받아야 마땅하지만 서로가 조건 없이 사랑한다면 굳이 비난하고 싶지는 않다. 다만 그 행위가 세상에 노출되면 스캔들이고 비밀이 유지되면 그들만의 로맨틱일 뿐이다.

흔히 성욕과 관련한 인간의 의지나 도력을 말할 때 황진이, 서경덕, 지족선사에 얽힌 이야기를 한다.

황진이는 재색을 겸비한 조선조 최고의 명기다. 30년간 면벽 수도하는 지족선사를 찾아가 미색으로 시험해 굴복시켰으며, 학문이 높은 서경덕을 찾아가 시험하다가 그의 높은 인격에 탄복하여 평생 서경덕을 사모했다는 일화가 있다.

이 일화는 사실 여부를 떠나 황진이의 미색과 서경덕의 곧은 인품이 부각되어 있다. 유교사회라서 그런지는 몰라도 지족선사의 파계는 어쩌면 불교를 비하한 측면도 있다. 한편으로 생각해보면 지족선사도 원효대사가 요석공주의 사랑을 받아준 것과 같다고 볼 수도 있지 않겠는가. 그들이 벌인 성의 유희나 인격이 어떠했던 간에 오늘날의 성문제와는 차원이 다르다. 그들은 강제성이 없었기에 파계나 인품에 관계없이 그들만의 문제였을 뿐이다.

성욕을 추구하는 과정에서 발생되는 것으로 성폭력, 성추행, 성희롱, 성매매가 있다. 성폭력과 성추행은 성희롱에 비해 육체적·정신적 피해가 심각하다고 볼 수 있다. 성희롱은 이성에게 상대편의 의사에 관계없이 성적으로 수치심을 주는 행위로서 직장이나 사회에서 끊임없이 일어나고 있다. 성매매는 성을 매개로 돈을 받고 몸을 파는 행위로서 남성들의 부도덕한 면도 있지만 성매매 여성의 인권이 문제된다.

성 관련 사건이 신문과 방송에 자주 기사화되고 잊을만하면 터지고 있으니 알려지지 않는 피해는 얼마나 많을까. 그 대표적인 기사 제목으로 "국회의원 여기자 성추행, 대학교수 조교 성희롱, 고교생 집단으로 여고생 성폭행, 장애인을 성폭행한 마을주민들, 신도들을 상습적으로 성추행한 종교인, 주거침입신고로 조사받는 여성을 강제 추행한 경찰관, 여군 장교를 성추행한 부대장" 등 그야말로 유치찬란하다.

희롱은 말이나 행동으로 상대방을 실없이 놀리거나 제멋대로 가지고 노는 것을 말한다. 희롱하는 이는 즐거울 수 있을지라도 희롱당하는 사람은 불쾌하고 인간으로서의 모멸감을 받을 것이다. 일반적인 희롱도 이러한데 더구나 성희롱은 얼마나 수치심이 일까. 쥐는 고양이를 절대로 희롱할 수 없으며, 고양이가 쥐를 희롱하는 것이다. 더구나 성희롱은 강자가 약자에게 하는 비열한 행위다.

사회나 직장에서 끊이지 않는 성희롱도 문제지만 성추행이나 성폭행은 인간의 야만성의 극치다. 사건이 터지고 나면 후회를 한다지만 시간이 지나면 쉽게 잊어버린다. 당한 사람의 피해는 누가 책임질 것이며, 어떤 배상으로도 치유되지 않는다. 엎질러진 물을 담을 수 없듯이 한번 당한 인권유린은 평생 지울 수 없고 회복에도 많은 시간이 걸린다. 범죄는 초범보다는 재범이 일어날 확률이 높고, 한번 죄를 범한 사람은 더욱 위험하다. 성범죄자의 재범을 막고 성범죄 공포를 안고 사는 사람들을 위해 성범죄자를 격리하거나 통제하자는 의견이 많지만 성범죄자의 인권을 주장하는 사람도 있으니 너무 아이로니컬하다.

사회적인 지위와 높은 인격을 소유한 사람들도 성상납을 강요하고 성매매를 하는 사회이니 누가 누구를 비난할 수 있겠는가. 사실 성매매는 성적 욕구를 분출하지 못하는 사람들이나 빈자들과는 거리가 멀다. 사람들이 성욕을 끊임없이 추구한다면 예방할 수 있는 방법에도 한계가 있다. 성매매를 방지하고, 성매매피해자 및 성을 파는 행위를 한 사람의 보호와 자립을 지원하는 「성매매방지 및 피해자보호 등에 관한 법률」이 근본적인 대책이 될 수는 없다. 성매매는 수요가 있기에 성을 공급하는 사람이 있어 근절되지 않는다.

성매매는 원조교제와 같이 매수자와 매도자가 직접 이루어지는 경우는 드물다. 그 중간에 성을 조장하는 사람들이 있다. 수요자가 있기에 일명 포주라고 하는 사람들은 젊은 여성을 납치하거나 감금 폭행하여 성을 조달한다. 어쩌다 성매매에 빠진 사람들은 성의 굴레에서 좀처럼 헤어나지 못하고 있으며 그렇다고 돈을 많이 버는 것도 아니다. 성매매로 금품을 착취하는 사람들이 있는 한 성매매 여성들의 인권은 요원하다. 성매매는 부도덕하고 반사회적이어서 그것을 감추려고 하기에 인권의 사각지대가 생겨날 수밖에 없다.

어떤 사회가 되더라도 남자와 여자의 만남이 있기에 성희롱, 성추행, 성폭행, 성매매가 일어나기 마련이다. 하지만 우리는 최소한 미성년자의 성은 보호해주어야 한다. 그들은 정신적으로 미성숙하며 충동적일 수 있고 한번 받은 상처는 너무나 크기 때문이다.

사이버에서 야동이나 관능미 넘치는 사진을 볼 정도의 사람이라면 성의 유혹에서 자유롭지 못하며 경우에 따라서는 성범죄를 저지를 수 있는 개연성이 있다고 봐야 한다. 성문제는 인간의 이중적인 태도와 사고방식에서 기인한다. 가령 직장과 사회에서 여성에게 성차별을 일삼으며 내 누이, 내 딸이 성차별을 당할 때는 울분을 참지 못하고, 내 아내와 딸의 성은 윤리적인 잣대로 철저히 통제하고 절대적으로 보호되기를 바라면서 자신은 사회적으로 불법인 성적 향락을 거리낌 없이 취하고 있으니 말이다. 빈부노소, 지위 고하를 막론하고 누구나 예비 성범죄자가 될 수 있기에 성범죄 예방의 근본 대책은 어려운 것 같다. 그러나 우리는 성범죄 예방을 위해 다각적으로 노력해야 하고 또한 성범죄는 엄격히 다루어야 한다. 우리 자신들이 예비 가해자이고 우리 자녀들이 피해대상자라는 사실을 잊어서는 안 된다.

인간의 몸과 마음은 성욕으로 가득 차 있다. 동물은 새끼를 번식하기 위해 교접을 하지만 인간은 성욕을 추구하기 위해 늘 불 찾아가는 부나비 같이 세상을 어슬렁거린다. 성의 노예가 되지는 말아야 하는데.

도박

도박을 연상하면 무엇이 떠오를까? 선택의 고뇌와 스릴, 도박에 빠진 사람들의 비애, 아니면 도박의 장소나 도구인 카지노, 파친코, 슬롯머신, 화투, 카드가 연상되지만 단연 '타짜'가 떠오를 것이다.

〈타짜〉는 김세영이 쓰고, 허영만이 그린 만화이다. 그 후 타짜는 영화, 드라마로 상영되었다. 그 내용은 약간씩 차이가 있지만 도박을 사실적으로 묘사하여 속고 속이는 인간의 군상을 적나라하게 드러내고 있다. 고니의 아버지가 이사하기 위해 마련한 돈을 가져가 하룻밤에 도박으로 탕진하고 절규하는 모습은 처절하다. 그것은 도박의 말로와 인간의 비정이 어떤지를 단적으로 보여주고 있다.

도박은 금품을 걸고 승부를 다투는 게임의 일종이지만 그 내면에는 요행수와 위험성이 있다. 도박은 우연성이 큰 비중을 차지하는데 여기에는 약간의 기량을 발휘할 여지가 있다. 그래서 도박은 스릴이 있고 인간 고유의 사행심을 자극한다. 또한 도박은 유희가 있기에 어디까지가 놀이이고 어느 한계를 넘으면 범죄에 해당되는지 판별하는 데 어려움이 있다.

인간은 유희적 동물이다. 세 사람만 모여도 놀이를 하려고 한다. 그냥 있으면 심심하여 처음에는 재미로 했으나 흥미를 가미하고자 내기를 하게 된다. 도박은 놀이의 한 종류로 볼 수 있으며, 적절한 수준이나 범위 내에서는 스트레스를 해소하고 친목도모의 기능을 하기도 한다. 그러나 그 횟수가 잦고 판돈이 커지면 점차 도박으로 변해간다.

오늘날 우리 사회는 평범하게 일상생활을 하는 사람들도 도박에 접하기가 쉽고 도박의 유혹에 노출되어 있다. 사회 환경은 더욱 개방되고 도박 관련 산업은 날로 번창하고 있다. 우리는 법적으로 허용된 카지노에 갈 수 있고, 안면이 있는 사람들과 자리를 함께하면 쉽게 고스톱이나 카드를 할 수 있으며, 심지어 골프 등 운동경기에서도 내기를 한다. 경마, 복권, 주식도 마음을 다스리지 못하면 도박 이상으로 파멸이 기다리고 있으며 그곳에서 헤어나지 못하면 결국 폐인이 된다.

강원랜드는 유일하게 내국인 출입이 허가된 카지노로, 외국에서나 접할 수 있는 환상적인 분위기를 느낄 수 있는 곳이다. 폐광지역의 경제를 살리고 건전한 게임성 오락을 즐기기 위해 설치되었으나 그 이면에는 암울함도 있다. 아무리 좋은 정책도 모든 사람들을 다 만족시킬 수 없듯이 강원랜드도 나름대로 순기능이 있지만 어떤 사람에게는 비참한 현실이 될 수밖에 없다.

단적인 예가 되겠지만 강원랜드를 찾은 사람들 중에는 도박으로 거액을 탕진하여 비관 자살한 사람, 도박에 눈이 멀어 폐인이 된 사람, 아직도 도박에 미련이 남아 떠나지 못하는 사람이 상상외로 많다. 이들은 처음에는 호기심에 재미삼아 도박을 했건만 어쩌다 탕진한 돈을 찾으려다 결국 그렇게 된 것이다.

나는 운이 좋아서인지 도박에 빠지지는 않았으나 도박 이상으로 처절한 경험을 한 적이 있다. 그것은 다름 아닌 인터넷 바둑이다. 바둑이 얼마나 건전한 취미인가. 하지만 포인트 내기를 하면서부터 쓰디쓴 경험을 했다. 실제 금품을 날린 적은 없지만 그 많던 포인트를 다 잃어버리고 매일 거지와 같이 리필 받으며 내기바둑을 두었다. 특히 많은 점수를 걸고 한 방에 탕진했을 때의 그 허망함은 이루 말할 수 없으며 하루 종일 화나고 우울했다. 내기에 눈이 멀어 정서함양, 바둑의 도나 건전한 사고는 흔적도 없이 사라지고 오로지 이기겠다는 마음이 앞서 스스로 무너지고 말았으니 누구를 원망하랴. 바둑에도 기는 놈 위에 뛰는 놈과 나는 놈이 있으며 기력을 속이고 바둑을 두는 꾼이 있으니 말이다.

도박에 빠지는 것을 보면 인간에게 어떠한 인자가 있어 그럴까 궁금하다. 사회적으로 도박하고는 거리가 멀 것 같은 사람들이 한번 도박에 빠져서 헤어나지 못하는 경우를 종종 보니 그런 생각이 더 든다. 우리는 생활주변에서—학식과 덕망이 높은 학생을 지도하는 선생님, 민중의 지팡이로서 도박을 단속하는 경찰관, 경제적으로 어려움이 없을 것 같은 연예인, 도박의 도자도 모르던 사람이 도박에 빠져 쪽박 찬 사람 등—도박을 했다는 이야기를 자주 듣는다.

무엇보다 도박은 탐욕으로 가득 찬 인간 내면의 욕심에서 기인된다고 봐야 한다. 노력하지 않고 쉽게 돈을 벌겠다는 허황된 한탕주의, 자기만은 될 것 같은 요행을 바라는 마음, 게임이나 스포츠를 하여도 내기를 하지 않으면 흥미가 없는 승부사 기질, 한번 빠지면 최면에 걸린 듯 끝까지 가고야 마는 심리가 있어 도박을 하지 않을 수 없는 것 같다.

인간사에는 다양한 삶이 복합적으로 존재하기 마련이다. 사람들이 도박을 비난하고 사회적인 악이라 해도 도박은 사라지지 않을 것이다. 인간은 사행심, 내기, 한탕주의 과정에서의 스릴 등을 추구하기에 도박을 즐긴다. 도박이 어떤 사람에게는 삶의 참담함이 될지라도, 합법적인 도박은 더 많은 사람들에게 또 다른 만족감을 주기에 존재할 수밖에 없다.

도박에는 인간을 유혹하는 어떤 특성이 있는 것 같다. 도박이 인간을 유혹한다기보다는 우리 몸속에 음주나 흡연마냥 도박의 마력에 한없이 끌려가는 인자가 있지는 않을까. 그것은 말로 설명이 안 되는 인간의 심리일 것이다. 도박은 가까이 하기에는 적절하지 않지만 멀리 하려고 해도 어느새 다가와 있으며, 늘 경계하지 않으면 참담함과 후회가 있을 뿐이다.

사람과 거짓말

한 사람이 일생 동안 하는 거짓말은 얼마나 될까? 모르긴 해도 무수히 많을 것이다. 거짓말은 선의와 악의, 영향을 미치는 정도의 차이가 있을 뿐 생활의 일부이기에 인간만사에는 거짓말이 존재할 수밖에 없다. 다만 거짓말하는 사람은 자신에게는 관대하고 남에게는 인색하다는 것이다.

2008년 4월로 기억되는데, 한국도로공사에서 시행하는 안성-음성 간 고속도로 건설공사와 관련하여 잔여지 매수청구 민원이 있었다. 민원조사를 위해 현장에서 민원인을 만나 "선생님은 2003년도 편입토지의 매수협의 당시 잔여지 매수청구를 하지 않았습니까?" 하고 물으니, 민원인은 그 당시에 청구를 했는데 매수해주지 않았다는 것이다. 그리고 다른 정황도 물어보니, 민원인은 천천히 생각을 하며 말을 더듬거리며 얼버무린다.

관련 자료와 민원인의 주장을 종합하면 민원인의 말은 앞뒤가 맞지 않는 둘 중 하나는 거짓말이다. 민원인의 주장은 사실 여부를 떠나 이 민원에 영향을 미치지 않기에 더 이상 왈가왈부할 필요는 없었다. 다만 떠나지 않는 것은 '민원인은 왜 거짓말을 할까'였다. 물론 민원에 유리한 영향을 미치기 위해 했겠지만 쓸쓸한 느낌이 들었다. 더구나 그 민원인이 어느 미술관 관장으로서 사회적인 지식인이라는 사실에 놀라울 따름이다. 세상에는 정직한 사람도 많지만 이익을 위해서는 누구나 의도적으로 거짓말을 하는 것 같다.

거짓말은 다른 사람을 속이거나 기만하려는 행위다. 오늘날 거짓말은 일반화되었다. 정치인의 공약이나 언론보도까지도 크게 믿지 않는 현실에 비추어볼 때 일상생활에서 하는 거짓말은 오히려 삶의 일부다. 우리는 사실만을 말하며 살아가기에는 매우 어려우며 거짓말을 하지 않는다 해도 사실을 숨기는 경우가 많다.

사람은 태어나 부모로부터 교육을 받으며 성장한다. 가치판단에 있어서 그 첫 번째 교육이 정직이며 거짓말하지 말라는 것이 아닐까. 사람들은 초등학교에 다닐 때까지 거짓말은 나쁜 것으로 알고 있었으나 점점 많은 사람들을 접하다 보니 정직이 절대적으로 좋은 것만이 아니라는 사실을 알게 된다. 그런 혼란의 시절도 부지불식간에 지나가 버리고 거짓말은 자신도 모르게 생활화된다.

거짓말이라고 해서 다 나쁜 것은 아니다. 우리가 모든 사실을 말하고 살아간다면 훨씬 더 부작용이 많을 것이다. 때론 거짓말이 생활의 윤활유 역할을 하기도 한다. 그래서 거짓말을 선의적인 하얀 거짓말과 악의적인 빨간 거짓말로 나누기도 한다. 이를테면 "젊어 보인다, 의복이나 헤어스타일이 멋지다, 덕분에 즐거웠다" 등의 말들은 사실이 그럴 수도 있으나 상대방을 배려해서 하는 말이 대부분일 것이다. 또한, 어느 모임에 초대되었을 때 피치 못할 사정이 있어서 참석할 수 없다고 해야지 가기 싫다고 하면 감정이 상하고 더 이상 교류가 이어지지 않을 수도 있다. 그래서 하얀 거짓말은 위기를 모면하고 삶을 윤택하게 하는지도 모른다.

사실이 탄로 나더라도 그리 비난받지 않는 거짓말 중 의사들이 하는 백색 거짓말이 있다. 의사들은 종종 환자들을 안심시키기 위해 거짓말을 한다. 수술 전후에 있을 수 있는 고통이나 증상의 정도를 줄여서 말하거나 악성종양의 수술결과가 희망적이지 않아도 잘되었다고 하기도 한다. 윤리적인 이유로도 환자들에게 거짓말을 하는 경우도 있다.

전쟁에서 하는 거짓말로는 단연 트로이 전쟁에 등장하는 트로이 목마일 것이다. '사랑과 전쟁에는 수단을 가리지 않는다'는 속담이 있듯이 트로이 전쟁은 남녀 간의 사랑 때문에 일어났다. 트로이 왕의 아들인 파리스가 스파르타의 메넬라오스의 아내 헬레네를 데리고 달아나자 메넬라오스의 형제인 아가멤논이 트로이를 치기 위해 그리스 원정대를 이끌고 간다. 전쟁은 10년 동안 계속되었는데 결국 그리스군이 불시에 습격할 무리를 안에 숨긴 커다란 목마를 남겨놓고 철수를 위장하는 방법을 써서 끝났다. 겉과 속이 다른 사람도 트로이 목마의 일종이고, 특히 경쟁기업이나 동종기업 간에는 트로이 목마가 있을 것이다.

거짓말하는 사람들은 과연 누구인가? 거짓말의 많은 부분은 개인이라기보다는 소위 사회적으로 존경받을 만한 사람들에게서 흘러나온다. 그들은 정부관리, 대기업의 고위간부, 대중에게 영향을 미치는 사람들일 것이다. 의도적으로 거짓말을 했을 수도 있으나 확실하지 않는 정보를 흘림으로써 과장되고 와전되어 결국 거짓말이 되는 것이다. 그런데 사람들은 개인이 하는 거짓말은 비난하면서도 조직체로서 하는 거짓말에는 관대한 편이다. 거짓말의 범위가 너무 커서 제재하기도 어려우며, 그런 사정으로 거짓말에 대한 책임은 약한 편이다.

거짓말 하면 정치인이 빠질 수 없다. 다 그렇다고 볼 수는 없지만 대부분의 사람들은 공감할 것이다. 그들은 국민의 지지를 받아야 살아갈 수 있으므로 유권자들에게 때로는 장밋빛 희망을 불어넣어 주고 때로는 자신들의 실적을 보여주어야 한다. 목적을 위해서는 수단과 방법을 가리지 않는 경우가 허다하다. 그런 속성이 있기에 그들이 하는 공약이나 말에는 허풍과 거짓이 다분히 포함되어 있다.

정치인을 비롯하여 거짓말하는 사람들을 추적하는 언론사 기자들도 있다. 그들이 있기에 우리 사회는 거짓말에 대한 정화기능을 갖고 있다. 비리혐의에 대한 수사는 수사기관에서 하지만 드러난 사실 너머의 진실을 파헤치기에는 한계가 있는 것 같다. 수사기관이 하지 못하는 것을 기자들이 하니 너무나 다행스럽고 고맙다. 그러나 기자들도 거짓말을 한다. 모든 사건은 피해자와 가해자가 있듯이 그 상대가 있게 마련이다. 기자는 중립적으로 사실관계를 보도해야 하는데 한쪽 면만 부각시키는 경우가 있다. 언론사의 사회관에 따라 다소 편파적인 보도도 많은 편이다.

세상에는 여러 유형의 거짓말이 있다. 그런데 거짓말이라고 단정하기는 어렵고 심증만 가는 행위가 있다.

첫째는 소비자들이 기다리는 할인판매다. 염가대매출이나 폭탄세일 등은 진짜일 수도 있지만 사실상 종전과 같은 가격을 의미하는 것일 수도 있다. 백화점이나 쇼핑몰은 정기적으로 대략 20~50%의 할인판매를 한다. 문제는 할인기간에 거래되는 상품가격이 다른 상점과 가격을 비교하기 힘든 보석류나 해당 상점의 상표가 붙은 의류 등은 원가를 모르니 의심이 간다. 생필품이나 가전제품 등은 그렇게 할인판매를 하지 않으니 더욱 그런 생각이 든다.

둘째는 자동차사고 보험환자다. 여기서의 보험환자는 병원에 입원을 하고도 병실을 자주 비우는 일명 나이롱환자를 말한다. 그들의 목적은 일하지 않고 쉬면서 보험료를 받는 것이다. 이는 병원의 의사, 보험환자, 보험사 직원이 유착된 우리 사회의 비윤리적인 단면이다. 인술을 펼친다는 의사의 양심을 탓하고 싶지 않지만 거짓말에 앞서 그들 양심의 대가는 자동차보험 가입자에게 돌아간다. 재수 없게도 이런 사건에 연루된 가해자는 눈 뜨고 당하는 꼴이다.

셋째는 범죄혐의자다. 그들은 증거를 확보하기 전에는 범죄자라고 할 수 없는 사람들이다. 그들 중에는 무고하게 조사받는 사람도 있고 유죄가 있는 사람도 있다. 자신이 범인이라 하더라도 증거가 나오기 전에는 절대 아니라고 한다. 그러하기에 수사관의 애로사항이 있고 인권유린도 있으며 민주화가 덜된 시기에는 무고한 사람이 고문당한 경우도 있었다. 죄는 확정되기 전에는 진실을 알 수 없으므로 거짓말을 한다고 하여도 어쩔 수가 없다.

직장이나 사회생활을 하다 보면 여러 사람을 만난다. 대인관계에서 사실대로 표현하지 않아 상대방이 착각하거나 서로 불편한 관계가 되는 경우가 있다. 사람들은 좋은 말은 잘하나 싫은 말은 하기를 꺼려한다. 어느 직장에서 대부분의 사람들이 싫어하는 사람이 있는데, 정작 그 사람 앞에서는 싫은 표현을 안 하니 본인은 다들 자기를 좋아하는 것으로 착각한다. 그렇게 되니 개선의 여지는 없고 불편한 관계가 지속된다. 또한 한쪽에서는 호의를 베풀었는데 다른 쪽에서는 그 호의가 불편하게 되는 경우도 있고, 사랑하면서도 그 사람에게 관심이 없다고 전해지는 바람에 이루어지지 못한 사랑도 있다.

정말 해서는 안 되는 거짓말이 무엇일까? 위증이 아닐까. 위증은 거짓말하는 사람의 양심문제가 아니라 무고한 사람에게 죄를 뒤집어씌우는 것이다. 위증으로 인해 피해자가 가해자로 둔갑되는 것이다. 이 얼마나 무섭고 파렴치한 행위인가! 5공 청문회 때 "모른다, 기억이 없다"고 한 증인들이 있었다. 그 진실에 관계없이 국민들은 분노했다. 그들은 정말 기억이 없었을까! 잘 알고 기억이 있는데도 그렇게 했다면 그들은 또 다른 역사에 죄를 짓고 있는 것이다. 광주민주화운동으로 희생된 고귀한 영령들의 아픔 이상으로 역사의 진실이 묻힌다는 사실이 안타까워 더욱 그렇다.

사람은 자신의 이익을 위해 거짓말을 한다. 거짓말에는 인간적인 모습을 드러내 주기도 하지만 타인과 자신을 망칠 수 있는 잠재력이 숨어 있다. 단지 이익을 얻고 승자가 되기 위해 거짓말을 한다고 해도 거짓말쟁이는 도덕성이 결여된 인간이다. 도덕과 윤리가 실종되어 가는 사회는 거짓말이 난무하게 되어 있다. 거짓은 거짓에 불과하며, 진실은 개인과 사회의 정신과 영혼을 건강하게 한다.

종교와 예술

우주를 모르고 세상을 안다고 할 수 있을까? 우주는 알면 알수록 세상은 더 넓고 높으며 깊다. 이렇게 생각하는 것은 나의 자유지만 또한 나의 독선이며 나의 아집이다. 내가 종교와 예술을 인생의 맛과 멋이라고 한다면 사람들은 그건 그대 생각이나 그렇게 생각할 수도 있다고 하지 않을까.

어째서 종교와 예술이 중요한가? 인간은 여타 생명체와 마찬가지로 생자필멸의 운명이기에 죽음이 다가올수록 불안하고 죽음 이후의 삶을 생각한다. 그래서 인생의 고뇌를 해결하고 삶의 궁극적인 의미를 찾기 위해 종교를 필요로 한다. 또한 인간은 내면에 있는 아름다움을 표현하려는 욕구가 있다. 이러한 욕구에 따른 창작 활동이 예술이며, 예술은 사람마다 정도의 차이는 있을지라도 인간이 추구하는 궁극적인 미다.

영화 〈워낭소리〉에는 팔순 농부와 마흔 살 소가 등장한다. 귀가 잘 안들리는 최 노인이지만 희미한 워낭소리만큼은 귀신같이 듣고 소와 소통을 한다. 최 노인은 한쪽 다리가 불편한데도 꼴을 베기 위해 산을 오르고 소에게 해가 될까 논에 농약을 치지 않는 고집쟁이다. 소 역시 노쇠하여 제대로 서지도 못하면서 최 노인이 고삐를 잡으면 많은 짐을 실은 달구지를 끈다. 무뚝뚝한 노인과 무덤덤한 소는 환상적인 친구다.

나는 이 영화를 보면서 그들이 너무 안쓰러워 영화가 빨리 끝났으면 했다. 최 노인의 인생관이 어떤지는 알 수 없지만 스크린에 비친 그의 모습은 삶을 열심히 살아온 것은 틀림없으나 종교와 예술과는 깊은 관계가 없는 것 같다. 넓은 세상을 체험하지 못한 것 같은 느낌이 안쓰러운 또 다른 이유다. 산업화 이전 세대의 삶이 최 노인과 별반 다를 바 없다고 생각된다.

가부장적 제도에서 살아온 평범한 사람들에게는 종교와 예술이 크게 부각되지 않아 그 중요성이 덜한 것 같다. 일상 삶이 고단하여 그렇겠지만 그들에게도 신앙이나 예술은 있었다. 천지신명이나 정령에 대한 믿음이 종교이고, 일하면서 읊조리던 농요나 잔칫날 흥에 겨워 부르던 노랫가락이 유일한 예술이 아니겠는가. 이는 삶의 반경이 지극히 한정되어 그렇게 세상사를 받아들이고 살았을 뿐이다.

인간은 먹고 살기 위해 일한다. 가난한 시절에는 무엇보다 기본 욕구인 의식주가 중요하다. 의식주가 해결되면 인간은 넓은 세상을 보고 높은 이상을 꿈꾼다. 그런데 욕망이 충족되면 행복이 지속될까. 젊었을 때는 성취감에 도취되어 열심히 살아가지만 늙어지면 세상만사가 부질없음을 안다. 살아온 날보다 살아가야 할 날이 훨씬 짧다는 것을 느끼고 죽음을 받아들일 수밖에 없을 때 인간은 삶에 더욱 진지해지는 것 같다. 한편으로는 지난날을 후회하지만 또 한편으로는 죽음 저편의 세상을 갈망한다.

인간의 내면세계는 비어 있는 것이 아니라 늘 무엇으로 가득 차 있다. 그것이 부든 권력이든 명예든 관계하지 않고 인간은 욕망을 충족하려고 한다. 잠시나마 욕망을 비웠던 때는 여행을 가거나 남의 불행을 타산지석 삼아 자신의 처지를 위안했던 순간이 고작일 것이다.

이상하게도 나는 매년 사월이 오면 아픔으로 한 차례 홍역을 치른다. 주된 원인은 나에게 있지만 주변 여건이 꼬여서 그렇다고 생각하니 더 스트레스를 받는 것 같다. 그때의 일상을 돌아보면 무엇보다 내가 좋아하는 음악을 전혀 듣지 않았다는 사실이 가장 두드러진다. 평소 사람의 몸과 마음은 용량이 한정되어 있는 듯한데 새로운 것이 들어오면 기존의 것이 멈출 수밖에 없는 것 같다.

성하의 계절에 녹음을 자랑하던 나무들도 겨울이 되면 앙상한 가지만 남듯이 사람도 노년이 되면 무거운 짐을 내려놓고 만사에 초연해지려고 한다. 그렇지만 정신적으로는 무언가를 채우거나 잡고 싶으며 아름다움을 창조하려고 한다. 그것들은 다름 아닌 종교와 예술이 아닐까. 세월이 흐를수록 누구나 젊은 날에 하고 싶었던 예술세계나 가지 못했던 신앙생활에 아쉬움이 있을 것이다.

모든 일에는 때가 있다. 종교는 늦게 시작해도 큰 어려움이 없으나 예술은 그렇지 않다. 하고 싶은 욕망이 있어도 할 수 없을 때는 무척 아쉽다. 그것은 시간이나 재력 등의 문제가 아니라 예술을 할 수 있는 기본적인 기법이나 방법 등 능력의 문제이다.

예술 분야의 대표라고 할 수 있는 음악, 미술에 한정해서 생각해보면 누구나 악기를 연주하고 싶을 때나 그림을 그리고 싶을 때가 있을 것이다.

음악에는 성악, 기악, 작곡 분야가 있다. 성악은 타고난 능력이 중요하지만 즐기는 것에는 차이가 크지 않다. 하지만 기악은 차이가 아니라 연주할 수 있느냐 없느냐로 가려진다. 듣는 즐거움과 연주하는 즐거움은 차원이 다르다. 듣는 즐거움에 비해 연주하는 즐거움은 보는 스포츠와 직접 운동하는 스포츠의 차이 이상의 즐거움일 것이다.

나는 홍천 하오안리에서 1년 정도 거주한 적이 있다. 아침이면 어김없이 임도와 하천을 따라 산책하는 것이 내게는 요긴한 일과였다. 어느 날이었던가. 여명은 밝아오고 들판에 자욱한 안개가 기지개를 켜면서 서서히 산허리를 드러내고 있었다. 먼 산을 배경으로 벌판을 가로지르는 안개는 구름 되어 산촌을 어렴풋이 감싸며 흩어진다. 나는 꿈에 취한 듯이 한참을 몽롱해 있었다. 저것은 자연만이 연출할 수 있는 신기야! 저 풍광을 한 폭의 그림으로 담고 싶은데 그러한 재능이 없으니 어쩌면 좋으랴.

지난날을 돌아보면 회한이 많지만 그중 하나가 그림 그리기다. 전혀 소질이 없어서 더 이상 시작하기가 어려우니 막막하다. 누구를 원망할 수도 없고 내 운명이 아니던가. 사실 나는 학창시절에 미술을 좋아하지 않았다. 그런데 지금에 와서 아름다운 풍광을 보면 그리고 싶은 충동이 이니 이 무슨 조화인가.

나는 단양 사인암을 지나칠 때마다 단원 김홍도 선생이 사인암을 화폭에 담던 때를 생각해보곤 한다. 그에게는 세상에서 가장 즐거운 시간이 그림을 그리던 때가 아닐까. 화가의 그때 심정을 상상해보는 것이 그림에 대한 나의 유일한 취미며 한계다.

종교는 늦게 신앙생활을 한다고 해도 후회될 것이 없다. 모든 일은 시작이 빠르면 빠를수록 좋으나 종교는 반드시 그렇다고 볼 수는 없다. 어린 시절에 신앙생활을 시작한 사람은 종교의 심오함을 깨닫고 진지한 삶을 살아왔을 것이다. 그렇지만 종교의 선택에 대한 폭은 부모의 영향 등으로 제한되었을 것이다. 종교는 우열을 가리거나 비교해서도 안 되며 종교마다 수행하는 방법과 추구하는 진리가 있다. 인생을 더 많이 살아보고 종교를 가지려는 사람들은 자신들에게 맞는 종교 선택의 행운이 있다.

종교를 갖지 않는다고 해서 이상하거나 생활에 지장이 있는 것은 아니다. 또한 종교는 필요에 의해 갖는 것이지 누구를 위해 존재하는 것도 아니다. 일생을 살면서 종교가 필요 없다면 그것으로 족하다. 다만 인간은 세월이 흐르고 죽음에 가까이 다가갈수록 외로움, 처량함, 허무함, 두려움, 아쉬움들을 더 느끼며 어딘가에 의지하고 싶은 마음이 있기에 종교에 귀의하려는 본능이 있는 것 같다.

종교와 예술은 이와 관련된 일을 직업으로 하지 않는 이상 경제적인 도움을 주지는 않는다. 인간은 물질적인 풍요로움만으로 살 수는 없으며 정신적인 풍요가 더 가치가 있고 중요할 수 있다. 종교와 예술은 정신적인 풍요함을 선사하며, 사람은 종교와 예술을 통하여 궁극적으로 절대 진리와 아름다움을 추구한다.

삶이 늘 즐거우면 종교와 예술이 그리 필요하지 않을 수도 있다. 인생은 모든 시기가 다 나름대로 좋고 의미가 있지만 인생의 평가는 노년에 해야 한다. 젊었을 때의 인생관과 가치관이 변함없이 지속될 수도 있지만 대부분의 사람들은 어떤 삶을 살았던 간에 인생을 허무하고 덧없음을 비유하는 초로인생이라 한다.

우리 가곡 〈봉선화〉는 일제강점기에 우리 민족의 설움과 희망을 노래한 것이지만 나는 1절 가사를 볼 때마다 '노년에서 바라보는 인생을 아주 적절하게 표현한 것 같다'는 느낌을 받는다.

"울밑에 선 봉선화야 네 모양이 처량하다/ 길고 긴 날 여름철에 아름답게 꽃필 적에/ 어여쁘신 아가씨들 너를 반겨 놀았도다."

누구나 혈기 왕성한 젊음과 어여쁜 아가씨들이 반겨주던 아름다운 시절이 있었을 것이다. 그렇다고 하더라도 노년이 되면 처량해진다. 그것은 어쩔 수 없는 현상이다. 처량하면 나뭇잎에 떨어지는 빗소리를 들어도 눈물이 나고 한없이 서러워질 수도 있다. 무엇이 인생의 처량함을 치유해줄까. 세상에는 일시적으로 처량함을 치유해주는 백신은 있어도 궁극적인 치유는 자신이 할 수밖에 없다.

노년이 되면 누구에게나 찾아오는 처량함, 그와 유사한 감정을 근본적으로 치유할 수 있는 것이 종교와 예술이 되지는 않을까.

국가와 사회 그리고 교육

인간은 동식물과 마찬가지로 자연에 순응하며 살아간다. 동식물이 군락과 군집을 이루듯 인간은 사회를 형성한다. 사회의 기본은 질서를 유지하는 것이며 사회를 안정적으로 유지하고 성장, 발전하기 위해서는 국가가 있어야 하고 그에 따른 교육이 필요하다.

국가와 사회, 교육에 대하여 말하는 것은 너무나 진부하고 그 범위도 방대하다. 이것들은 삶과 떼어놓을 수 없는 것으로서 좋든 싫든 국민은 함께해야 한다. 국가와 사회에 자긍심을 가지며 감사하는 사람도 있지만 대부분의 사람들은 불만이 더 많을 것이다. 교육에 대해서도 이와 같다고 본다.

누구나 국가와 사회, 교육에 대하여 하고 싶은 말이 많을 것이다. 자랑이나 칭찬보다는 비판이나 불만이 더 많지 않을까. 나는 국가와 사회로부터 많은 혜택을 받았지만 마음 한 구석에는 세상을 향해 외치고 싶은 것이 있다. 밝고 투명한 세상이 아닌 그늘지고 가려진 세상을 말이다. 하고 싶은 말은 많으나 그 말도 나의 편견과 지식, 경험이 일천하여 일부분에 한정할 수밖에 없다.

국가(정치)에 대하여

국가는 일정한 영토에 사는 사람들로 구성되고 주권에 의한 하나의 통치 조직을 가지는 사회집단으로, 정치와 불가분의 관계가 있다. 국가의 목적은 질서와 안전을 확립하는 것이며 그 유지 수단이 법규범이다. 국가는 국가와의 지리적 경계를 이루는 영토를 가지고 있으며, 그 영토 내의 행위는 사법권의 대상이 되고, 주권을 보유한다는 점에서는 다른 사회조직과 구별된다.

지구촌에는 몇 개국이 있을까. 세계지도정보에는 237개국이라 하고 유엔에 가입된 국가는 193개국이라 하니 어림잡아 200여 개국이 된다. 그 많은 국가 가운데 어느 나라가 잘살까. 일반적으로 국민소득이 높고 사회복지제도가 잘되어 있는 선진국이 잘살겠지만 그 나라 국민들의 이상이 실현될 수 있는 국가가 아닐까.

하루가 다르게 급변하는 오늘날은 국가중심 사회에서 지구촌 사회로 가고 있지만 국가를 대체할 수 있는 조직은 쉽사리 떠오르지 않는다. 우리가 생각하는 이상적인 국가가 있다고 해도 국가와 국가, 그 구성원들의 이해관계가 얽혀 있어서 실행이 불가능할 것이다.

국가는 이상과 현실이 역설적인 경우가 많다. 문명이 발달하면 할수록 인간은 보다 많은 에너지를 사용하므로 지구는 점점 온난화되어 간다. 이를 해결하기 위해 세계는 녹색성장 등 다각적인 노력을 하고 있지만 근본 원인은 인구가 너무 많아서 일 것이다. 국가 정책자들은 지구상에 적정한 인구 유지가 절실하다는 것은 알지만 자국의 이익이 우선이므로 오히려 인구감소를 우려하는 것이 현실이다. 외교관계에 있어서도 자국에 이익이 된다면 진실과 정의와는 별개로 자신들의 입장을 주장한다.

사실 나는 다른 나라에 대하여 보통 사람들이 아는 수준에도 못 미쳐

다른 나라의 정치제도나 풍습 등을 잘 모른다. 물론 우리나라도 잘 모르지만 내가 살아오면서 보고 느낀 조국에 대하여 비판 아닌 비판을 하려고 한다. 하늘에 침을 뱉으면 자신에게 떨어지는 줄도 모르며, 똥 묻은 개가 겨 묻은 개를 나무라는 격이 되지만 말이다.

국가는 국민이 주인이므로 국민 없는 국가는 존재할 수 없다. 국력은 국민으로부터 나오며 그 국민을 이끌어가는 사람들이 다름 아닌 정치인이다. 결국 정치인이 국가를 다스리며 국가의 운명은 정치인들에게 달려 있다. 일반적으로 국가를 관리하고 운영하는 일은 공무원들이 하지만 정책을 입안하고 국정 방향을 설정하는 일은 정치인과 고위공직자들이다. 국가의 흥망성쇠는 정치인에게 달려 있다 해도 과언이 아닐 것이다. 다시 말해 정치가 잘되어야 국가가 성장, 발전하므로 정치를 빼고 국가를 논하는 것은 무의미하다.

정치의 중요성은 아무리 강조해도 지나치지 않다. 정치가는 국민이 선택한 사람인데 대부분의 국민은 그들에게 실망과 불신을 느낄 때가 많다. 정치인의 능력과 정치가 비례하면 좋겠는데 현실은 그렇지만은 않다. 정치인은 당선이 급선무이기에 공약을 남발하게 되고 그 결과 당선된 후 공약 실천에 미약한 면이 있다.

국가의 중심에는 국민이 있지만 정치인이 국가를 경영해왔다. 그만큼 정치인이 중요하며 어떤 정치인을 만나느냐에 따라 국민의 행복과 불행이 좌우된다. 정치인에게 왜 정치를 하느냐고 물으면 국가와 국민을 위해서라고 할 것이다. 당연한 말인데 국민은 그렇게 생각하지 않는 것 같다.

그러면 정치인을 어떻게 생각해야 할까. 부정적인 시각으로 보자면 초심이 사라진다든가 고여 있는 물은 썩기 마련이라는 문구로 이해하면 되지 않을까. 정치인 개개인은 정치인이 되기까지의 과정을 보면 피나는 노력과 숱한 역경을 겪고 국민을 위해 일하겠다고 맹세한, 정말 고매한 인격을 지닌 훌륭한 사람들이다. 그런 사람들이 정치를 하고부터는 부지불식간에 변해가고 있다. 오로지 자신의 영달을 위해서는 무엇이나 거리낌 없이 하는 것 같다.

정치인이 부정과 비리, 청탁과 이권에 개입하는 이유 중의 하나가 그들을 후원하고 지지하는 사람들 때문일 수도 있다. 정치후원자들은 순수하게 자신이 좋아하는 정치인을 돕는 경우도 있지만 대부분은 대가를 바라고 한다. 그러기에 정치인은 후원자들의 요구를 들어줄 수밖에 없는 입장이고, 그러자니 많은 돈이 필요할 뿐만 아니라 하고 싶지 않은 일에도 개입하게 된다. 우리가 땅 팔아가면서 공무원을 하지 않듯이 정치인도 자기 재산을 무조건 탕진하면서 정치를 할 수는 없다. 유권자나 후원자의 무리한 요구가 정치인의 초심을 잃게 하고 더욱 잘못된 변화를 초래하는지도 모른다.

우리나라는 국무총리, 장관 등을 임명할 때 국회 인사청문회를 한다. 이들의 청문회를 지켜본 사람들은 매번 낙담을 한다. 위장전입, 탈세, 부동산 투기, 병역기피 등 왜 하나같이 흠이 많은가? 청와대가 나름대로 엄격히 사전 검증을 했다는 후보들의 도덕성 흠결과 실정법 위반의 정도가 도를 넘으니 말이다. 이는 누구를 탓하기에 앞서 우리 사회의 병적인 문제이며, 산업화 시대를 거치면서 우리 사회가 성취에만 매달려 도덕적 가치를 등한시해 왔음을 의미한다. 그동안 우리 사회는 정직하고 깨끗한 인재가 성장하기에는 토양이 많이 오염되었다.

고위 공직자가 되려는 사람들의 과거는 그러느니 하더라도 어느 검찰총장 후보 인사청문회는 보는 이를 씁쓸하게 한 적이 있었다. 물론 그 후보도 흠결이 많아 스스로 낙마를 선택했다. 그런데 법사위의 율사 출신이라는 여당 국회의원들은 아무리 '팔이 안으로 굽는다'고 하지만 하나같이 그 후보를 감싸는 것이 아닌가. 저 사람들이 국회의원이 맞는지 의심스러울 정도로 한심하고 측은하기까지 하다. 그들은 왜 저렇게까지 해야만 하는가. 물론 정치인으로 살아남기 위해서일 것이다.

적당한 예는 아니지만 다른 조직과 마찬가지로 한국도로공사에는 이사회제도가 있다. 정관에는 "상임이사는 임원추천위원회가 복수로 추천하여 주주총회 결의를 거친 사람 중에서 사장이 임명한다"고 되어 있다. 누가 상임이사가 되는지 별로 관심이 없으나 직원들과 차를 마시다 보면 누구로 낙점되었다고 청와대에서 연락이 왔다는 소문을 들을 수 있었다. 나는 속으로 상임이사는 사장이 임명하는데 왜 청와대에서 연락이 오는지 의아했다.

일개 공기업의 상임이사도 청와대가 영향을 미치는데 국회의원은 최고지도자나 정부여당의 눈치를 더욱 보지 않겠는가. 국회의원은 국민을 두려워하고 국민을 섬겨야하는데 자신의 정치생명이 더 중요하니 그럴 수밖에 없는 것 같다. 따지고 보면 야당 국회의원들도 더 나을 것이 없다. 국가와 국민의 이익보다 자신의 이익을 먼저 고려해야 하니 국민이 정치인을 이해하는 편이 나을 것이다. 같은 사건을 논평하는데도 여야 대변인의 성명내용이 다르고 반대를 위한 반대가 난무하니 그것이 정치생리가 아닐까. 아전인수식의 해석과 국민을 담보하여 그들만의 이익을 챙긴다면 누구를 위한 정치인가.

정치인의 폐해는 역사를 거슬러 올라가면 더욱 명백해진다. 그 폐단은 조선시대 당파싸움이나 사화에서 잘 드러난다. 4대 사화는 왜 일어났는가. 군주를 위해서 아니면 백성을 위해서 일어났는가. 그것은 다름 아닌 정적을 제거하기 위해 일으킨 비열한 정치의 한 단면이다. 사화의 주역에 있었던 정객들이 진정 충과 예를 갖춘 선비이며 군자인가. 그들은 자신들의 권모술수로 인해 하루아침에 피바람이 되어 사라진 고귀한 선비들의 죽음에 아파한 적이 있을까. 역사는 방법이나 정도의 차이가 있을 뿐 언제나 되풀이되고 있다.

국가의 흥망성쇠는 국민보다도 백년대계를 준비하는 정치인에게 달려 있다. 급변하는 현실에서 백년을 예측할 수는 없지만 우리는 적어도 십 년 앞을 내다볼 수 있는 정치인을 뽑아야 한다. 국민들은 선거 때마다 그러한 후보가 없는 것이 안타깝다고 한다. 그렇지만 정치풍토를 변화시키기 위해서는 투표에 참여하여 소중한 주권을 행사해야만 한다.

정치토양을 배양하고 정치인의 도덕성을 높이기 위해서는 많은 시간이 걸리더라도 우리는 참정권을 반드시 행사해야 할 것이다. 당장은 국민의 수준에 미흡한 후보들이라도 차선을 선택함으로써 점진적으로 국민이 원하는 정치인을 만들 수 있지 않겠는가.

무엇보다 국민들은 정치인이 정치에만 전념할 수 있게끔 사적인 요구를 지양하고 국가와 사회의 전체적이고 공동적인 이익을 추구하도록 배려해야 한다. 그래야만 정직하게 살아온 사람들이 정의로운 정치를 할 수 있는 대한민국이 될 것이다.

국가는 국가이기 때문에 사회나 다른 조직보다 우월하고 소중한 것이 아니라 그 나라 국민의 가치를 지향할 때 비로소 국가다운 국가가 되는 것이다. 정치인도 국민의 편익을 위해 일하고 국가를 경영할 때 정치꾼이 아닌 진정한 정치인이 되는 것이다.

사회에 대하여

나는 사람들이 모여 있는 곳을 보면 신비로운 흥미를 느낀다. 놀이터 벤치에 마주앉아 담소하는 소녀들, 사회적인 행사에 초대된 노인들, 고속도로 휴게소에 들러 음식을 먹는 사람들, 자신들의 권리를 주장하기 위해 집회에 참석한 사람들까지—저 사람들은 무슨 생각을 할까. 또 다른 생각도 해본다. 어린 시절에 함께했던 고향마을 어른들은 다 어디로 갔을까.

십 년, 이십 년 뒤에는 어떤 사람들이 이 땅에 올까. 세월이 가면 많은 사람들이 사라질 텐데 그들은 어디로 갈까.

인간은 삶을 위해 사회를 형성한다. 사회는 그 구성원들에게 도움을 주고 희망을 주며 아름다운 세상을 만들어주어야 하는데 그렇지 못한 경우가 많다. 사람과 사람이 함께하는 사회는 분명 좋은 점이 많은데 아쉽고 불합리하고 모순적인 현실이 보이니 어쩔 수 없이 그런 것을 그려보고자 한다.

인간은 평등하지만 사회나 조직은 구성원을 평가한다. 사람이 사람을 평가한다는 것은 대단히 어렵다.

한국도로공사 인사규정시행세칙에는 근무평정의 원칙이 규정되어 있다. 평정은 객관성과 공정성 유지, 독립적이고 분석적인 평가 등을 해야 한다고 잘 기술되어 있다. 하지만 평가자가 조직원을 평가할 때 동 원칙을 위반했다고 할 수는 없으나 규정에 입각하여 충실히 평정하는 사람은 거의 없는 듯하다.

매년 근무평정 때마다 생각하게 되는데 평정은 누구를 위하여 하며 우리는 왜 형식에 얽매여야 하는지 회의가 든다. 개인역량기술서를 보면 주요 실적, 탁월한 사항 등 아주 세밀하게 되어 있어 이것만 보고도 그 사람의 능력을 평가할 수 있다. 그렇지만 평가자는 피평가자가 기술한 개인역량기술서를 보고 평가하는 경우는 극히 드물다. 이것은 형식적으로 남는 하나의 서류에 불과할 따름이다. 그리고 누가 어느 부서의 현재 주어진 상황에서 팀원을 평가하더라도 결과는 대동소이하다. 개개인의 능력이나 업적을 평가한다기보다는 팀 전체의 최적의 답을 내는 것이 우선이다. 결과만으로 볼 때는 평가가 공정하고 과학적이며 시스템화되었다고 볼 수 있으나 여기에 함정이 있다.

그 함정이라는 것은 무엇이 잘못되었다는 뜻이 아니라 이제 우리는 사람으로서 사람을 평가할 수 없다는 의미이다. 우리는 이미 인간성 상실의 시대를 살아가며 사회의 상단부분은 정형화되어 기계의 지배를 받는 형국이다.

다시 말하면 내가 평가를 잘 받기 위해서는 주어진 현실에서 열심히 일해야 하는 것이 당연하고 평가자도 그렇게 평가해야 되는데 현실은 이를 외면하고 있다. 결과적으로 평가를 잘 받을 수 있는 자리를 찾아가야만 된다. 그러다 보니 능력도 중요하지만 그보다 또 다른 힘에 의존하게 된다. 그 힘은 어디에 있는가. 심증은 가나 물증이 없는 굳이 이름을 붙이자면 비공식 내지 사적인 조직일 것이다. 이러한 보이지 않는 정서나 조직이 형성될 수밖에 없는 환경에서는 선량하고 정직한 사람들이 피해를 볼 수밖에 없다.

우리는 사회생활을 하면서 갑과 을의 관계로 일할 때 계약을 하게 된다. 계약은 당사자 간에 신의성실의 원칙에 따라 체결하고 이행하면 되는 것이지만 공공성을 띤 업무에는 그 성격을 달리한다. 규모가 클수록 계약은 시장경제를 따르고 많은 사람들에게 기회를 주어야 하기에 일반경쟁 입찰을 한다. 발주자 입장에서 보면 일반경쟁 입찰이 괜찮기는 하지만 가장 좋은 계약방법 중에 하나가 수의계약이다.

그런데 계약담당자들은 오히려 수의계약을 싫어한다. 왜 그 좋은 수의계약을 싫어할까. 그것은 수의계약의 장점을 못 살리고 나쁜 방향으로 흐르기 때문이다. 업무수행에 적합한 업체를 계약담당자가 선택할 수 있어야 하는데 현실은 그렇지 못하고 오히려 악용될 소지가 많다. 수의계약의 금액범위가 확대되면 청탁 등 보이지 않는 힘이 더욱 기승을 부리고, 심지어 이행능력이 부족한 업체와도 어쩔 수 없이 계약을 체결해야 하는 고통이 따를 수 있다.

공익사업을 하다보면 회의가 들 때가 있다. 공익사업은 분명 필요하고 추진해야 하지만 사유재산이 침해되는 사람들의 반발이 만만찮다. 공익을 위해 사익을 희생하라고 할 수는 없다. 그래서 국가는 공익사업으로 인하여 사유재산이 침해되거나 피해를 입는 사람들에게 보상을 한다.

그런데 그 보상의 범위나 수준은 어느 정도가 되어야 할까. 보상을 받는 입장에서는 충분한 보상을 요구하고 보상하는 입장에서는 타 사업과 형평성을 고려하여 적정한 보상을 하려고 한다. 국가의 재정이 넉넉하면 충분한 보상을 할 수도 있지만 아직은 보상받는 사람들의 요구를 다 수용할 수 없는 것이 현실이다.

그러나 공익사업에서도 간혹 특혜를 보는 사람들이 있다. 법령이나 보상기준에 비추어보아 보상대상이 아닌데도 어떤 사람의 경우에는 보상대상이 된다. 이를테면 일반인의 요구라면 전혀 수용할 수 없는 것인데도 권력의 압력에 의하여 편법으로 처리되는 경우이다. 민원인의 요구를 전적으로 들어주어야 하나 예산이나 그 밖의 사정으로 수용할 수 없는 사회는 그런대로 정의로운 사회라고 할 수 있으나, 보상대상이 아닌데도 권력의 힘에 의하여 특정인에게 보상을 하는 사회는 절대로 정의로운 사회라고 할 수 없다.

우리 사회는 묵묵히 있으면 바보가 되는 경우가 있다. 그 대표적인 예가 이동통신인 휴대폰이다. 이동통신사는 자기 고객이 요구하지 않으면 더 좋은 혜택이 있는데도 알려주지 않는다. 고객은 타사에서 이동통신사를 변경하면 혜택을 준다고 하니 그때서야 이동통신사를 바꾼다. 그러면 바로 종전 이동통신사에서 요금할인 등을 내세우며 바꾸지 말 것을 요구한다. 어떤 조건을 내세우더라도 고객은 이미 기분이 상한 상태라서 타사로 가고 만다.

왜 이러한 현상이 반복될까. 이동통신사는 고객관리에는 관심이 없고 고객 확보에만 혈안이 되어 있기 때문이다. 고객의 입장에서 보면 약정기간(보통 2년)이 지나서 이동통신사를 변경하면 요금할인은 물론 기기를 새 것으로 받을 수 있으며 20만 원 상당의 현금도 받을 수 있으니 꿩 먹고 알 먹는 격이다. 역으로 생각해보면 이동통신사들이 출혈경쟁을 하지 않는다면 고객들이 과다한 요금을 지불하고 있다고 봐야 할 것이다. 세상은 아이로니컬하게도 침묵하는 고객에겐 혜택을 주지 않으려 한다.

사회생활의 기본은 질서이며 다 함께 살아가기 위해서는 질서를 잘 지켜야 한다. 질서 지키기의 중요성은 아무리 강조해도 지나치지 않지만 가장 질서가 필요한 것 중에 하나가 교통질서라고 해도 무리가 아닐 것이다. 차량을 운행하지 않고서는 이동이 어렵기에 차량은 생활과 떨어질 수 없으며 철저하게 법규대로 운행되어야만 한다.

차량운행질서를 지키지 않는다면 교통 흐름은 둘째로 치더라도 교통사고가 일어나기 마련이다. 교통사고는 사고를 낸 사람만 피해를 보는 경우도 있지만 주변 차량의 선량한 운전자나 탑승자에게 피해를 주는 복합적인 사고가 대부분이다. 더욱 안타까운 것은 교통사고로 희생된 가족들의 아픔이며 누가 그들의 상처를 치유해줄 수 있겠는가.

교통법규를 어기면서 차량을 운행하는 사람들은 빨리 가기 위해서다. 누구나 빨리 가고 싶지 않을까마는 그 결과는 사회적인 비용이 크다는 것이다. 끼어들기나 고속도로 갓길을 운행한다면 본인에게는 편익이 있으나 그 피해는 선량한 운전자들에게로 돌아가며, 그것으로 인해 교통 흐름은 더욱 느려질 수밖에 없다.

차량을 운행하다 보면 교통법규 위반의 양심보다도 운전습관이 이상한 —차선변경신호 없이 차선을 변경하는 사람, 곡예 운전하는 사람, 1차로나 추월차선으로 운행하면서 자기 딴에는 규정 속도를 철저히 지키거나 저속 운행하는 사람 등—운전자들을 볼 수 있다. 이들로 인해 선량한 운전자들은 짜증이 나며 자기도 모르게 육두문자가 튀어나오지 않겠는가. 교통법규는 차량안전을 위한 최소한의 약속이기에 운전자들은 이를 잘 지켜야 한다.

대부분의 운전자들은 교통법규나 차량운행질서의 중요성을 공감하며 운전문화에 대한 현실이 안타깝다고 한다. 누구나 이런 현실을 알고 있지만 실천은 잘되지 않는다. 이는 운전하는 모든 사람들의 공동책임이며 잘못된 습관에서 기인된다. 물론 운전에 대한 상식이 미달되는 사람도 있기는 하다. 문제는 대부분의 잘못을 타인에게서 찾기 때문에 강제적이지 않으면 개선의 여지가 희박하다.

우리는 사회생활에서 불합리하고 모순적인 것을 많이 접하며 이를 비난하기도 하고 안타까워하면서도 자신도 모르게 그러한 생활에 젖어 있다. 자신이 하면 크게 문제될 게 없고 남들이 하면 파렴치하다고까지 한다. 냉정히 돌아보면 이 모든 것의 근본원인은 인간성과 사회성 상실에서 오는 것이다.

인간성이나 사회성은 개인에게는 사소할 수 있으나 조직이나 사회 전체로 볼 때 매우 심각한 문제를 야기할 수 있다. 많은 사람들이 침묵할수록 인간성과 사회성 상실은 불의를 보고도 방관하는 아니 동조하는 꼴이다. 인간성이나 사회성이 상실된 빈자리에는 결국 비공식조직 내지 비선조직이 그 자리를 대신한다. 여기서 말하는 비공식조직은 있는 것 같은데 말로 표현하기는 어렵고 활동은 하는데 실체가 없는 조직이다. 그러기에 갈수록 부작용이 심각해질 수밖에 없다.

조폭이 사회정의를 위해 존재하지 않듯이 비공식조직이나 비선조직은 국가나 국민을 위해 존재하는 것이 아니고 정직하고 선량한 사람들에게 피해를 주는 그들만의 이익을 위해 암묵적으로 존재한다. 비공식조직도 규모가 작으면 그 영향도 미미하다고 볼 수 있으나 규모가 크면 엄청난 파장과 피해를 가져올 수 있다. 근래의 가장 비극적이라고 할 수 있는 광주민주화운동을 되새겨보자. 그 많은 억울하게 죽은 영령들은 왜 희생되었는가. 최고 권력을 탈취하려고 벌인 돼먹지도 않는 그들은 누구인가.

인간은 사회와 떨어져 살 수 없으며 사회나 조직 구조에 지배되어 점점 기계화되고 인간성 상실의 위험이 높다. 더욱 안타가운 것은 보이지 않는 검은 손 같은 양아치들에게 인권유린을 당하고 있다. 우리는 먹고 살기 위해서 사회생활을 해야 하기에 인간성과 사회성을 지속적으로 유지하기가 힘들 수도 있다. 그렇지만 올바른 사회를 위해 인간성이나 사회성을 잃은 부분이 있다면 회복에 최선을 다해야 할 것이다.

교육에 대하여

인간은 태어나서 죽을 때까지 교육을 받으며 살아간다. 그만큼 교육은 인간의 성장과 발전에 있어 필요하다. 교육은 지식과 기술 등을 가르치며 인격을 길러주는 것이지만 궁극적으로는 인간의 가치를 높이는 행위이다. 우리는 부모로부터 받는 가정교육에서 시작하여 학교, 직장, 사회, 노년교육 등 평생교육을 받는다.

개인에게 교육이 필요하듯이 국가나 사회는 구성원들을 올바르게 이끌고 그들의 능력을 배양하기 위해 교육을 해야 한다. 국가에서 관리하는 교육을 일컬어 교육제도라고 한다. 교육제도는 일정한 법규를 기초로 조직화된 교육기관의 계통으로 그 중심이 되는 것이 학교제도이다.

우리 사회는 교육열이 높지만 전인교육에는 관심이 덜하고 오로지 입시제도에 목맨다. 어떤 입시제도가 도입되더라도 지나친 경쟁을 피할 수 없는 현실이기에 학부모나 학생들은 불평과 부작용이 말한다. 교육수장이 바뀔 때마다 입시제도의 일부를 개선하지만 뚜렷한 성과가 없는 것 같고 오히려 조령모개가 되는 격이며 교육의 백년대계는 요원한 감마저 든다.

입시제도는 어떻게 바뀌더라도 현실적으로 답이 없는 것이기에 비난할 생각이나 관심이 덜하다. 다만 내가 살아오면서 아쉬움이 남아 있는 어쩌면 넋두리에 불과한 교육을 한번 생각해보고 싶다.

첫째는 종교학 교육이다.

우리나라 교육제도는 크게 초등, 중등, 고등, 대학교로 구성되어 있다. 하지만 고등학교까지의 학제과정에는 종교학 교육이 없다. 여기서 말하는 종교학은 세계에는 어떠한 종교가 있으며 종교현상을 객관적으로 인식하고 특정 종교가 아닌 종교 일반의 본질을 이해하는 것이다. 우리나라 종교 인구는 50%가 훨씬 넘으며, 우리는 주변에서 교회, 절, 성당 등을 쉽게 접하며 성장한다.

우리나라도 중·고등학교에서 종교를 가르치는 학교는 있다. 그러나 그것은 특정 종교와 관련된 사학으로서 재단의 종교를 포교하는 것일 뿐 종교학을 가르친다고 보기는 어렵다. 또한 그 학교에 다니는 학생들이 자유로이 학교를 선택한 것도 아닐 것이다.

나는 자신이 믿는 종교만이 절대 유일 신앙이라고 하는 사람들을 충분히 이해한다. 그렇지만 그들이 처음부터 타 종교에 입문했다면 또한 그 종교의 유일신론을 주장했을 것으로 본다. 이런 연유로 종교가 다른 사람들은 서로의 종교에 대해 긍정적으로 생각하기가 어려우며 대화도 쉽지 않다. 그래서 우리나라 교육과정에 종교학이 없는 것 같다. 만약에 정부에서 교육제도에 종교학 과정을 개설한다면 종교인들 간에 알력 등 문제가 더 심각해질 수도 있다. 그렇지만 사람은 청소년기에 종교학을 배우는 것이 인생을 살아가는 데 더 바람직하지 않을까 싶다.

정양모 선생이 그리스도인들의 타 종교관을 배타주의·포괄주의·다원주의로 대별한 것을 한번쯤 생각해본다면 교육과정에 종교학이 필요하다는 것을 공감할 것이다. "배타주의는 타 종교는 깡그리 싫다는 입장이며, 포괄주의는 타 종교를 인정하되 기독교가 질적으로 낫다는 입장이고, 다원주의는 종교들이 가는 길은 달라도 목적지는 하나라는 입장이다." 종교인들의 종교관이 다원주의가 되지 않는 이상 종교인들 간에 진정한 협력이나 대화는 이루어지기 힘들 것이다.

우리가 부모를 선택할 수 없듯이 종교도 그런 면이 강하다. 어릴 때 종교에 입문한 사람일수록 더욱 그럴 것이다. 가정의 종교가 나의 종교가 되는 것은 당연한 코스다. 어머니와 아버지의 종교가 다르다면 그 가정이 덜 행복해지듯이 부모와 종교가 다른 자식도 생활에 애로가 있을 것이다. 한번 입문한 종교에 대해 후회하는 사람이 거의 없을지라도 이는 종교선택의 자유를 빼앗는 것이다.

청소년기에 학교에서 종교학을 가르친다면 그나마 종교선택의 판단과 자유는 어느 정도 있을 것이다. 또한 타 종교를 이해하는 것도 신앙생활을 하는 데 도움이 될 것이다. 사회와 국가, 지구촌을 보아도 종교적인 갈등은 언제나 있어왔고 심지어 종교전쟁도 일어나지 않았는가. 신을 따르고 인류를 사랑하는 종교인들의 이해할 수 없는 편견은 어디에서 오는가. 그들의 종교관이 배타주의 내지 포괄주의에 갇혀 있기 때문이 아닐까. 종교 다원주의에 한발 더 다가서기 위해서는 청소년 시절에 종교학을 배워야 하지 않을까.

둘째는 철학사상 교육이다.

철학사상은 인간의 삶에 곧바로 영향을 주지 않기에 교육이 경시되는 경향이 있다. 그렇지만 철학사상 교육은 인간과 세계에 대한 근본 원리와 삶의 본질을 연구하고 어떠한 사물에 대하여 가지고 있는 구체적인 사고나 생각을 배우는 것이기에 중요하다. 인간은 세월이 쌓일수록 삶에 대한 의문이 끊임없이 일어난다. 이를 해소하고 인간성을 한층 고양하기 위해 철학과 사상을 가까이해야 한다.

나는 중·고등학교 때 윤리와 역사시간에 동서양 철학을 배운 것 같은데 지금은 제목 정도만 알지 본질은 전혀 모른다. 내가 군 생활을 할 때 고참이 연애편지를 대필해달라고 해서 합리론과 경험론을 편지에 삽입했던 기억이 있다. "해양의 경험론은 대륙에서 꽃피었고, 대륙의 합리론은 해양에서 꽃피었듯이~"로 시작되는 내용이다. 지금 생각하면 유치하기 짝이 없지만 사실 합리론과 경험론에 대해 뜻도 잘 모르며 제목 정도만 기억할 뿐이다.

사실 철학사상 교육을 언급한 것은 교육과정에 문제가 있다기보다는 2009년에 큰 사상가를 접하고서 아쉬움이 남아 그렇게 생각했다. 나는 박영호 선생이 옮기고 풀이한 『다석 류영모 명상록』을 인터넷을 통해 알았으며, 이 책은 나의 최고의 애독서가 되었다. 나는 왜 한국이 낳은 큰 사상가 류영모 선생을 몰랐을까. 물론 내 지식수준이 낮아서 알아보지 못하였지만 주변 사람들에게 슬쩍 물어봐도 잘 아는 사람이 거의 없었다. 이러한 현실이 안타까워서 철학사상 교육이 필요하다고 말하는지도 모르겠다.

학창시절에 수학공부를 열심히 했을지라도 기성세대가 된 자신에게 사칙연산 외에는 남아 있는 것이 거의 없는 것과 같이 철학사상도 이와 같을 수도 있다. 그렇지만 스포츠나 악기를 몰라서 즐기지 못하는 것과 알면서 하지 않는 것은 차원이 다르다. 학문은 학문을 필요로 하는 사람에게 필요하듯이 철학이나 사상도 이와 같지만 적어도 어떤 철학자나 사상가가 있다는 정도는 알아야 하지 않겠는가.

끝없이 전개되는 광활한 인생의 길을 가는데 물질적인 풍요도 중요하지만 정신적인 길잡이도 뒷받침되어야 한다. 인생의 의미와 목적을 알고 스스로 판단하고 나아갈 방향을 제시해주는 것이 철학사상 교육이라 생각되며 청소년 시절에 충실히 배워야 하지 않을까.

셋째는 예술 교육이다.

예술이란 생각만 하여도 아름다운 것 같고 말만 들어도 즐거운 것 같다. 또한 예술 하는 사람은 품격이 달리 보이는 것 같다. 예술이 주는 즐거움은 황홀하다고 해야 할까, 끝없이 솟아나는 샘물이라고 해야 할까, 아니면 은은히 피어나는 차 향기라고 해야 할까. 그 좋은 예술을 마음대로 즐기지 못한다면 삶이 삭막해질 수도 인생이 한스러울 수도 있다.

학창시절을 돌아보면 예술이라고 해야 음악이나 미술에 한정되지만 그래도 아름다움이라는 것이 있었다. 초등학교 때 음악에 관심이 많은 선생님을 만나 큰북, 작은북, 트라이앵글 등 악기를 한번 잡아봤던 기억이라든가 겨울방학 과제로 눈 내리는 풍경을 그리던 그날의 동심이 정말 즐겁지 않았는가.

예술은 경제성장과 더불어 가장 많이 발전한 분야 중의 하나이다. 예술 자체도 범위가 넓어지고 수준이 향상되었지만 보통사람들도 예술의 세계에 접근하기가 쉬워졌다. 지난 어려운 시절에는 예술을 하면 밥 먹고 살기도 힘들다고 했으며, 특히 부모는 자식이 예술 하는 것을 꺼려했다. 오늘날과 비교하면 정말 격세지감을 느낀다. 요즘 아이들은 자신의 의지보다 부모의 성화에 못 이겨 반강제적으로 예술을 배우는 경우가 허다하다. 물론 가정형편이 어려워서 학교 다니기도 힘든 아이들은 예술과는 거리가 더욱 멀어질 수도 있다.

도심 학원가를 지나다 보면 음악 콩쿠르와 미술 사생대회에 입상한 어린이들을 축하하는 현수막을 쉽게 볼 수 있다. 물론 사설학원에서 학원홍보를 위하여 현수막을 걸어놓았겠지만 나의 어린 시절과 비교하면 입상한 그들이 너무나 부럽다. 사람들은 공교육이 실종되고 사교육이 비대해졌다고 우려하며 사교육비 부담에 허리가 휜다고 불만을 토로한다. 사교육의 비중이 점점 커진다는 것은 분명 잘못된 것이지만 예술분야만큼은 어린이들이 좋아한다면 사교육이 활성화되는 것이 오히려 바람직할 수도 있다. 공교육이 하지 못하는 것을 사교육이 대체해주며, 예술은 학교교육만으로 위대한 예술가가 되기가 쉽지 않으니까.

그래도 우리나라는 초등교육과정에 예술 내지 예능교육이 잘되어 있는 것 같다. 학교마다 특색이 있기는 하지만 적어도 악기 하나는 다룰 수 있게 가르치고 있지 않은가. 성장기에는 영재교육도 중요하지만 정서교육이 더 중요할 수 있다. 요즘 텔레비전만 보더라도 보거나 들음으로써 즐거워지는 다분히 오락적인 측면이 있지만 예능 프로그램이 많다. 옛날 사람들도 교양으로서 반드시 몸에 익혀야 했던 육예(禮·樂·射·御·書·數)를 익히는 데 정성을 다하지 않았던가.

어쩌면 인생은 삶 자체를 즐기는 것이다. 즐거운 삶을 영위하자면 어느 정도의 부, 명예, 권력도 필요하지만 꼭 필요한 것이 예술이 아니겠는가. 어리고 청춘이 아름다울 때는 부족한 것이 많아도 즐거울 수 있지만 노년으로 갈수록 인생의 즐거움은 한정될 수밖에 없다. 인간관계나 사회여건이 썰물처럼 사라져가는 노년을 즐기기 위해서 예술은 어렸을 때부터 꼭 배워야 한다. 우리는 구세대들이 한 후회를 신세대들이 되풀이하지 않도록 예술 교육에 힘써야 할 것이다.

넷째는 사회인 교육이다.

일반적으로 사람들은 교육이 필요하다고 하지만 교육받는 것을 싫어한다. 교육은 큰 흐름이나 전제적인 맥락에서는 바람직하다고 하나, 피교육자가 되면 언제나 고달프고 교육시간만 되면 졸린다. 우리는 학교교육에서부터 이러한 생각이 각인되어 명사특강이나 건강강좌 등을 제외하고 가능하면 교육을 기피하려고 한다. 특히 예비군훈련이나 민방위교육을 받는 사람들은 평소에는 그렇지 않은데 이런 교육을 받을 때면 하나같이 비정상적인 행동을 하니, 이 얼마나 교육을 싫어한다는 방증인가.

나는 지금까지 적지 않은 교육을 받았지만 다른 사람들과 마찬가지로 교육받는 것을 좋아하지 않는다. 그렇지만 내가 받은 교육 중에서 기억에 남는 다시 받고 싶은 교육이 있어서 교육과 거리가 먼 사회인들이 받았으면 해서 언급하고자 한다.

그 교육은 다름 아닌 유답교육이다. "유답—당신 안에 답이 있다." 이는 (주)유답에서 기업체와 관공서를 대상으로 실시하는 교육이다. 유답은 개인과 조직의 의식 향상과 평화적인 지구촌 건설을 목적으로 설립된 산업교육 전문회사이다.

2005년도에 교육을 받았었는데 지금도 '안녕하세요. 유디님'으로 시작하는 이메일을 받는다. 이메일에는 간단한 인사말과 함께 유용한 문구 그리고 유답교육을 받은 기업체의 유디님들의 사진이 곁들어 있다. 나는 유답교육 당시 입은 셔츠를 아직도 간직하고 있다. 그 셔츠에는 유답의 'HSP 라이프'라는 경영이념이 있다. Health, Smile, Peace로 건강한 몸과 마음으로 행복한 삶을 만들어 평화로운 지구촌을 만들어 나가자는 의미를 담고 있다.

유답은 행복과 성공의 원리이며 실제 생활에 적용할 수 있는 방법이다. 그 내용은 단순한 지식이나 정보가 아니라 삶을 통해 표현해야만 하는 실천적인 가르침이다. 내가 감명을 받은 것은 지나온 삶을 되돌아볼 수 있었고 교육 내내 지루하지 않고 즐거웠다는 사실이다. 한편으로 유답은 행복과 성공이 특별한 사람만 누릴 수 있는 사치가 아니라 인생의 당연한 선물인 것 같다. 언뜻 유답교육을 받지 못한 사람들이 안됐다는 생각이 들기도 한다.

대부분의 사람들은 교육받는 것을 싫어하며 교육받을 수 있는 기회를 주지 않는다고 해도 당연히 불만이 없을 것이다. 그렇다고 하여도 인생에 있어 유익한 교육이 있다면 한번쯤 기회를 주는 것이 좋지 않을까. 물론 교육비는 국가가 부담하고 원하는 사람에게만 기회를 주는 것이다. 누군가 유답교육을 받고 그들의 인생에 큰 변화가 있었다면 국가에 대해 감사하고 대한민국이 정말 살만한 가치가 있고 자랑스럽다고 하지 않을까.

다양하고 개성 있는 세상

때는 2008년도 어느 가을날로 기억된다. 입추가 한참을 지났는데도 무더위가 기승을 부리고 있다. 잠시 무료하여 인트라넷 자유게시판을 검색해보았다. 모리야 히로시의『중국고전의 인간학』요약이라는 게시가 눈에 뜬다.

서두에『중국고전의 인간학』은 중국의 고전 중 손자, 좌전, 사기 등 24편을 골라 현대적인 감각으로 지도자론을 재조명한 책으로, 요약본 분량은 A4용지 20매라고 되어 있다.

대충 읽어보니 잘 정리되어 있다. 그러나 『중국고전의 인간학』을 탐독할 뜻은 없다. 주인공들이 훌륭하고 참으로 본받을만하지만 지금의 내 삶과는 거리가 있고 크게 관심을 갖지 않으며 일부는 단편적으로 읽어본 적이 있어서다. 언젠가 필요하지 않을까 하여 그 요약본을 인쇄했다. 놀라운 것은 저자가 왜 중국인이나 한국인이 아닌 일본인인가였다. 이런 생각도 나의 잘못된 편견임에는 틀림없다.

서늘한 바람이 불어오는 가을날 아침에 게시판을 다시 보니 조회 수가 거의 변화가 없다. 많은 직원들이 클릭할 줄 알았는데 그 주위에 있는 '시계를 찾습니다, 한과판매' 등은 500회가 넘었는데 이『중국고전의 인간학』요약은 180회 정도였다.

어찌되었건 나는 사람들의 생활방식이나 생각에 차이가 많다는 것을 느꼈다. 내가 생각한 것과 다르다고 그들이 틀렸다고 생각하는 것은 착각이며 아주 잘못되었다고 본다. 분명『중국고전의 인간학』요약이 더 유익할 것 같은데 현실적으로는 그렇지 않으니 나의 편견은 또 다른 편견을 낳고 있다.

요즘 나는 기술직 직원들과 대화를 하다보면 의견차이가 너무 크다는 것을 실감한다. 아무리 직종이 달라도 동시대 같은 회사에서 비슷한 업무를 수행하는데 수십 년이 흘렀다고 해서 이렇게 차이가 심하니 어리둥절하다. 세상을 보는 시각, 유희, 자녀교육, 재산형성 등 딴 세상에 사는 느낌이다.

이러한 이유는 사회는 급속히 변화하고 다양화되어 가는데 내가 거기에 따라가지 못했기 때문이다. 내 생활반경이 상대적으로 작고 사회의 일부분에 국한되어 다양한 세상을 받아들이고 넓혀가기보다는 닫힌 생활을 해서일 것이다. 열린 세상을 살든 닫힌 세상을 살든 각자의 자유겠지만 사회는 쉼 없이 변화하고 문화는 다양하게 펼쳐진다는 사실이다.

사회의 다양성과 사람들의 개성은 그 시대 문화의 영향을 많이 받는다. 문화는 인간의 삶과 사회 구성원에 의하여 습득, 공유되어온 행동이나 생활양식에서 이루어진 물질적·정신적인 것이며, 의식주를 비롯하여 언어, 풍습, 학문, 종교, 예술, 제도 따위를 모두 포함한다. 문화는 끊임없이 변화하고 창조되는데 거기에 적응하면 주인이 되고 그러지 못하면 이방인이 될 수밖에 없다

하루가 다르게 변화하는 세상을 사는 우리들은 사회생활을 하면서 많은 갈등을 느끼고 극심한 혼란을 겪는다. 그 갈등과 혼란은 세대 차이와

보수진보의 논쟁이 가장 대표적일 것이다.

세대 차이는 서로 다른 세대들 사이에 있는 감정이나 가치관의 차이를 말한다. 당연히 살아온 환경이 다르니 차이가 있을 수밖에 없으며, 정보화시대이니 더욱 차이가 커질 수밖에 없다. 정보의 활용 미숙은 세대 간의 소통이나 나아가 사회적 커뮤니케이션을 단절하게 한다.

무엇보다도 세대 차이의 주된 원인은 정보통신기술의 발달로 인한 속도감이다. 사회변화의 속도가 빨라질수록 세대 차이는 커지게 마련이다. 정보통신기술의 발달은 기하급수적으로 많은 변화를 낳고 있다. 시간은 과거보다 훨씬 압축적으로 다가온다. 과거의 10년 차이보다 요즘의 1년 차이가 훨씬 더 크다.

오늘날 세상은 한 시대에 비동시적인 세대들이 공존하고 있다. 특히 우리 사회는 매우 강한 연령지배체제의 특성을 가지고 있다. 어느 조직이나 연령과 직급의 위계가 포개지는 매우 강한 수직적 구조를 가지고 있다. 그래서 세대 차이가 다른 어느 사회보다 강한 갈등양상으로 드러날 가능성을 내포하고 있다

세대 차이 극복은 다함께 힘써야 하지만 기성세대가 더 노력해야 할 것이다. 기성세대는 디지털시대에 적응할 수 있게 인터넷 등에 익숙해져야 한다. 새로운 세대들은 인스턴트식품에 길들여지고 자유로움을 갈망하며 자신을 표현하는 데 능숙하다. 그들을 보고 변화의 속도를 늦추어달라고 할 수는 없지 않는가. 다만 구세대가 신세대에게 바라며 새로운 세대가 꼭 명심해야 할 것이 있다면, 세상은 뒤 세대가 변화시킨다 해도 새로운 세대는 앞 세대의 좋은 점을 이어받고 사회인으로서의 예절은 지켜야 할 것이다.

보수와 진보는 공존할 수 없는가. 보수는 현 체제를 유지하며 서서히 발전하자는 것이고, 진보는 현 체제를 과감히 바꾸어 새로운 체제로 가자

는 것이다. 원론적으로 보면 두 체제의 주장에 일리가 있으며, 두 체제가 있어서 국가와 사회는 발전한다고 볼 수 있다. 하지만 두 체제가 극단적으로 가면 많은 사람들이 힘들어지고 화합되지 않는 사회적인 비용을 감수해야 한다.

우리나라는 남북분단의 특수한 상황에 처해 있어 진보와 보수의 순기능이 더욱 어려운 것 같다. 진보와 보수는 사회적인 문제라기보다는 정치적·사상적인 문제가 더 강하기에 더욱 경쟁이 치열하다. 양보란 존재하기가 어려우며 서로의 주장이나 사상이 이념화되어서 상대방을 이해하거나 배려하지 않는 그들만의 세계로 간다. 우리는 방송매체를 통해 보수와 진보간의 토론은 자주 보아왔다. 그러나 그것은 자기주장만 하는 서로 다른 점만 확인하고 헤어지는 비생산적인 토론에 불과하다. 또한 우리 사회는 한쪽에서는 반대집회를 하고 다른 쪽에서는 찬성집회를 하는 경우가 잦다.

어떤 사람들은 보수와 진보는 끝없는 평행선을 달려왔다고 한다. 그들은 누구를 위해 평행선을 유지할까. 국가와 사회, 국민들을 위해서라기보다는 자신들을 위해 싸우고 있다고 해야 맞지 않을까. 과거보다 미래를, 더 나은 국가와 사회를 위해 보수와 진보가 두 손을 맞잡을 수는 없는가.

보수와 진보가 서로 협력하면 참으로 살기 좋은 세상이 올 것 같은데 현실적으로 아주 어려운 문제다. 국가와 사회는 극단적인 보수나 진보주의자들에 의해서 유지되는 것이 아니라 중도를 지향하는 사람들에 의하여 운영된다. 대부분의 사람들은 극과 극을 싫어하며 한쪽으로 너무 쏠린 자들을 이해하기도 힘들 뿐만 아니라 측은하게 생각하는지도 모른다.

나는 극좌와 극우를 볼 때 안타까움을 느낀다. 중도에 의해 진보와 보수는 많이 좁혀지기는 하지만 그들의 세상이 아니라고 할 때 그들은 얼마나 허탈함을 느꼈겠는가. 남의 세상을 산다는 것은 상대방을 미워하지 않을 수 없으니 말이다.

극과 극을 달리는 세상은 갈등으로 점철되며 상대를 인정해주지 않는 한 화합은 요원하다. 세대, 개인, 성별, 지역, 학연, 혈연 등 차이가 많은 세상이지만 서로를 인정하고 함께 가는 사회가 진정한 행복으로 가는 세상이 아닐까.

앞으로의 세상은 개인이 능력을 발휘하고 남들과 다르게 되는 개성 있는 사회가 될 것이다. 세대 차이 등으로 인한 문제를 극복하고 모든 사람들이 함께하기 위해서는 개성 있는 삶을 살아야 한다.

전통적으로 우리나라는 유교와 농경문화에 젖어 보편적인 삶을 지향하며 동질화되어왔다. 사람들의 목표도 유사하고 공동과 협동하는 생활이었다. 그러다 보니 개성 있는 사람으로 성장하기에는 한계가 있었다. 그러나 이제는 삶의 가치관이 달라지고 있다.

오늘날 사회는 특화되며 사람들은 개성을 중시한다. 개성 있는 사람이 선망의 대상이 되고 그들이 사회를 선도할 것이다. 스포츠나 예술뿐만 아니라 사회, 직장 어디서나 개성 있는 사람들이 두각을 나타낸다. 남들보다 우수한 것도 좋지만 독특한 특징을 가진 사람이 더 바람직할 수 있다.

누구나 자유분방하고 개성 있는 삶을 원할 것이다. 개성은 타고난 성격에 영향을 받지만 본인의 노력이 더 중요하다. 또한 주변 사람들, 특히 부모의 시각이 많이 바뀌어야 한다. 사람들은 개성을 존중한다고 하면서도 당신의 자녀에 대해서는 그렇지 않은 면이 있다. 부모는 사랑과 정성으로 자녀를 키운다고 한다지만 자녀의 개성보다는 자신들의 가치관을 강요하는 경우가 있다. 자신이 이루지 못한 꿈을 자녀를 통해 실현하려고 한다. 이러한 점이 외국인과 한국인의 개성에 대한 차이 중의 하나일 것이다. 자녀의 개성을 키워주기 위해서는 자녀가 원하는 쪽으로 능력을 발휘하도록 도움을 주고 조언하는 것이 현명한 방법이 아닐까.

개성 있게 산다는 것은 다양하고 독특한 삶을 말한다. 젊었을 때 다양한 사고와 열린 마음을 갖지 않는 사람은 늙어지면 쉽게 표가 날 수 있다. 주위에 있는 노인들의 모습을 보면 경로당에서 바둑을 두고 텔레비전을 시청하며 손자를 봐주는 정도가 대부분이다. 또한 소일거리가 없어서 공원 등에 모여 무료하게 일상을 보내는 노인들도 많다. 개성이 없다는 것은 단순하고 평범한 삶을 의미하며, 이러한 삶이 나쁘다는 뜻이 아니라 노년이 되었을 때 생활의 반경이 극히 한정되어지는 것이 애처로울 뿐이다. 개성이 없는 생활은 대다수 사람들의 삶이 유사하여 늙어갈수록 연령으로 구분되며 문명이 발달된 사회에서는 더욱 소외감을 느끼게 된다.

개성 있는 세상은 남녀노소, 빈부귀천에 상관없이 일할 수 있는 사회이며, 노인들도 젊게 일하며 즐기고 또한 그들을 편견 없이 보는 사회가 될 것이다.

제3장

아름답고 가치 있는 삶

이면의 세상을 보며

잘 아는 사람이나 유명인의 이름을 떠올리면 그 사람의 모습이 그려지듯 제목은 글의 이미지를 함축되게 한다. 독특한 제목도 멋이 있지만 그보다 좋은 제목은 그 글의 내용을 대표할 수 있어야 한다. 제목을 보고 주제는 모르더라도 어떤 내용의 글이 담겨 있을 거라는 짐작은 되어야 하지 않을까.

가끔 게시판이나 인터넷에 올라온 글의 제목을 보고 글의 내용을 짐작할 수 없거나 클릭해보면 제목과 내용이 동떨어진 경우가 있다. 게시자는 관심을 끌려고 그리한 것 같은데 보는 이는 별로 유쾌하지 않다. 글 쓰는 사람은 자식의 이름을 짓듯이 제목에 애착을 갖는다. 〈이면의 세상을 보며〉라는 소제목이 이 글의 제목으로 적절하다고 생각지는 않으나 달리 떠오르는 것이 없어 어쩔 수 없이 사용하게 되었다.

우리는 "하면 된다"는 말을 할 때가 많다. 물론 노력을 하면 특별한 경우를 제외하고는 모든 것을 다 이룰 수 있다. 이 말은 직장이나 단체생활에서 외치는 구호로는 적합하지만 어떤 사람들에게는 아주 거북한 말이 될 수 있다.

내가 군 생활을 할 때 새로 사단장이 부임하여 구호가 추가된 적이 있다. 통상 거수경례할 때 '단결'이라고만 했는데 '단결할 수 있습니다'로 바뀌었다. 처음에는 말이 길어서 어색했지만 숙달되니 자연스러워졌다. 그렇지만 하려고 해도 할 수 없는 경우가 있다. 태어날 때부터 소경인 사람에게 "백문이 불여일견"이라고 하면 당치도 않는 말이 된다. 체력이 왕성한 때 나는 백 미터를 14초대에 달린 적이 있다. 30여 년이 훨씬 지난 지금에 와서 14초에 달리기 위해 노력한다면 미친 짓이라고 하지 않겠는가. 노력하더라도 그때도 벅찼는데 절대로 할 수 없는 일이다. 우리는 보편적으로 할 수 있다는 말을 쓰더라도 어떤 사람에겐 상처를 줄 수가 있다.

말은 그 사람의 인격이다. 사람은 말 한마디로 천 냥 빚을 갚을 수도 있지만 말을 잘못하여 인격살인을 할 수도 있다. 일상 하는 말 중에 무심코 한 말도 듣는 사람의 입장에서는 오해할 수도 있고 불쾌해질 수도 있다. 같은 말이라도 말에는 감정이 실리는 법이니까. 함부로 하는 말에 더욱 세심한 주의를 기울여야 한다. 말에는 아부하는 말, 천박한 말, 자극과 폭력적인 말, 남을 모함하기 위한 말, 믿을 수 없는 말, 말도 안 되는 말, 반복적인 말 등 무수히 많다.

억양이 센 경상도 말은 친구나 부부가 대화를 나누는데도 옆에서 들으면 싸우는 것 같다. 말하는 사람이나 듣는 사람의 감정이 다르기에 오해의 소지가 많다. 이런 것을 줄이기 위해서는 말하기 전에 한 번 더 생각하고 천천히 하는 습관이 필요하다. 말에도 품격이 있으니 말이다.

사람들은 삶을 영위하면서 피치 못한 일을 겪으며 때로는 세파에 시달리고 본의 아니게 죄를 짓기도 한다. 죄를 지으면 벌을 받는 것은 당연하다. 죄와 관련하여 "죄는 미워해도 인간은 미워하지 말라. 유전무죄 무전유죄"라는 말이 회자된다. 죄는 미워해도 인간은 미워하지 말라는 것은 공감하겠는데, 유전무죄 무전유죄라는 말을 들으면 왠지 모르게 화가 난다. 자본주의 사회에서 돈이 위력을 떨친다 해도 죄가 돈으로 무마된다면 선량하고 평범한 사람들은 얼마나 허탈하겠는가.

사람은 태어날 때부터 어느 정도 불평등하다는 것은 인정하지만 인간의 기본적인 평등권을 침해한다면 정의로운 사회라고 할 수 없다. 우리 사회가 민주화되고 투명해졌다고는 하지만 아직도 '유전무죄 무전유죄'가 법정에서뿐만 아니라 조직과 직장에서도 완전히 사라진 것이 아니라 버젓이 남아 있으니 매우 안타깝다.

영남대로의 관문인 문경새재에 가면 이색적인 체험을 할 수 있다. 문경새재는 백두대간의 조령산 마루를 넘는 곳으로 예부터 한강과 낙동강 유역을 잇는 영남대로 상의 가장 높고 험준한 고개였다. 임진왜란 이후 이곳에 주흘관, 조곡관, 조령관을 설치하고 국방의 요새로 삼았다. 제1관문인 주흘관에서 제3관문인 조령관까지는 대략 6.5㎞가 된다. 계곡이 다 그렇듯이 문경새재도 험하며 풍치가 매우 뛰어나고 쉬어가고픈 곳이 많다.

봄이 오는 3월 어느 토요일 오후, 그날도 봄을 재촉하는 비가 간간이 내리고 있었다. 그 당시를 기준으로 문경새재는 27여 년 전에 왔었지만 계곡은 큰 변화 없이 처녀림을 간직하고 있었다. 사극 촬영지로 더욱 명소가 되어 오가는 사람들이 많다는 것 외에는 별 차이가 없었다. 특이한 것은 가는 길목마다 이곳을 지나간 옛사람들이 읊은 시가 목판 형태로 나무에 가지런히 진열되어 있다. 문경새재는 영남대로의 관문이기도 하지만 시문이 흐르는 계곡이다. 밤하늘에는 달이 뜨고 물소리를 들으며 지나가는 과객의 심정을 읊은 시도 있다. 문경새재는 옛사람의 정취를 마음 것 취할 수 있고 대화를 나눌 수 있는 문학의 길이다.

예부터 영남에서는 많은 선비들이 청운의 뜻을 품고 과거를 보러 한양으로 갔다. 영남에서 한양으로 가는 길은 추풍령, 죽령 그리고 문경새재가 있는데 영남의 선비들은 문경새재를 많이 넘었다고 한다. "추풍령을 넘으면 추풍낙엽과 같이 떨어지고, 죽령을 넘으면 미끄러진다"는 선비들의 금기가 있었던 모양이다. 문경새재를 넘는다고 다 과거급제를 할 수는 없으며 예나 지금이나 시험에 낙방한 사람들이 더 많으니 말해봐야 무엇하랴.

조령관 옆에는 조선 초기 문인이며 학자인 서거정의 〈새재를 넘으며〉라는 시가 적혀 있다.

"꾸불꾸불 새재 길 양장 같은 길/ 지친 말 부들부들 쓰러질 듯 오르네/ 길가는 이 우리를 나무라지 마시게/ 고갯마루 올라서서 고향 보려함일세"

그 많은 시 가운데 이 시가 특히 기억에 남는다. 나는 이 시를 보고 시상이 떠오른 그때 시인의 마음을 상상해본다. 시인은 지난 날 과거 보러 문경새재를 넘었으며 과거에 급제하고 벼슬을 하다가 고향의 부모님을 뵙기 위하여 금의환향하는 길일 게다. 조령관에 올라 고향하늘을 보며 어버이를 생각하니 얼마나 기뻤을까. 지난날의 감회도 있었겠지만 직접 나타내지 않는 시인의 내면세계도 보인다.

수많은 유생이 이곳을 지나갔건만 과거에 낙방한 심정을 그린 시가 없다는 것이 아쉽다. 역사나 인생은 승자 중심이니 그랬을 것이다. 낙방한 유생의 삶도 고귀하며 한 시대를 살아간 선조들이니 소중하지 않겠는가.

시험으로 거의 모든 것을 결정하는 사회는 승자와 패자가 있게 마련이다. 고시에 합격한 사람은 다시 태어나도 이 길을 간다고 할지 모르지만 실패한 사람은 할 말이 있어도 할 수 없는 세상이 아니던가. 그렇지만 그 사람들의 삶도 그들에게는 소중할 것이고 사회에 기여한 면이 있지 않겠는가.

축구선수 박지성은 대단하다. 국가대표팀의 중추역할을 하지만 프리미어리그에서 뛴다는 것만으로도 축구영웅이고 꿈나무들의 우상이다. 오늘날 박지성 선수가 있기까지 본인의 노력이 주된 원인이지만 함께 축구를 하고 사랑했던 많은 선수와 지도자가 있었을 것이다. 어떤 이유건 영웅으로 살아남지 못한 그들도 장하고 나름대로 아름답다고 본다.

2010년 밴쿠버 동계올림픽에서 우리나라는 세계를 깜짝 놀라게 했다. 다름 아닌 스피드 스케이팅 500m에서 남녀 동반 금메달을 딴 것이다. 모태범, 이상화 그들이 장하고 자랑스럽다. 대한민국 빙상이 세계에 우뚝 서던 날, 우리는 불굴의 한 사나이가 있었다는 것을 기억해야 한다.

"그 이름 이규혁, 당신의 최선이 아름답습니다! 비록 4전5기에 실패했지만 그대가 있었기에 대한민국 빙상이 있었으며, 메달리스트들이 인정하든 인정하지 않던 간에 그대의 불굴의 의지는 빙상역사의 밑거름이 되었다는 사실입니다."

나는 이 글을 쓰면서 승자나 가진 자를 폄하하려는 것이 아니라 그들이 우리 사회를 이끌어 온 것을 당연히 인정하고 경의를 표한다. 그렇지만 세상에는 선의의 피해를 본 경우도 있고, 우리가 모르는 기억하지 않는 사람들이 있다는 것을 한번쯤 생각해보고 그들도 소중하다는 말을 하고 싶다.

〈아름답고 가치 있는 삶〉인 이 장에서 앞으로 전개해야 할 이야기가 어떤 사람에게는 전혀 맞지 않을 수 있고, 하고 싶어도 못하는 처지에 놓인 사람이 될 수도 있다. 그분들에게 조금이나마 미안한 마음을 표하고 양해를 구하고 싶다. 어쩌면 이 글은 제목에도 맞지 않는 어쭙잖은 단상이 된 것 같다.

일하는 즐거움

지구상의 모든 생물은 한가로운 것 같은데 인간만이 바쁘게 일을 한다. 동식물이 먹이를 구하고 자라는 것도 그들 나름대로 일이라고 할 수는 있지만 인간이 하는 일과는 차이가 있다. 따지고 보면 인간만이 동동거리며 혼자서는 먹을 것도 얻지 못하고 복잡한 사회에 강요되어 일하며 살아간다.

나무가 물을 머금고 꽃을 피우며 열매를 맺는다든가, 벌이 꽃을 찾아 꿀을 모은다든가, 야생동물이 먹이를 사냥하는 행위는 일이다. 하지만 그들은 누구를 위해서 일하는 것이 아니라 그 자체가 생존행위인 것이다. 다시 말하면 경쟁을 하거나 욕심을 내지도 않고 절대적인 도움을 필요로 하지 않는 자립적 삶을 위한 행위다. 이러한 삶 속에 즐거움이 있지 않을까.

인간은 먹고 놀며 일하는 과정을 되풀이한다. 어쩌면 일하는 것도 잘 먹고 잘 놀기 위한 것이다. 식물은 먹고 놀고 일하는 것이 하나로 같다고 볼 수 있으며, 동물은 이것들이 구분되기는 해도 식물과 거의 같다고 봐야 한다.

자유분방하게 나다니는 들짐승이나 창공을 자유롭게 나는 새들이 인간을 생각한다면 인간은 유일하게 일하는 동물이라고 하지 않을까. 논밭을 갈고 달구지를 끄는 우마를 제외하고는 가축마저도 일할 필요가 없다. 집지키는 개도 이방인이 나타나면 짖을 뿐 양지 바른 곳에서 졸거나 놀고 있다. 더구나 애완동물은 살아 있는 것만으로도 귀여움을 받고 있으니 일하고는 거리가 멀다.

인간은 왜 일을 해야 하는가? 무엇보다 그것은 삶을 위해서다. 인간은 태어나 성장하기까지 부모의 도움을 받지만 장성한 후에는 자식이 잘 자라도록 도움을 주어야 한다. 국가와 사회도 앞 세대와 뒤 세대의 차이가 있을 뿐 삶은 항상 반복된다. 인류가 발전하고 잘살기 위한 방법이 문명과 진보다. 문명은 거의 먹을 것을 찾는 일이며, 진보되면 될수록 먹을 것을 얻기가 점점 심각해지는 것이 현실이다. 먹는 것을 얻는 일이 이토록 어렵지 않다면 인간은 지금처럼 부지런히 일할 필요가 없을 것이다.

사람들은 '노동은 신성하다'는 말을 한다. 노동의 신성함은 노동의 대가에 있는 것이 아니라 일 자체에 있다. 일에 충실하면서 그것을 즐길 때 노동의 가치와 신성함을 얻을 수 있다. 하지만 인간은 나비가 춤을 추며 꽃을 찾아가는 것처럼 즐겁게 일하기가 어려운 것 같다. 이는 대부분의 노동행위가 대가를 전제로 하기에 그렇다. 어려움과 고통이 있을지라도 대가가 주어진다면 기꺼이 일할 수 있으며, 일에 대한 대가가 있기에 개인은 삶을 영위하고 사회는 존속되는 것이다.

열심히 일하는 것과 즐겁게 일하는 것에는 상당한 차이가 있다. 일에 묻혀 일밖에 모르는 사람은 일에 중독된 일벌레에 지나지 않는다. 사람은 더 많은 돈을 벌기 위해, 더 높은 권력과 명예를 얻기 위해 일을 하기에 일 자체를 수단시함으로써 일의 신성함을 잃어버린 것이다.

우리는 대민지원을 나가거나 오랜만에 시골 논밭에서 일할 때 즐거움을 얻는다. 또한 땀 흘리고 먹는 음식은 그렇게 맛있을 수 없다. 이런 일에는 부담감이 적고 자신의 본업이 아니기에 그런 감이 없지 않지만 본업에도 이와 같은 마음으로 일할 수 없을까.

어느 청소부가 비록 자신과 가족을 위해 거리를 쓸지만 자신이 하는 일은 지구를 깨끗하게 한다는 마음이라면 거기에는 분명 일하는 즐거움이 있을 것이다. 일은 제 자신을 위한 행위를 넘어설 때 그 가치가 더욱 극대화된다. 누군가를 위해 땀 흘리고 일한다면 노동의 신성함이 있지 않겠는가.

사회조직에는 20 : 80의 법칙이 있다. 이것은 열심히 일하는 개미집단도 20퍼센트의 개미가 80퍼센트의 일을 하고, 국토에 있어서 인구의 20퍼센트가 부의 80퍼센트를 소유하고, 백화점의 경우 상위 20퍼센트의 고객이 전체 매출의 80퍼센트를 차지한다는 등의 법칙이다. 이 법칙은 동일제품을 생산하는 공장에서 같은 일을 하는 사람들에게는 적용되지 않을지라도 직위가 계층화되고 업무가 분화되어 있는 관공서나 기업체에는 거의 적용될 것이다. 하나의 업무가 처리·결정되기까지 기안, 검토, 결재의 과정을 거치고 타 부서의 협조가 필요하기에 누군가 주도적으로 일해야 하며, 그 사람을 중심으로 업무가 쏠릴 수밖에 없다.

직장인은 누구나 개미집단에서와 같이 전체 업무의 80퍼센트를 처리하는 20퍼센트에 해당되는 위치에서 일한 경험이 있을 것이다. 일의 즐거움은 업무의 특성에 따라 좌우되기도 하지만 직장인은 자신이 조직의 20퍼센트에 해당되는 인력이라고 생각될 때 더욱 즐거움을 얻는 것 같다. 일이 때로는 힘들고 짜증스럽기도 하지만 일을 성취했을 때의 보람은 남다를 것이다. 일함에 있어서 주인과 머슴의 입장이 다르듯이 일의 주종에 따라 즐거움에도 차이가 있다.

누구나 지난 시절을 돌아보면 휴일근무나 야근을 하던 때가 힘들기는 해도 보람이 있었다고들 한다. 나도 그러한 시절이 있었으며 동료들의 생각이 어떨지는 모르겠으나 그때는 내가 주도적으로 일한 것 같고 자긍심도 있었다. 한편으로는 한가한 부서에서 일하는 직원을 부러워하기도 했다. 요즘 내가 하는 일이 싫지는 않지만 가끔은 조직의 20퍼센트에서 제외된 느낌을 받는다. 그런 생각이 들수록 일을 주도적·적극적으로 처리하기보다는 소극적으로 따라가는 경향이 늘어난다. 그럴 때는 일의 즐거움도 줄어든다. 일의 즐거움은 자신이 조직의 20퍼센트에 해당되는 인력으로서 꾸준히 일할 때가 아니겠는가.

일하는 즐거움은 또한 상대방을 배려하는 데 있다. 우리는 일을 무작정 이유 없이 하지는 않는다. 일에도 목적이 있고 누군가를 위해서 하는 것이다. 결국 일에는 상대방이 있고 도움을 필요로 하는 이가 있게 마련이다. 그들을 우리는 고객이라고 부른다.

현대사회는 고객이 편리함을 즐기는 고객중심의 서비스사회다. 고객은 나의 일을 사는 사람이다. 일하는 사람이 일을 파는 것만을 위해서 일한다면 당장은 좋을지 모르나 습관이 쌓여 일을 수단시함으로써 일의 신성함이 떨어지게 된다.

같은 음식을 만드는 요리사가 있다고 하자. 그들이 만든 음식을 먹고 고객이 그저 한 끼를 때웠다는 느낌을 받는 것과 정말 맛있게 먹었다고 칭찬하는 경우가 있을 때 누가 더 즐겁게 일을 했겠는가? 당연히 맛있게 먹었다고 칭찬한 그 음식을 만든 요리사가 더 즐겁게 일했을 것이다. 그 요리사는 자신이 만든 음식을 먹을 고객을 배려하여 정성을 기울였기에 일하는 순간에도 즐거움이 있었으며, 그의 음식을 먹은 고객의 칭찬은 다시 요리사에게 전해져 선순환 되는 것이 아니던가.

그런데 사람들은 종종 일하는 즐거움을 간과한다. 그것은 자신이 하는 일이 직접적인 판매행위가 아니어서 바로 느끼지 못하기에 그런 것 같다. 또한 정성을 들이지 않아도 단번에 표가 나지 않으며, 정성을 들인 만큼 대가가 주어진다고 생각하지 않으며, 자신의 고객을 구체적으로 한정할 수 없으며, 한번 스쳐 지나가면 그만이라는 생각이 잠재되어 있어서 그럴 것이다.

이런 생각이나 자세는 국가나 공공기관에서 일하는 사람들에게서 많이 나타난다. 일에 사명감을 갖고 고객에게 최고의 서비스를 하는 공무원도 있지만 무사안일하게 일하는 사람들도 있다. 일하는 사람이 원리원칙에 따라 한다면 그만일 수 있으나 그 상대방은 낭패를 보는 경우가 허다하다. 시간을 다투는 일에는 신속하게 처리해야 하고 판단이 따라 결과가 달라진다면 신중하고 정확하게 처리해야 한다. 남을 생각하지 않는 사람은 무미건조한 기계에 불과하다.

나는 국민고충처리위원회에서 2년 정도 조사관으로 일한 적이 있다. 물론 내 업무는 민원을 조사하여 처리하는 것이다. 대부분의 고충민원은 민원인과 행정기관의 주장이나 입장이 일리가 있는데 법과 현실의 괴리가 너무 커서 발생되는 것이다. 모든 민원이 원만히 해결되면 더할 나위없겠으나 그 처리결과는 수용보다는 받아들여지지 않는 민원이 더 많다. 사정이 이러하니 조사관의 애로사항도 많다. 그래도 차선의 방법을 찾고 민원인의 아픔을 다소나마 치유하고 마음의 상처를 받을까 봐 언행이나 표현하나에도 정성을 다한다.

민원처리결과를 회신하면 으레 전화가 온다. 수용된 민원은 고맙다는 인사이고 기각된 민원은 불만의 목소리다. 그런데 현실적으로 도움을 주지 못한 민원인에게서 고맙다는 인사를 받을 때가 한편으로는 미안하지만 보람을 느낀다. 민원인으로부터 "현장을 방문해주고, 나의 투정도 다 들어주고, 민원처리에 고심한 흔적이 역력하다"는 말을 들을 때 정말 보람을 느끼고 즐거움을 얻는다. 일하는 즐거움은 상대방을 배려하고 그들과 한마음이 되는 곳에 있지 않겠는가.

인생에 있어서 일을 구분한다면 일을 준비하는 청소년기, 직업적으로 일하는 중장년기, 하고 싶은 일을 하는 노년기로 나누어볼 수 있다.

사람들은 인생을 나이로 따질 때 청춘을 가장 아름답다고 한다. 청춘이 아름다운 것은 젊음이 있고 꿈이 많고 희망이 크기에 그럴 것이다. 누구나 학창시절을 그리워하지만 고등학생은 중학생활을, 중학생은 초등학교 시절이 좋았다고 한다. 인생은 나이에 따른 모든 시기가 나름대로 의미가 있고 그에 맞는 일을 한다면 아름다운 것이다.

인생의 청소년기나 중장년기의 중요성은 아무리 강조해도 지나침이 없을 것이다. 누구나 그 과정을 거치기에 즐거움에 관계없이 반강제적으로 일했을 것이다. 어쨌든 세월이 흐르면 직장에서 은퇴해야 하고 드디어 노년기를 맞이하게 된다.

노년기는 하고 싶은 것을 마음대로 하고 시간적인 여유가 있어 좋을 것 같지만 사실 일하던 사람이 너무 한가하면 따분함을 느낄 수 있다. 특별히 하는 일 없이 일상을 보내면 외로워지고 쉽게 고독해질 수 있다. 하늘에 떠가는 구름을 보고도, 산 위로 솟아오르는 운무를 보고도, 계곡에 흐르는 물소리를 듣고도, 숲속 나무 사이로 부는 바람소리를 듣고도 고독을 느낀다. 이러한 고독은 인생의 덧없음에서 온다기보다는 적절한 일이 없어서 즐거움이 상대적으로 줄었기 때문일 것이다.

그래서 노년기는 일의 경중을 떠나 할 수 있는 일이 있으면 하는 것이 바람직하다. 노년기의 일은 대가에 구애받지 않는 일도 괜찮고 취미나 봉사활동도 보람이 있을 것이다. 노년은 단풍든 나무와 같이 살아야 한다. 나뭇잎은 봄에 물들지 않고 떨어질 때 아주 곱고 아름답게 물든다. 마음이 즐겁고 건강하게 살려면 적당한 일을 해야 한다. 일 속에서 즐거움을 찾고 인생을 관조해야 하지 않겠는가.

일이 즐거우면 가슴이 뛰고 잠자리에 들어도 내일이 기다려진다. 매일 떠오르는 태양이지만 뭔가 다를 것처럼, 어린아이가 소풍 전날 밤 설레어 잠이 오지 않는 것처럼 말이다. 즐겁게 일하는 사람이 진정 행복한 사람이다.

삶에 활력을 주는 취미생활

옛날 시골에서 마을 어르신을 만나면 아침, 점심, 저녁을 잡수셨는지를 묻는 것이 인사였다. 그 시대는 그만큼 끼니가 중요했다. 요즘 직장인들은 금요일 퇴근과 월요일 출근 시 인사말이 주말을 잘 보냈느냐는 것이다. 이러한 인사는 일상 업무도 중요하지만 삶의 중심이 취미생활로 많이 옮겨졌다는 것을 의미한다.

주5일 근무가 도입되었을 때 직장인들은 시간적인 여유가 많았다. 무엇을 하며 주말을 보낼까 하는 행복한 고민도 있었다. 자기계발, 투잡, 취미활동 등 다양한 생활을 꿈꾸며 한껏 부풀어 있었다. 그즈음 서점에는 『주말의 달인』이라는 책이 한창 유행하기도 했다. 어느덧 몇 년이 지나고 직장인들은 주5일 근무에 적응되었으며, 그 혜택은 취미활동이 아닌가 싶다.

취미생활은 삶의 활력소다. 취미생활 없이 일상을 보내는 것은 밋밋한 생활이며 무의미한 인생이 될 수 있다. 취미는 그 대상이 무엇이라도 상관없으니 자신만의 취미를 가지고 즐겨야 한다. 자신의 건강을 위해 하는 스포츠 활동은 필요에 의해 반강제적으로 행하는 경우가 다반사여서 시작할 때는 취미라고 보기는 어렵다. 그렇지만 꾸준히 하다보면 의외로 아주 즐기는 취미활동이 될 수 있다. 등산은 산이 좋아서 가는 것이지만 그보다 뱃살을 줄이기 위함이 더 목적일 수 있는 것과 같이.

취미활동의 종류는 다양하다. 종류가 워낙 많아서 헤아리기가 힘들 정도이며 처음 들어보는 생소한 이름도 많다. 취미는 여러 사람이 함께하는 것도 있고 혼자 할 수밖에 없는 것도 있다. 인생의 시기에 따라 할 수 있는 것과 평생 동안 할 수 있는 취미도 있다. 장비 구입 등 경제적인 여력이 있어야 할 수 있는 것과 건강한 몸만 있으면 할 수 있는 취미도 있다. 동호인들과 함께해야 재미와 의미가 있는 취미도 있고 혼자 해야 하는 것도 있다.

취미활동은 건강한 생활, 인격과 정서함양, 친목도모, 더 나아가 삶의 의미와 인생의 가치를 깨닫는 것이다. 무엇보다 취미활동을 통해 즐거움을 얻어야 한다. 그 즐거움의 극치를 희열이나 황홀감이라 한다면 취미활동에서 얻는 즐거움이 어느 정도가 되어야 할까.

나는 우주와 자연의 일체를 절대세계, 상대세계, 꿈의 세계로 구분해보곤 한다. 절대세계는 진리의 세계이며 깨달은 자만이 가기 쉬운 하느님·부처님의 세계다. 상대세계는 보이는 현상계로 사람들 각자가 만든 끝없는 욕망의 세계다. 그리고 꿈의 세계는 현실적으로 존재하지는 않지만 사람들이 바라는 이상의 세계다. 취미생활에서 얻는 즐거움의 극치는 꿈의 세계를 본 것 같은 느낌이 들 때가 아닐까.

취미는 천차만별이어서 내 취미로 남의 취미를 재단하지 말아야 한다. 자신의 취미가 가장 고상하고 의미 있다는 생각은 버려야 한다. 심지어 자기가 즐기는 취미를 상대방이 하지 않는다고 해서 세상을 무슨 재미로 사느냐는 등 비웃는 경우도 있는데, 이는 잘못된 생각이며 사람은 누구나 각기 다른 취미가 있다는 것을 알아야 한다. 취미는 그 사람의 품성이기도 하며 각자가 주인이 되어야 한다.

칠팔 년 전 나는 경기도 의왕에 있는 백운산을 오르다 나처럼 혼자 온 산객을 만나 이런저런 얘기를 나눈 적이 있다. 그는 교직을 은퇴하고 특별히 하는 일 없이 소일로 일상을 보낸다고 한다. 처음에는 여행도 다니고 여유가 있었으나 시간이 갈수록 따분하고 답답함이 밀려와 무료한 생활의 연속이었다고 한다. 그래서 시작한 것이 서예라고 하며 매일 새벽에 일어나 붓글씨 쓰는 것이 더할 나위 없이 즐겁고 행복하다고 한다. 그는 취미 중에 서예가 가장 좋다고 굳이 덧붙인다. 그때는 별 의미를 두지 않았으나 서예에 대하여 문외한인 나지만 지금은 그의 심정을 이해할 수 있을 것 같다.

서예라는 말을 거론하니 조선시대 유명한 서예가 최흥효 선생이 문득 떠오른다. 그는 늘 중국의 서예가 왕희지의 글씨를 흠모하여 수도 없이 연습을 하곤 하였다. 과거를 보러 가서 답안지를 쓰는데 우연히 한 글자가 왕희지의 글씨와 같게 되었다. 너무나 기뻐서 하루 종일 그 글씨만 바라보다가 차마 아까워 시험답안지를 그대로 품에 넣어 돌아오고 말았다.

이 얼마나 멋이 있는가! 그에게 서예는 취미라고 하기는 그렇지만 취미도 이 정도의 즐거움이 있어야 하지 않겠는가. 어쩌면 취미는 남이 알아주는지에 상관없는 자기도취다.

취미생활은 어떻해야 할까? 수필처럼 붓 가는 대로 마음 따라 은은하게 즐기면 되지 않을까. 아니면 주중에는 일에 열중하고 주말에 일상을 벗어나 하고 싶은 것을 하면 되지 않을까. 오랫동안 취미를 즐기다 보면 취미생활은 깊이를 더하여 심원하게 되고 인생을 한층 업그레이드시켜준다. 여러 가지를 해보는 것도 나름대로 흥미가 있을 수 있겠지만 한 가지 취미활동만이라도 꾸준히 길을 열어가는 것도 유익하고 즐거움이 배가 되지 않겠는가.

어디까지가 취미활동일까? 일과 취미를 딱 부러지게 구분하기는 어렵다. 나는 독서가 내 취미라고 생각하는데 사람에 따라서는 독서는 취미가 아니라고 한다. 책을 읽는 것은 취미가 아니고 책을 모으면 취미다. 수석이든 골동품이든 수집하는 것은 다른 목적도 있겠지만 결국 감상하기 위해서 하는 것이 아닌가.

책은 읽어서 지식과 지혜를 얻는 것이기에 그 목적에 따라 구분해야 한다. 학생이 공부를 하거나 학자가 학문을 연구하는 독서는 취미가 아니다. 일과 직접적으로 관계없는 독서는 취미라고 봐야 한다. 책의 내용이 어떠하든 즐거움을 주는 독서라면 분명 취미다.

취미생활이라고 해서 다 좋은 것은 아니며, 바람직한 활동과 피해야 하는 것이 있다. 대부분의 취미활동은 유익하고 나름대로 특징이 있으나 내가 가장 바람직하다고 생각하는 것은 자연과 가까워지는 것이다. 자연을 상대로 하는 취미는 자연을 사랑하고 이해하며 관찰하게 된다. 자연에는 신비가 있고 나눔이 있으며 질서가 있다. 결국 자연과 인간은 융합되어 하나가 된다.

삼가야 할 취미는 돈과 관련이 있는 것이다. 취미활동으로 인해 경제적 부담이 된다면 계속 하기는 어려울 것이다. 돈이 많이 든다거나 동호인들과 비교해서 생활수준의 차이가 크면 피하는 것이 좋다. 또한 돈을 걸고 내기를 하는 취미활동도 바람직하지 않다. 그것은 승부에 너무 집착하여 취미활동의 의미가 퇴색되고 즐거움보다 마음이 상하고 더욱 나쁜 것은 중독될 수도 있으니까.

취미도 배워야 할 시기를 놓치면 평생 할 수 없거나 하기가 어려워진다. 대부분의 사람들이 보편적으로 즐기는 운동경기도 성장기에 익히지 않으면 나중에는 배우는 데 애로사상이 이만저만이 아닐 것이다.

탁구, 족구, 당구 같은 종목은 누구나 싶게 할 수 있는 운동인데도 전혀 못하는 사람들이 있다. 그들은 신체적으로 이상이 없음에도 불구하고 적기에 배우지 않아 늦게 익히려니 참 어렵다. 그 상황이나 심정은 마치 음정을 잘 다스리지 못하는 사람이 남들 앞에서 노래를 연습하는 격이니 창피하기도 하고 쉽사리 숙달되지 않아 낭패를 당하는 꼴이다. 더구나 체력이나 숙련을 요하는 스키, 서핑, 행글라이더 등은 인생 후반기로 갈수록 시도하기가 매우 힘들어진다.

취미생활은 인생의 시기에 맞게 적절히 하는 것이 중요하다. 악기 연주는 어렸을 배워야 하고 산악자전거 타기는 젊었을 때 해야 한다. 나이가 들고 세월이 흐르면 취미활동도 하기가 어렵거나 자연적으로 사라지는 경우가 많다.

그래서 취미는 평생 혼자서 할 수 있는 취미가 있어야 한다. 노년으로 갈수록 친하던 사람들도 하나둘 떠나가고 결국 혼자만 남게 되기에 그러하다. 또 다른 측면으로 보아 좋은 취미생활은 가족과 함께하는 문화적인 것이며, 적어도 부부가 함께할 수 있는 활동일 것이다.

취미생활을 즐기는 자가 인생을 즐기는 것이다. 바쁘다는 핑계로 취미활동을 미루었다면 오늘 바로 시작하자. 평소에 동경하거나 한번쯤 해보고 싶었던 취미생활에 몸을 맡겨라. 그러면 생활이 달라지고 가정과 직장 주변의 분위기가 달라질 것이다. 취미활동을 한다는 자체로 인생이 그 이상 업그레이드될 것이다.

더불어 살아가는 가치 있는 삶

우리는 늘 가치 있는 삶을 꿈꾼다. 가치 있는 삶은 삶의 가치를 어디에 두고 무엇을 위해 어떻게 살아갈 것인가 하는 문제이며, 또한 인간이 추구하는 궁극적인 목적이기도 하다.

어떠한 삶이 가치가 있을까? 편안한 삶, 남들이 부러워하는 삶, 성취하고 발전하는 삶, 능력과 재능을 발휘하는 삶, 사람들과 함께하는 삶 등 많을 것이다. 그렇지만 사람마다 삶을 추구하는 목적과 이상이 다르니 가치의 기준이 다를 것이다. 삶의 가치는 각자가 판단할 사항이며, 그 가치의 우열이나 평가는 주관적일 수밖에 없다.

삶의 방식이나 유형이 다양하여 삶의 가치를 논하기는 어렵다. 군이 그 기준이나 판단을 한다면 가치 있는 삶이란 모든 생명과 더불어 살아가며 누군가에게 도움을 주는 삶이 될 것이다. 우리 사회에는 저능, 장애, 어려운 환경 등으로 타인의 도움을 받아야 하는 사람들이 많다. 이런 사람들을 도와주고 함께하는 사람, 인류를 위해 공헌하는 사람이 가치 있는 삶을 살지 않을까.

세상에는 별 사람이 다 있다. 남에게 도움은 주지 못할망정 고통과 피해를 주는 사람이 얼마나 많은가. 감언이설로 사람을 속이거나 현혹하여 부당이득을 취하는 사람, 선량한 사람을 겁주고 폭력을 행사하여 금품을 갈취하는 사람, 자신의 목적을 달성하기 위해 수단과 방법을 가리지 않는 사람, 자기 자신만 편하면 그만이라는 식으로 새치기하거나 무임승차하는 사람 등 수없이 많다. 그뿐인가, 세상을 둘러만 보아도 우리 주변에는 학원폭력인 왕따, 사회폭력인 조폭, 국가폭력인 전쟁이 늘 도사리고 있다.

우리는 늘 비교하며 세상을 살아간다. 가정, 직장, 사회 어디서나 비교를 하고 비교를 당하기도 한다. 남들은 나보다 더 나은 삶을 살아가고, 자신은 유난히 힘들게 사는 것 같다고 생각한다. 다른 사람들은 평범하게 일하는데도 쉽게 성취하는 것 같고, 자신은 열심히 노력하는데도 결과가 보잘것없다고 원망하기도 한다. 자신은 바르고 정직하게 사는데 남들은 권모술수 등 수단방법을 가리지 않는다고 생각하기도 한다. 어쩌면 대부분의 사람들이 그렇게 생각하며 사는지도 모른다.

나는 텔레비전을 잘 보지 않지만 가끔은 의미 있는 것을 볼 때가 있다. 〈세상에 이런 일이〉라는 프로그램은 내가 즐겨 보는 것 중의 하나다. 이 프로그램은 평범하게 살아가는 사람들의 이야기가 아닌 기구하고 기이하게 사는 사람들의 이야기다. 놀라운 이야기가 대부분이지만 눈물겨운 사연도 있다. 장애가 있는데도 이를 극복하고 늘 웃으며 남을 위해 사는 사람들을 볼 때는 가슴이 찡하다. 살아온 날들을 돌아보면 실망과 후회가 많아도 세상에 부끄러운 일은 크게 없었는데, 왠지 나는 장애인들이 열심히 사는 모습을 보면 부끄럽고 숙연해진다. 그들과 함께하지 못한 삶은 의미가 없는 것 같고 인간성 상실감마저 든다.

세상사 더러운 꼴 안 보고 자연과 더불어 풍유를 즐기며 유유자적하게 살아가는 사람과 명성을 쌓기 위해 복지시설을 지어주고 불우한 이웃을 도와주는 사람이 있다면, 누가 더 가치 있는 삶을 살까? 전자가 고결한 인품을 지니고 사람들에게 피해를 주지 않는다 해도, 후자가 명예욕이 강하여 자신의 목적을 위해 가식이 있을지라도 더불어 살아가는 세상에서는 후자의 삶이 더 가치가 있지 않을까.

나는 사람들이 지나치게 자기중심적으로 사는 모습을 볼 때 전우익 선생이 저술한 『혼자만 잘 살믄 무슨 재민겨』가 떠오른다. 삶이란 그 무엇인가에, 그 누구에게인가에 정성을 쏟는 일이라고 그가 한 말이 심오하게 다가온다.

직장생활을 하는 사람은 누구나 한번쯤 불우이웃돕기에 동참한 적이 있을 것이다. 자신이 주도적으로 했다기보다는 명절이나 연말연시가 다가와서 아니면 직장에서 연례행사처럼 하니까 그냥 한 경우가 대부분일 것이다. 또한 사회공헌활동의 일환으로 직장동료들과 복지시설을 방문하여 도우미 역할도 했을 것이다. 그때의 심정은 도움을 받아야 하는 사람들이 측은하다는 생각이 들었을 것이고, 그들과 비교해 자신은 상대적으로 한없는 행복을 느꼈을 것이다. 게다가 이런 행사에 자주 참여해야겠다는 다짐도 했을 것이다. 하지만 그 순수한 마음은 시간이 흐르면서 서서히 사라지고 우리는 현실생활에 안주하며 나만 편하면 그만이라는 식으로 살아간다.

2008년 4월 초순, 한국도로공사 중부사업단에 근무할 때 식목일 행사를 겸하여 음성에 있는 사회복지시설에 간 적이 있다. 물론 사회공헌활동의 일환으로 복지시설에 나무와 꽃을 심어주고 봄단장을 해주기 위해서다. 복지시설에는 일반인보다 지능이 낮은 20여 명의 남자 장애우가 생활하고 있으며 연령은 10대 후반에서 40대 초반이다.

직원들이 복지시설에 도착하자 그들은 우리를 너무나 좋아하며 일하는 내내 우리 곁에서 신이 나 있었다. 자신의 나이도 모르면서 여직원을 보고는 무조건 누나라고 부르는 그들은 천진난만했다. 우리를 위해 장기자랑도 하였는데, 그때 한 장애우가 내 손을 살며시 잡고 한동안 있었다. 그들은 제한된 장소에서 생활해서 그런지는 모르지만 사람을 무척 그리워하는 것 같다. 우리는 위문품을 별도로 전달하고 간식으로 빵과 음료수를 가져갔다. 빵을 먹으려 하는데 또 한 장애우가 "내가 빵 좋아하는 걸 어떻게 알았지?" 하는 거였다. 그 말을 듣는 순간 단장님은 빵을 그들에게 다 주라고 하였다.

나는 그들에게서 순수하고 고귀한 영혼을 보았다. 바보인 것 같은 저능아들은 오히려 아기처럼 순수해 거룩함을 느끼게 한다. 이 세상에 순수한 사람이 있다면 그들이 아니겠는가. 솔직히 말해 사람들은 저능, 장애 등이 있는 사람을 싫어하는 편이다.

하지만 그들을 돌보는 이들은 어떤 사람일까. 직업으로 돕는 사람도 있겠지만 숱한 어려움을 극복하고 그들을 위해 사는 사람들도 많다. 장애인을 위해 사는 사람들은 이 땅의 천사다. 그들은 또한 장애인들에게서 인간의 심원한 영혼의 울림을 들었을 것이다. 언젠가 나도 그들을 따르리라고 다짐을 했건만 즉시 실천하지 못하는 나 자신이 밉다.

사람이 많이 모이는 곳에는 으레 도움을 필요로 하는 이들이 있다. 그들은 장애가 심하지 않더라도 살아가기가 힘들어서 도움을 청한다. 경제적인 어려움을 극복하기 힘든 사람들에게는 국가에서 복지정책을 실시하면 될 것 같은데 그것도 여의치 않는 것이 현실이다.

우리나라는 전 세계에서 10대 경제대국에 근접한 것 같지만 사회복지로 보면 아직도 잘사는 나라라고 할 수 없다. 어느 나라, 어느 사회건 빈부의 격차는 있게 마련이고 선진국으로 갈수록 그 격차는 더욱 커지는 상황이 아닌가. 빈부의 격차를 줄이려면 국가정책도 중요하지만 그보다 국민의 국가관, 사회관이 더 중요하다. 나만 잘살면 그만이라는 사고방식을 버리지 않는 한 더불어 함께하는 삶은 요원한 것 같다.

2008년 10월 어느 날로 기억되는데 텔레비전에서 〈기아체험24시〉를 방송하고 있었다. 참가자들은 굶주림의 고통을 직접 느껴보고 지구촌이 당면한 전쟁과 가난, 질병 문제를 고민하며 그들의 고통을 함께 나누는 행사였다. 영상으로 보는 아프리카 후진국의 삶이 너무도 비참하다는 것을 생생히 볼 수 있었다.

그날 나는 작은 도움이지만 아프리카 먼 나라, 한 아이의 후원을 신청하게 되었다. 매달 9일이 되면 월드비전에서 보내오는 "매월 10일은 후원자님의 따뜻한 후원금이 이체되는 날입니다. 감사합니다"라는 문자메시지를 받아본다. 이 순간이 무지 기쁘고 행복하다. 월 3만 원의 후원금이 한 생명을 살리고 내게는 그 이상의 보람을 주니 작은 사랑은 나눔을 낳고 기적을 나을 수도 있지 않겠는가.

월드비전에서 격월로 보내주는 〈WORLD VISION〉 잡지를 보다가 문득 배우 김혜자 님이 생각났다. 그녀는 10년간 월드비전 친선대사로 에티오피아를 시작으로 여러 나라를 찾아다니며 전쟁과 가난 속에서 고통 받는 아이들을 도와왔다. 그녀가 저술한 『꽃으로도 때리지 말라』는 전 세계의 가난한 사람들과 함께한 10년의 기록이다. 처음에는 그녀가 유명인이고 자신의 명예 정도를 위해 책을 쓰지 않았을까하는 선입관도 있었지만 책장 몇 페이지를 넘기니 그것은 나의 기우였으며 솔직히 그렇게 생각한 것이 참 부끄러웠다.

세상이 어떻게 이럴 수가 있는가? 상상할 수도 없는 비참함이 지구촌 곳곳에 존재하고 있으니 말이다. 전쟁과 가난은 인간을 악마로 만들었으며, 인간이 인간에게 저지르는 죄의 끝은 어디인가. 책을 읽는 내내 고통받는 사람들이 너무나 측은하고 가슴이 아파 분노가 치밀었다. 책의 내용 전부가 강렬하게 다가오지만 그중 몇 단원을 인용하지 않을 수 없다.

"왜 세상은 사자와 기린과 얼룩말들을 보호하면서 이 죄 없는 아이들은 그냥 굶어 죽어가게 내버려두는 걸까요? 고릴라가 3백 마리가 죽었다고 하면 연일 신문과 방송에서 떠들어대면서, 하루에도 수백 명씩 죽어가는 아이들에 대해선 침묵하는 이상한 세상입니다.

9·11테러 때문에 3천 명이 목숨을 잃었지만, 케냐에서는 에이즈로 78만 명이 숨졌고, 현재도 190만 명이 죽음을 기다리고 있습니다. 이들에게 우리는 무엇을 보내줘야 할까요? 어쩔 수 없는 일이라 여기고 이들의 고통을 모른 체해야 할까요? 그들이 슬픔에 잠긴 미국인들을 위로했던 것처럼, 그들의 아픔을 우리 자신의 아픔이라 여기면 안 될까요?

아코아로 가는 길에 노르웨이 자선단체에서 운영하는 팔 잘린 사람들이 있는 곳에 들렀습니다. 그곳에서 두 팔이 다 잘린 사람, 한쪽 손목만 잘린 여자, 한쪽 팔만 잘린 남자들을 만났습니다. 왜 이렇게 되었느냐고 묻자, 반군들에게 붙잡혀 어느 쪽 손을 잘라줄까 물어서 아무 대답도 안 한 남자는 두 손목을 다 잘리고, 그걸 보고 무서워서 한쪽을 가리킨 사람은 그쪽만 잘랐다는 것입니다. 잘린 부위가 손목, 팔 한가운데 등 모두 다른 것은 반군들 마음이었다고 했습니다. 우리 모두 망연자실 할 말을 잃었습니다. 너무 충격적이어서 눈물조차 나오지 않았습니다. 사람으로 태어난 것이 너무도 싫었습니다. 내 자신이 사람이라는 것이 이렇게 싫을 수가 없었습니다. 내가 두 팔을 갖고 있다는 것이, 자신의 두 팔로 남의 두 팔을 자를 수 있는 인간이라는 것이 싫었습니다. 차라리 팔다리가 없는 벌레로 태어났더라면."

이 책을 읽는 내내, 읽고 난 한참 후에도 사람이 산다는 것이 무엇인지 정신을 차릴 수 없었다. 인간에게 인간의 자격이라는 것이 있다면 나는 감히 주장하고자 한다. 이 책에 언급된 전쟁과 가난, 질병으로 고통 받는 지구촌 사람들의 삶이 그들의 운명이든 인간이 인간을 그렇게 만들었든 그것을 외면하면 인간의 도리가 아니라고. 인간의 악에 기인하여 고통 받는 사람들을 도와주고 함께하는 삶을 살아가는 것이 인간의 최소한의 자격이라고 외치고 싶다.

세상에는 자신의 힘만으로 살아가기가 매우 어려운 사람들이 많다. 누군가는 그들을 도와주어야 한다. 고통 받고 소외되는 사람들을 돌보는 자선봉사단체와 그곳에 종사하는 사람들, 오늘도 묵묵히 그들을 위해 사는 사람들이 있어 세상은 살만한 곳이 아니겠는가. 그들과 함께하는 사람이 고귀하며 삶의 보람을 얻고 가치 있는 인생을 사는 것이 아닐까.

영적인 생활

영적인 생활을 생각하면 무엇이 떠오를까? 하느님, 부처님, 종교, 영성, 신앙생활, 무당, 제사 등 여러 가지가 있을 것이다. 종교를 가진 사람은 영적인 생활을 한다고 할 수 있으며, 종교를 갖지 않은 사람은 영적인 생활에 대해 무관심하거나 거부감이 있을 수 있다. 또한 사람들은 영적인 생활에는 어떤 의식이 있을 거라고 생각할 수도 있다.

종교인은 신앙생활을 하므로 당연히 영적인 생활을 한다. 하지만 종교를 가진 사람이 교회나 절에 잘 다닌다고 해서 모두 영적인 생활을 한다고 볼 수는 없으며, 반면에 종교를 갖지 않은 사람도 영적인 생활을 하는 경우가 있다.

신앙이나 영적인 생활은 영성을 얻기 위한 것이다. 영성이란 사전적 의미로는 '신령한 품성이나 성질'이지만 성령이나 불성으로 이해하는 것이 좋을 듯싶다. 영성은 하느님·부처님을 따르고 깨닫자는 것이다. 우리는 영성이란 말을 하지만 그 뜻이나 범주가 쉽게 다가오지 않는다. 영성(靈性)과 상대적으로 관계되는 말이라고 할 수 있는 수성(獸性)을 생각해보면 조금 이해가 빠를 것이다. 다석 류영모 선생은 영성을 얻는다는 것은 짐승의 성질을 버리고 하느님·부처님이 주시는 얼나[靈我]로 거듭 나는 것이라고 했다.

사람에게는 인성이 주가 되지만 수성과 영성이 복합적으로 산재해 있다. 사람에 따라 영성이 뛰어난 사람도 있지만 대부분의 경우 수성이 상당한 부분을 차지한다. 살기 위해서 먹고 싸우며 성교하는 인간은 어떤 면에서는 짐승보다 더 절제하지 못하는 성질을 지니고 있다.

어떠한 삶이나 생활이 영적일까? 어머니가 절이나 교회를 다니며 가족의 안녕을 바라는 것은 넓은 의미에서는 영적인 생활이라 할 수 있을지라도 엄밀히 따지면 그것은 영적인 생활이 아니다. 흔히 말하는 구복신앙은 그 자체로서 가치는 있지만 영성을 얻는 것이라고 볼 수 없다. 영성을 얻자면 명상이나 기도를 하거나 우리 몸에 있는 짐승의 성질을 버려야 한다.

나는 불교신자라고 하기에는 좀 모자라지만 한때 절에 가서 백팔 배를 하며 소망을 빌어본 적이 있다. 2005년도 안성-음성 간 고속도로 건설현장에 근무할 때의 일이다. 매주 월요일 아침 출근하기 전에 경기도 안성에 있는 운수암에 들러 토지보상업무의 원활한 추진과 내 소망을 빌었다. 우연의 일치인지는 모르겠으나 보상 관련 민원도 순조롭게 해결되고 만사가 잘 풀리는 듯했다. 마음이 편안하니 시간도 빠르게 흘렀다.

그 당시를 회상해보니 처음 암자에 갔을 때가 봄이 오는가 했는데 벌써 낙엽 지는 가을이 저물고 있었다. 신록이 녹음으로 변하고 때로는 비바람이 몰아치는 날도 있었지만 백팔 배를 올리던 그 순간들은 소중했다. 나는 그러한 생활이 영적인 생활인 줄 알았다. 하지만 그것은 경건한 생활은 될지언정 영적인 생활은 아니다.

영성을 얻는 방법은 크게 두 가지로 나누어볼 수 있다. 하나는 마음을 영성으로 가득 채우는 것이고, 다른 하나는 몸속에 있는 짐승의 성질인 탐·진·치(貪瞋痴)를 버리는 것이다. 물론 두 방법을 병행하면 금상첨화다. 마음을 영성으로 채우면 수성이 없어지고, 몸속에 있는 수성을 버리면 결국 마음은 영성으로 거듭나지 않겠는가.

먼저 마음을 영성으로 채우려면 기도나 명상을 해야 한다. 기도는 하느님, 부처님, 우주 허공을 생각하는 것이다. 기도를 하면 신성하고 거룩한 존재인 신과 대화를 나눌 수도 있다. 명상은 고요히 눈을 감고 깊이 생각하는 것이다. 명상을 하면 결국 마음을 비우게 된다.

나는 기도나 명상으로 영적인 생활을 한다고 생각되는 두 사람을 만난 적이 있다. 그들은 사업을 하고 직장생활을 하는 평범한 사람들이다. 사실 그들의 생활을 다 아는 것도 아니고 내가 본 사람들 가운데 저 정도면 영적인 생활을 한다고 보아도 되지 않을까 해서다. 구도의 길을 가는 사람을 만났다면 더 확실히 영적인 생활의 진수를 알 수 있었을 텐데, 내 생활반경이 좁고 대인관계가 그리 넓지 못하여 더 높은 경지에 오른 사람들을 만나기가 어려웠으니 아쉬울 따름이다.

내 나이 45세이던 5월 어느 일요일, 수원에 있는 칠보산에서 주말마다 기도를 한다는 사람을 만났다. 그때 나는 산행 중 칠보산 중턱 정자에서 홀로 쉬고 있었다. 늦은 오후였는데 노신사 한 분이 기도원 방향에서 올라왔다. 우리는 산행에서 만나면 나누는 의례적인 인사를 하고 칠보산 풍광을 감상하고 있었다. 어쩌다 얘기를 나누게 되었는데, 그는 사업을 하며 주말마다 칠보산기도원에서 한 주를 돌아보고 하느님께 기도하며 오늘처럼 시간이 나면 칠보산에 오른다고 한다. 그의 기도나 영성의 심오함이 어느 정도인지는 몰라도 언행과 모습에서 나오는 기운은 나를 압도한다. 그는 76세로 세상사나 젊은이가 부럽지 않다며 하느님을 생각하는 시간이 가장 행복하다고 한다.

또 한 사람은 내가 국민고충처리위원회에 근무할 때 시간이 나면 자주 명상을 하는 동료 조사관이다. 그는 사무실 자리에 앉아서도 염주를 잡고 자주 명상을 했다. 처음에는 업무에 집중하는 줄 알았는데 나중에 알고 보니 명상을 하고 있었던 것이다. 또한 그는 음주, 흡연은 물론 육식을 하지 않는 채식주의자다. 아마 육식이 몸에 맞지 않는다기보다는 채식이 명상을 하는 데 도움을 되어서 그런 것 같다. 그는 채식을 하는데도 몸이 날렵하고 얼굴에는 윤기가 나며 나이에 비해 젊어 보인다. 그 비결을 물으니 채식을 하는 사람은 필수적으로 운동을 해야 된다며, 그는 거의 매일 점심시간에 기수련을 한다고 한다.

한번은 설악산 울산바위로 함께 등산을 갔을 때, 그는 빨리 올라 우리가 도착했을 즈음에 벌써 조용한 장소를 찾아 명상을 하고 있었다. 때와 장소를 가리지 않고 명상을 할 수 있는 여건이 되면 늘 하는 명상은 그의 생활의 전부인 것 같다.

다음으로 수성을 버리려면 욕망을 없애고 생활을 절제하며 인간의 고귀함을 찾아야 한다.

인간은 욕망이 무한하여 부와 명예, 권력을 가지면 가질수록 더욱 탐하려고 한다. 사람에 따라 추구하는 정도는 다를지라도 이들 욕망은 끝이 없다. 권력 하나만 보더라도 더 높이 올라 남을 지배하려고 한다.

어느 조직이나 상하의 직위는 있으며 대부분의 조직이 피라미드 형태라서 모든 사람이 다 승진할 수 없으니 경쟁이 불가피하고 때로는 권모술수가 등장하기도 한다. 사람들은 윗자리가 자기 자리라고 생각하며 그 자리에 오르기까지 늘 고통 속에서 산다. 심지어 후배가 먼저 오르면 자기 자리를 도둑맞았다고까지 생각한다. 그 자리에 오르면 당장은 만족하지만 또 다른 욕망이 기다리고 있다. 이것이 조직사회의 피치 못할 생리다.

조직은 구성원들이 적재적소에서 일할 때 건강해지고 보람을 돌려준다. 이를 안다고 해도 현실적으로 수용하기가 어려우며 인생의 여정 따라 수성은 쌓여만 가는 것이다. 따지고 보면 모든 번뇌는 욕망에서 기인된다.

탐욕을 줄이고 꾸준히 실천하면 수성도 서서히 사라지지 않겠는가.

인간은 생명을 유지하기 위해 음식을 섭취하고 끊임없이 호흡을 하여야 한다. 이를 하지 않으면 살 수 없다. 살기 위해서는 먹어야 하기에 사람은 끝없이 식탐을 하고 미식을 찾는다. 자연의 순리대로 식습관을 가지면 되는데 그것이 쉽지 않다. 흔히 귀하고 맛있는 음식을 먹는 사람을 미식가라고 하는데, 이런 미식가는 탐식가일 뿐이다. 진정한 미식가는 음식의 고유한 맛을 찾는 사람이다. 식탐을 버리려면 감사하는 마음으로 때에 맞춰 먹어야 하고 과식은 금물이며 자기 몸에 필요한 양의 음식을 섭취하여야 한다. 이를 잘 알지만 입과 마음이 따로 노니 실천하기가 어렵고 심지어 비만해지기도 한다. 규칙적이고 절제하는 식습관이 수성을 버리는 첫걸음이 아닐까.

인간의 기본 욕구 가운데 빼놓을 수 없는 것이 성욕이다. 벌과 나비가 꽃을 찾듯이 사람도 색을 좋아하고 즐기려고 한다. 청춘남녀가 사랑에 빠지는 것은 지극히 당연하며 청춘을 한참 지났다 해도 이성을 그리워하는 것은 자연의 이치다. 성욕은 종족보존을 위해 반드시 필요하지만 이를 절제하지 못하면 사람을 짐승으로 만든다. 사람에 따라 성욕의 강도에도 차이가 있지만 보통사람이라면 나이가 들어갈수록 어느 정도 성욕을 절제할 수 있을 것이다.

그렇지만 성욕은 우리 몸속에 잠재되어 있기에 상황에 따라 늘 표출될 수 있다. 마음에 드는 스타일이거나 관능미 넘치는 이성을 만나면 충동적으로 욕구가 일어나기 마련이다. 사회적으로 지극히 모범적인 도덕군자라도 술에 취하면 자신도 모르는 사이에 성욕의 웅덩이에 빠져 허우적거리는 경우가 다반사다. 결국 성욕은 주변 환경에 좌우되기에 이를 다스리기 위해서는 일, 취미 등에 집중하거나 자기만의 생활의 시공간을 가져야 한다.

인간의 삶이 고귀하고 아름답다고 하더라도 세상살이는 경쟁에서 이겨야 하기에 사람들과 끊임없이 부딪치는 일상에서 영적인 생활을 실천하기에는 어려움이 많다. 또한 대부분의 삶이 수성으로 얼룩져 있는데 한두 번의 실행으로 영성을 얻는다는 것은 칼로 물 베는 격이니 각고의 노력이 뒤따르지 않으면 안 된다. 세상과 어느 정도의 거리를 두면 영적인 생활 실천에 도움이 될 텐데, 호구지책의 문제에서 완전히 벗어나기가 어려우니 이 또한 뜻대로 할 수 없는 입장이 아니던가.

속세를 벗어나기가 쉽지 않고 사회생활을 해야만 하는 사람들이 영적 생활을 실천하기에는 어려움이 많을 것이다. 그렇지만 나눔을 실천하는 사람들은 영적생활을 한다고 보아도 무난하지 않겠는가. 쓰고 남는 것이나 재물에 여유로움이 있을 때 남을 돕는 것은 분명 바람직하고 좋은 일이긴 하나 영적생활과는 거리가 멀다. 나눔이 영적생활로 승화되려면 자기희생이 따르는 베풂이어야 한다. 자신의 생활도 궁핍한데 남을 돕는다는 것은 자신을 버리지 않고서는 실천할 수 없다. 그런 나눔은 청빈과 무욕의 삶 속에 있을 것이다.

영성을 얻는다는 것은 나를 버리는 것이다. 자아(ego)에 대한 집착을 버리고 자신을 비우는 것이다. 영적인 생활은 새로운 뭔가를 더 얻는다기보다는 지금 내가 붙잡고 있는 것을 하나씩 놓는 것이다.

행복 그리고 부부의 행복

우리는 어떨 때 행복을 느낄까? 사람마다 행복의 느낌이 다르고 삶을 지향하는 바가 다양하기에 어떠한 것이 행복이라고 단정하기는 어렵다.

언덕 위에 하얀 집을 짓고 사랑하는 사람과 함께 살고 싶은 마음이라면 어떨까. 하늘에는 구름이 떠가고, 호수에는 원앙이 물풀 사이로 숨바꼭질하며, 숲에서는 나뭇잎이 바람에 춤추고 새들이 노래하면 행복하지 않겠는가. 아기가 해맑은 미소를 지으며 엄마와 놀 때, 학생들이 어려운 수학문제를 풀었을 때, 복잡한 전철에서 자리를 양보 받았을 때, 우리 편이 운동경기에서 이겼을 때, 어려운 일이 풀리고 업무가 성취되었을 때 행복하지 않겠는가. 행복은 성적순이 아니고 누군가 내 옆에 있는 것만으로도 즐겁다면 그것이 진정한 행복일 것이다.

행복은 욕구가 만족되어 부족함이나 불안감을 없는 심리적인 상태를 말한다. 행복은 개인이나 개성에 따라 가치관의 차이가 있으므로 그 상태는 극히 주관적이라 할 수 있다. 또한 심리학자 매슬로가 지적한 것처럼 사람의 욕구는 어느 단계를 달성하게 되면 계속하여 더 높은 단계를 기준으로 삼기에 절대적 행복이라는 것은 존재하지 않는다.

누구나 소중한 삶을 살고 싶어 한다. 바꾸어 말하면 행복하게 가치 있는 삶을 살려고 한다. 그런데 과연 어떻게 사는 것이 행복하다고 할까? 똑같이 행복하게 살고 싶다고 말하면서도 그것이 구체적으로 어떠한 삶을 의미하는지는 사람에 따라 다르다.

어떤 사람은 돈을 많이 벌어 풍족하게 살고 싶고, 또 어떤 사람은 뛰어난 학문적 업적을 쌓아 명예를 얻고 싶어 한다. 그러므로 누구나 행복한 삶을 원한다 하여도 실제로 그리는 삶의 모습이 어떠하냐가 문제인 것이다. 많은 사람들에게 어느 정도 공통되는 행복의 조건이 없는 것은 아니다. 얼마만큼의 물질적 충족과 자유로운 활동이나 정신적 안락은 행복의 기본이 될 것이다.

어떤 청빈한 공무원이 스스로의 직책에 만족하고 충실한가 하면, 비슷한 상황에 처한 다른 동료는 박봉을 한탄하며 전직을 모색하는 경우도 있다. 직장에서 승진을 최고의 행복이라고 전력을 다하는 사람이 있는가 하면, 승진을 못하더라도 나름대로 행복한 삶을 사는 사람도 있다. 이러한 차이는 곧 행복관의 문제라 할 것이다. 결국 우리는 바람직한 관점에서 행복한 삶의 조건을 찾고 그것이 이루어지도록 힘써야 한다.

행복의 조건이나 기준은 사람, 사회, 시대에 따라 다르다. 그것을 크게 물질적인 쾌락과 정신적인 안락, 또는 외면적인 성공과 내면적인 만족으로 나누어 생각할 수 있다. 행복은 사회, 문화적인 배경과 개인의 성향에 따라 어느 쪽에 무게를 두느냐에 차이가 생긴다.

동양 사회가 정신적인 면을 중시하여 청빈을 미덕으로 여긴 것은 한쪽의 극단이며, 서양 사회가 물질적인 면을 중시하여 쾌락에 빠져드는 것은 다른 쪽의 극단이다. 그러나 이 둘은 서로 대조적이면서도 반드시 배타적이라고 보기는 어렵다. 일반적으로 정신적인 가치를 중시하는 사람이 물질적인 탐욕을 경시하면서도 어느 정도의 물질적 충족을 배격하는 것은 아니라 할 것이다.

어떠한 경우가 행복할까? 건강, 원하는 일, 떳떳한 삶, 나를 발견할 때 등 다양할 것이다. 누구나 순간적인 행복은 있다. 맛있게 밥을 먹고 시원하게 용변을 볼 때도 행복을 느끼지 않겠는가. 산을 오를 때는 힘들어도 정상에 서면 그 쾌감은 어떠한가. 우리는 한 순간의 희열을 맛보기 위하여 많은 노력을 한다.

어째든 행복은 주간적인 것이며 상대적인 것이다. 이전에 충족되지 않았던 어떤 상태가 충족되었을 경우, 그것은 이전의 상태와 비교하여 행복하다고 볼 수 있을 것이다. 이러한 욕구의 정체를 망각한 채 절대적인 행복을 추구하여 초조감에 쌓인 사람이나 욕구가 한없이 팽창하여 그것을 채우지 못하여 괴로워하는 사람 또한 적지 않다.

속담에 "사람의 행복과 불행은 관 뚜껑을 덮기 전까지는 모른다"는 말이 있다. 행복은 일생을 통하여 평균적으로 수치로 나타나는 것이 아니다. 어쩌면 현재의 행복을 의미하는지도 모른다. 과거에 행복했던 사람도 노년이 불행하면 불행하다고 한다. 지금 행복하다고 해도 그 행복은 언제까지 지속될지도 모른다. 새옹지마는 불행한 일이 좋은 일로, 또는 그 반대로 바뀔 수 있다는 의미로 행복에 대해 한번쯤 역으로 생각해볼 수 있는 고사성어다. 누구나 앞날을 장담할 수 없으며 어느 정도 새옹지마는 만난다. 행복과 불행은 생각하기에 따라 달라질 수 있으며 느끼는 결과 또한 크지 않겠는가.

어떤 사람이 행복한지에 대한 문제는 어디까지나 주관적인 감정이기에 주위에서 판단하는 것은 쉽지 않다. 개개인의 행복은 천차만별이어서 논하기가 곤란하다. 인간은 사회적 동물이어서 가정이나 사회생활을 떠나서는 살 수 없다. 특별한 경우에 사회와 단절하여 사는 사람도 있지만 말이다. 그래서 행복도 인간관계와 사회생활에서 찾아야 한다.

사회의 최소단위는 가정이며, 부부는 인간관계의 근본이다. 다양화된 사회와 개성이 뚜렷한 사람들 각각의 행복을 논하는 것은 너무 광범위하고 모호하다. 그리하여 행복은 부부관계에서 찾고 싶다. 부부가 행복하다면 그들로부터 파생되는 모든 것이 행복하다고 볼 수 있다. 그렇다고 이혼한 사람이 전적으로 불행하다는 의미는 아니다. 이혼을 할 수 없어서 마지못해 사는 사람도 있고 이혼을 하여 행복해진 사람도 있다.

경영학이론에 '조하리창'이라는 인간관계의 네 영역이 있다. 이것들은 알려진 영역, 가려진 영역, 숨겨진 영역, 모르는 영역으로 구성된다. 이 이론을 부부 사이에 적용하여 순기능을 따를 때 부부관계는 더 원만하고 부드러워질 수 있다.

일반적으로 친밀한 인간관계를 유지하려면 상대방에 대해 속속들이 다 알고 있어야 한다고 생각하기 쉽다. 그러나 수묵화도 여백이 있어야 운치가 있듯 부부간에도 여백이 필요하지 않을까. 다시 말하면 알려진 영역이나 모르는 영역은 크게 영향을 미치지 않은 것 같다. 중요한 것은 가려진 영역이나 숨겨진 영역이다.

가려진 영역은 배우자는 알지만 자기 자신은 모르는 영역이다. 자신이 가지고 있는 좋지 못한 습관, 버릇, 행동 특성들을 본인은 모를 수 있지만 배우자가 알므로 이를 고치면 개선의 여지가 충분하다. 가령 대인관계의적인 입냄새는 가까운 사람도 쉽게 알려주기를 꺼려한다. 이런 경우 배우자가 허물없이 알려주어 대책을 세우면 얼마나 다행인가. 또한 시댁이나 친정 일에 대해 민감한 반응을 보이는 배우자가 있다. 배우자가 왜 그렇게 민감하냐고 하여도 상대방은 그렇지 않다고 하거나 화를 내는 경우가 많다. 이럴 때는 서로가 자존심 상하지 않게 부드럽게 얘기하는 방법을 모색해야 한다.

숨겨진 영역은 자기 자신은 알지만 배우자는 모르는 영역이다. 배우자와 공유하기가 수치스럽거나 두려운 것이다. 어젠가 알아야 할 일이라면 자연스럽게 알려 건강한 부부가 되어야 한다. 그렇다고 자기 혼자만 간직한다고 해서 죄의식을 느낄 필요는 없다. 누구나 개인적인 생각, 감정, 경험들을 숨길 필요가 있다. 첫사랑이나 부적절한 관계의 이야기는 고백하기보다는 최대한 비밀을 유지해야 신상이 편하지 않을까.

가려진 영역이나 숨겨진 영역에도 골치가 아픈데 모르는 영역에까지 신경 쓰기는 어렵겠지만 그래도 중요한 것이 있지 않을까. 부부가 함께 살면서 가능하다면 모르는 영역에 대해서도 서로의 장점을 발견하고 개발한다면 더욱 멋있고 행복한 부부가 될 수 있을 텐데.

우리가 텔레비전이나 영화를 볼 때 배우들을 좋아하고 부러워하며 그들을 닮고 싶어 한다. 그것은 아름다움이나 미적인 면에서 그런 생각을 하는 것 같다. 나는 가끔 연예인들 사진을 보며 아름답다거나 섹시하다는 느낌은 받지만 감정이 솟구칠 정도로 그들이 행복하다고 생각해보지는 않았다. 일반인도 혼자 있을 때 멋있고 주변 여건이 좋아 부럽다는 생각은 들지만 행복하다는 느낌은 덜하다.

언젠가 안동한방병원에 간 적이 있다. 물론 문병을 갔지만 로비에서 잡지표지의 사진이 너무 행복해 보여 한참을 바라보았다. 그것은 다름 아닌 『향토문화의 사랑방 안동』이라는 월간지였다. 표지모델은 일반인인 여전상, 양민희 부부였다. 그들이 살 흙집을 거의 완성한 단계에서 찍은 소박한 모습이 너무 행복하여 월간지 한 권을 그냥 가져왔다. 지금도 가끔 보며 행복을 생각한다. 우리 부부도 사진을 찍으면 그 정도는 안 되어도 행복하게 보일까. 기회가 되면 그들 부부가 사는 모습을 한번 보고 싶다.

인간에게는 큰 욕망이 둘이 있다. 그것은 식욕과 성욕이다. 성욕은 오랫동안 참을 수도 있고, 성욕에서 벗어난 사람도 많고, 깨달음을 얻기 위해 금욕하는 고행자도 있다. 성욕과는 달리 식욕은 절제하거나 자제하기가 어렵다. 성인도 먹지 않고는 살 수 없으며, 정신적으로 고매한 인격자라도 네댓 시간 이상이나 음식에 대해서 잊어버릴 수는 없다. 적어도 하루에 세 번은 먹어야 한다.

출근하면 어김없이 점심시간이 찾아온다. 직장인들은 맛있는 음식을 먹으러 여러 음식점을 찾아간다. 우리나라에는 대형 음식점도 많지만 부부가 운영하는 식당이 상당히 많은 편이다. 부부가 운영하는 음식점에서 식사를 할 때 서빙하는 남편과 주방일하는 아내가 안쓰러워 보일 때가 많다. 그것은 식당일이 어려운 점도 있고, 직업에는 귀천이 없다고 하지만 아직도 자랑스러워하는 직업이 아닌 듯싶고, 손님들에게 신경을 써야 하기에 그런 것 같다. 열심히 살려고 하는데 고객이 적을 때는 참 안타깝다. 함께 음식점을 운영하는 부부가 크게 행복해 보이지는 않는 것 같았다.

그런데 나는 농협 하나로마트 식자재할인매장에서 그들의 행복을 보았다. 식자재할인매장에는 일반 고객은 출입이 제한되며 사업자들이 이용하는 곳이다. 나도 아내를 따라 동행한 적이 있었다.

시장에 가면 늘 먹을거리 앞에서는 행복했는데 하나로마트 일반매장에는 휴일에 고객이 많아서 그런지 행복감을 찾을 여유가 없다. 하지만 식자재할인매장은 휴일과 평일이 구분됨이 없이 고객이 일정하며 번잡하지 않아서 좋다. 짐수레에 한 아름 가득 요리할 먹을거리를 사오는 부부는 경제가 어렵더라도 얼굴에는 밝은 표정이 묻어나고 행복해 보인다. 어떤 사람은 자녀들과 함께 온 것도 같고 아내가 약간 뚱뚱한 사람도 있지만 말이다.

나는 별다른 취미가 없어 자주 산을 찾다 보니 부부가 행복해 보일 때는 등산을 함께하는 경우가 아닌가 싶다. 주말에 산을 오르면 함께 오는 부부들을 많이 볼 수 있다. 칠장산 능선을 오르며 이런저런 얘기를 나누

는 부부, 비오는 날 밀양 얼음골 가마불 폭포에서 다정히 우산 속에서 폭
포수를 바라보던 부부, 주흘산 등산을 하고 남이 버린 휴지를 줍는 자연
을 지극히 사랑하는 부부, 광교산을 내려오면서 누구네 하고 오늘 저녁
삼겹살을 먹을까 의논하는 부부 등등 그들이 나누는 대화는 정이 듬뿍
담겨 있고 얼굴에 행복이 피어난다.

행복은 어디에 있는가? 세상 곳곳에 널려 있는 것 같지만 행복은 마음
속에 숨어 있다. 마음의 문을 열고 생각을 바꾸거나 현실을 받아들이면
어떤 불행과 고난도 신기하게 행복으로 변한다. 생활이 풍족하면 행복은
분명 증가하지만 그 크기의 잣대는 욕망이다. 돈이 많다고 해서 다 행복
한 것은 아니며, 욕망이 작을수록 행복은 커진다.

이 세상 어떤 것보다도 부부의 행복이 소중한 것 같다. 부부의 작은 행
복은 나비효과를 발산한다. 부부가 한번 웃음으로써 가정이 화목하고 직
장이 즐겁고 사회가 평화롭고 그 너머에는 아름다운 세상이 펼쳐진다.

독서와 글쓰기

프랑스 인상파 화가 르누아르의 작품에는 〈독서하는 여인〉이 있다. 이 그림은 창 밖에서 흘러 들어오는 부드러운 햇살을 받으며 독서에 몰두한 젊은 여인이 책 속에서 무언가를 발견하고 행복감에 젖어 생명력이 넘친다. 독서하는 사람은 아름다우며, 독서는 마음을 건강하게 하고 삶의 활력과 생의 여정을 안내해준다. 인간은 꿈과 욕망이 무한하여 여러 가지를 하고 싶어 한다. 세상에 많은 직업이 있지만 현실적으로 할 수 있는 일은 한두 개에 불과하고 일생 동안 직접경험도 그리 많이 할 수는 없다. 경험만큼 삶을 지혜롭게 하는 것도 없지만 인생은 유한하여 그 폭 또한 한계가 있다. 그래서 사람들은 간접경험을 통해 지식과 지혜를 얻으려고 한다. 독서는 동서고금을 막론하고 간접경험의 최고 방식임에는 틀림없다.

정보화 시대인 현대사회는 하루가 다르게 새로운 지식이 쏟아져 나오고 시중에는 워낙 책이 많아 책 선택에 고민이 되는 것도 사실이다. 마음을 건강하게 하려면 어떤 책을 읽는 게 바람직할까? 사람마다 추구하는 목적이 다양하기에 딱히 말할 수는 없지만 우리가 매일 먹는 음식에 비유하면 어떨까. 건강을 위하여 우리는 여러 가지 음식물을 섭취한다. 맛있는 음식이 건강에 좋지만 그렇다고 영양이 골고루 섭취된다고 볼 수는 없다. 이와 마찬가지로 독서도 즐거움과 유익함을 고려하여 본인 취향에 맞는 책을 읽으면 되지 않을까.

우리나라 사람들은 책을 많이 읽지 않는 편이다. 나도 학창시절에는 학업에 바빠서 그랬다고 변명한다. 내가 본격적으로 책을 읽기 시작한 것은 1992년으로 기억된다. 우리 아이가 꼬마였을 때 가벼운 교통사고로 병원에 입원하게 되어 그날 저녁 이재운의 소설 『소설 토정비결 1』을 구입하여 하룻밤에 다 읽었다. 그 후 책 읽는 것이 취미 아닌 취미가 되어 주 한 권 정도 읽는 셈이다.

독서와 관련한 색다른 경험도 있다. 나는 2년 동안 승진시험을 네 번 보았는데 공부는 퇴근 후 주로 사설 독서실에서 했다. 시간이 많은 것도 아니지만 공부하는 것이 따분하여 그 와중에도 일반서적을 읽곤 했다. 승진시험에서 벗어난 후 책장을 보니 책이 100여 권 가량 쌓여 있었다. 시간으로 따지면 책을 읽는 것이 승진시험에 방해가 되었다고 볼 수도 있으나 독서하는 것이 일이나 생활에 크게 장애가 된다고 보지는 않는다. 오히려 정신건강에 도움을 주지 않나 싶다.

요즘 나는 가족과 떨어져 있다. 처음에는 어색했으나 이제 나 홀로 생활에 익숙해졌고 생각보다 좋은 점이 많다는 것을 알았다. 나 자신을 찾는 것이 즐겁고 편안하다. 처음에는 텔레비전을 보거나 라디오를 들었으나 이제는 스포츠 등 특별한 경우가 아니면 영상매체를 보지 않는다. 오로지 독서에 심취되어 시간가는 줄을 모른다. 남의 생각을 감상하며 내가 경험하지 못한 세계를 관조하는 것도 커다란 행복이다. 나는 뒤늦게 독서의 즐거움을 누리는 것 같다.

독서가 마음을 살찌우는 음식이라면 글쓰기는 마음을 더욱 건강하게 하는 운동이다. 사람들은 왜 글을 쓸까? 선천적으로 글쓰기를 좋아하는 사람도 있지만 글은 거짓을 말하지 않으며 인격을 수양하게 한다. 글 쓰는 순간만큼은 자신의 내면을 들여다보게 하고 사랑으로 가득한 아름다운 삶을 생각하게 한다. 또한 생각과 느낌은 시간이 지나면 기억에서 사라져 오래가지 않는다. 그래서 사람들은 글을 쓰고 여러 사람이 볼 수 있게끔 책으로 엮는 것 같다.

글을 쓴다는 것은 단순한 노동이 아니다. 글의 종류나 깊이라고 할까, 난이도에 따라 육체노동 이상으로 힘들고 어려움이 많은 것도 사실이다. 전문작가들에게는 쉬울 수 있겠지만 일반인들, 특히 처음 글 쓰는 사람들은 애로사항이 많을 것이다. 그러나 글 쓰는 것을 너무 어렵게 생각할 필요는 없다고 본다. 운동이 좋아 자주하다보면 어느 정도 단련이 되어 프로선수는 될 수 없어도 나름대로 즐길 수 있는 것과 같은 이치이니까.

나는 2008년에 『물 찾아 길 따라가는 고충민원 이야기』를 책으로 출간한 바 있다. 2년 가까이 국민고충처리위원회에 파견근무하며 360여 건의 민원을 처리하면서 민원인과 행정기관 민원처리 담당자들에게 조금이나마 고충민원 처리와 이해에 도움을 주고, 전 국토 5만㎞를 달리면서 가는 곳마다 만나는 사람들의 애환과 이 산하의 아름다움을 전할 목적으로 썼지만 막상 출판을 하려니 그리 잘못한 것도 없는데 수치심이 일었다. 부끄러운 마음에 나만의 추억으로 간직하려고도 했다. 그러나 그동안의 시간과 노력이 억울해서 까까스로 출판하기에 이르렀다. 그때의 심정은 여탕에서 목욕하고 있는 듯한 기분이었으며 내 알몸을 하나하나 처음 대면하는 여인네들에게 보여주어야 하는 심정이었다. 그래도 출판하고 나니 온천욕을 한 것과 같이 개운했다.

일반적으로 혼인을 할 때 신랑과 신부는 기념으로 예물을 교환한다. 예물은 정성이 담긴 서로가 주고받는 물품이다. 예물은 대부분 반지, 시계, 목걸이 등 몸에 지니는 액세서리가 많다. 이런 예물이 값지고 기념품으로는 좋지만 서로의 마음을 확인할 수 있는 것을 교환하면 더 좋지 않을까.

나는 이런 생각을 해본다. 결혼하기 전까지 자신이 살아온 날들을 기록하고 앞으로 어떤 삶을 살아갈 것인지를 책으로 만들어 서로 교환하여 마음의 결정을 할 기회를 부여하는 것이 현명하지 않을까. 가뜩이나 이혼이 늘어나는 시대를 사는 우리로서는 한번쯤 숙고해볼 필요가 있다. 사실 한 편의 글을 쓴다는 것도 쉬운 일이 아닌데 미니 자서전 형식이지만 책을 쓴다는 것은 어렵다. 그렇지만 이는 생각하기에 따라 다를 수 있다. 우리는 인생을 살면서 형식에 너무 얽매어 산다. 글재주를 떠나서 진솔하게 표현하면 그만인 것이다. 보통 책은 160페이지가 넘는다. 50에서 100페이지 내외로 간략하게 서술하여 교환하고 삶의 이상이나 가치가 맞으면 혼인하고 그렇지 않으면 돌려주면 된다.

신언서판이라고 했던가. 외모나 말보다도 글로써 판단하는 것이 더 정확하지 않을까. 소설이 아닌 이상 글은 거짓으로 쓸 수 없다. 글은 과장되거나 부끄러운 면을 완곡하게 표현할 수는 있어도 사실을 왜곡할 수는 없기 때문이다. 서로의 글을 보고 이상이 맞아 혼인하기로 한다면 두 사람의 마음을 한 권의 책으로 엮어 하객들에게 나누어주는 것도 아름다운 답례가 될 텐데. 어느 날 사무실 책장을 훑어보다가 박영목 님이 저술한 『내 별을 찾아서』를 보게 되었다. 동명이인 줄 알았으나 확인해보니 한국도로공사 선배여서 반갑기도 하고 한편으로는 놀라웠다. 선배님은 15여 년 전 내가 대리였을 때 옆 부서 부장이었다. 그때는 세대 차이도 나고 대화를 그리 나눈 것도 아니어서 그저 평범한 직원으로 생각했었다(평범하다는 의미는 능력이나 지위가 그렇다는 것이 아니라 삶을 추구하는 가치나 이상이 일반인과 같다는 뜻이다).

그분이 살아온 세상은 나보다 훨씬 힘들었을 것이고 암 투병으로 남달랐을 것이지만 책에 담은 내용이 너무나 진솔하고 아름다우며 공감이 되는 면이 많았다. 사람은 겉모습을 보고 피상적으로 판단하면 안 된다는 것을 깨달았다. 내면의 세계는 결국 글을 통해 세상 밖으로 나왔을 때 알 수 있는 것이다. 또한 그는 집에 4천여 권의 책을 소장하고 있다고 한다. 과감히 삭감하여 3천여 권의 책을 읽었다고 하더라도 1년에 50권 이상 평생 독서를 했다고 봐야 한다. 글을 쓴다는 것은 타고난 문장력도 중요하지만 그보다 독서가 밑거름이 된다는 것을 입증하지 않는가.

한국도로공사에는 강희창 시인이 있다. 시인과 나는 입사동기이고 술친구였다. 그가 문단에 데뷔하기 전에는 괴짜, 한량 정도로 알았다. 그의 시를 평하려는 것이 아니라 글 쓰는 사람들의 애환이라고 할까, 애로에 대해 조금 언급하고 싶다. 우리는 시인이나 소설가를 동경하며 좋아한다. 문장력이 있다는 것은 일반인들이 부러워하는 자산이다. 문필과 학문하는 사람들이 고상한 삶을 산다고 생각할 수도 있다. 그러나 직업이 문인이라고 해서 세상살이가 탄탄대로를 가는 완만한 여정이라고 볼 수는 없다. 문학이 아무리 좋아도 경제적인 여건이 따라주지 않으면 창작활동에 어려움이 많을 것이다. '인생은 짧고 예술은 길다'고 한 또 하나의 이유가 여기에 있다고 보아진다.

강희창 시인은 시인을 직업으로 하여도 손색이 없다. 그의 시작품 중 〈꽃이 전하는 말〉은 중등학교 국어교과서에 수록되어 있으니 시세계가 어느 정도인지 가히 짐작이 간다. 그가 한국도로공사를 그만두고 시에만 전념했을 때 그의 시가 더욱 풍성하고 성숙하겠지만 현실적으로 본다면 경제적으로 어려움이 많을 것이다. 누구나 호구지책이 따르기 마련이다. 그가 한국도로공사에 근무하면서 시인의 길을 가는 것이 다행이라고 생각된다. 경제적으로 안정된 틀 속에서 마음껏 꿈과 상상의 나래를 펼치는 것이 더욱 아름다워 보이니 말이다.

독서도 그렇지만 글쓰기는 어린 시절부터 익혀야 이득이 많을 것이다. 그러면 어떤 방법으로 해야 할까. 좋은 책을 읽고 독후감을 쓰는 것이 괜

찮을 것 같은데 물론 좋은 방법임에는 틀림없으나 어딘가 모르게 공부하는 느낌이 들어서 꾸준히 하기가 어려울 것 같다. 가장 자연스러운 방법은 일기를 쓰는 것이 아닌가 싶다. 일기는 일상생활에서 느낀 바를 글로 표현하기에 문장력 향상은 물론이고 생각과 반성을 함으로써 인격수양에 도움이 된다. 꾸준히 쓰다보면 자신도 모르게 글에 대한 애착과 글쓰기에 흥미를 느낄 수 있다.

나는 초등학교 2학년까지 일기를 쓴 것 같다. 어린 시절의 생활은 하루하루가 같다고 해도 무방할 정도로 일기 내용도 비슷하다. 그때의 일기장이 있었으면 하고 한번쯤 생각해본다. 지금 읽어보면 얼마나 유치할까. 그러나 유년 시절의 아름다운 추억을 떠올리게 할 것이다. 그것보다 일기를 계속 쓰지 못한 아쉬움도 있지만 아픈 기억도 있다.

어느 날 어머니는 내 일기장을 보고 별 생각 없이 동네 사람들에게 이야기를 했다. 그것이 부끄러워 그 후 나는 일기를 쓰지 않았다. 또한 나는 초등학교 4학년 때 생활통지표를 받았는데 국어과목이 미였다. 미는 한자로 아름다울 미자를 쓰지만 성적으로는 중간이라는 의미다. 천성은 착하나 공부를 그리 열심히 하지 않는 시골학교에서 미를 받았다는 것은 내게는 큰 충격이었다. 나는 국어공부에 소질이 없다고 생각했다.

인간이 쾌락을 추구하는 동물이어서 그런지는 모르나 끊임없이 성희롱과 성폭력이라는 뉴스가 전해진다. 당하는 사람 입장에서는 불쾌하고 치욕적이며 수치심을 느낀다. 당하고도 말 못하는 사람은 세상을 원망하고 얼마나 가해자를 증오하겠는가.

세상에는 성희롱과 성폭력이 있듯이 글희롱과 글폭력도 있다. 어머니가 무심코 내가 있는 자리에서 내 일기를 사람들에게 이야기한 것은 내게는 글희롱에 해당되고, 학교에서 선생님이 연애편지를 학생들 앞에서 읽는 것도 잘잘못을 떠나서 이 또한 글희롱이다. 글을 쓴 사람은 반드시 이유가 있다. 우리가 조직생활을 하면서 기안을 하거나 계획을 수립할 때 기안자의 의도가 있다. 상급자라는 이유로, 자기 마음에 안 든다는 이유로 글폭력을 하는 경우가 있다. 이것도 기안이라고 했느냐, 초등학생도 하겠다는 등 폭언을 하거나 심지어 결재판을 던지는 것(지금은 전자결재라서 그럴 수 없지만)은 글폭력이다. 기안자의 의도를 들어보고 상급자의 생각을 전해야 좋은 기획안이 되지 않을까. 글은 인격이니까.

독서가 글을 소비하는 수요자라면 글쓰기는 글을 창조하는 공급자다. 독서와 글쓰기는 수요공급의 법칙에서와 같이 균형점이 있는 것이 아니라 무한대다. 책이 없어서 독서를 못한다거나 독자가 적어서 책을 출판할 수 없다는 이론은 거의 성립되지 않는다. 독서와 글쓰기는 마음을 살찌우고 영혼을 건강하게 한다. 독서는 스포츠 경기와는 달리 숙련이나 수준에 관계없이 자기 자신에게 맞은 책을 읽으면 되는 것이다. 글쓰기도 독서를 하듯 쓰면 될 것 같은데 사람들은 글쓰기에 대해 두려움을 가지며 특정인만의 전유물로 생각하는 것 같다.

누구나 자신의 삶이 파란만장하다고 한다. 자신의 걸어온 삶과 만든 세계는 자신만이 알 뿐이며 글로 나타내지 못한다면 삶이 사라지는 운명에 속할 것이다. 1인 1책을 쓰는 시대가 오면 우리 사회는 얼마나 정신적으로 풍요롭고 아름다울까. 누구나 자기 인생에 대한 유일한 작가가 될 수 있다. 나의 인생, 나의 이야기를 저술하여 사랑하는 가족과 친지, 이웃, 지인들에게 나누어주어 삶을 함께 즐기자.

독서와 글쓰기는 인생에 있어 중요한 역할을 한다. 독서는 세상의 모든 진리를 깨치게 하고 수많은 사람들의 경험을 토대로 지식과 지혜를 주며 더 좋은 것은 인생의 즐거움을 준다. 글쓰기도 여러 사람에게 폭넓은 지식을 제공하고 필자는 인격 수양뿐 아니라 마음이 더욱 고양된다. 독서가 생활화되고 글 쓰는 대한민국이 되었으면 좋겠다.

삶을 재충전하는 휴가

휴가는 직장이나 일상에서 일정 기간 쉬는 것을 말한다. 휴가를 싫어할 사람은 없겠지만 여건이 허락하지 않아 휴가를 즐기지 못할 수도 있다. 그러나 휴가는 인생의 여정에서 매우 의미 있고 삶을 재충전하며 지난날을 돌아볼 수 있기에 중요하며 필요하다.

"나는 항상 새로운 기회를 찾는다. 그래서 매번 갖는 휴가 하나하나가 멋진 경험이었고 여전히 최고의 휴가가 기다리고 있을 것이라 생각한다. 주중에는 가족이나 친구들과 함께 보낼 수 있는 시간이 많지 않기 때문에 여름휴가가 나에게 주는 의미는 아주 특별하다.

유럽 사람들은 보통 4주나 되는 긴 휴가를 가진다. 나 역시 한국에서 근무하기 전에는 한국인의 기준에서 볼 때 매우 긴 휴가를 즐겨왔다. 따라서 올 여름에는 휴가를 제대로 활용해 충분히 충전해야만 새로운 가을, 겨울 시즌을 잘 견뎌낼 수 있을 것 같았다. 또 반드시 가족과 함께 즐기는 여행이어야 한다는 휴가에 대한 나의 원칙도 지켜야 한다.

그래서 고심 끝에 그리스로 가족 휴가를 다녀왔다. 화창한 햇살과 해변, 훌륭한 저녁과 와인, 그리고 사랑하는 아내와 즐기는 산책은 편안하고 설레는 경험이었다. 우리 아이들은 수영하는 것과 모래사장의 조개껍질 줍기를 아주 좋아한다. 그리고 아이들이 좋아하는 아이스크림을 하나씩 입에 물고 해변에 누워 있으면 지상 낙원이 따로 없다는 생각이 든다.

며칠간은 콘도에서 머물며 조용히 정리하는 시간을 갖기도 했다. 이른 아침에 이슬 맺힌 잔디 위에서의 라운딩과 해변에서의 수영, 테라스가 딸린 레스토랑에서의 긴 점심 식사, 그리고 저녁에는 친구들과 함께한 와인을 곁들인 소박한 바비큐 파티를 즐기는 것은 휴가 때만 느낄 수 있는 즐거움이다.

그리고 마지막으로 스스로 생각하는 시간을 가졌다. 비즈니스 관련 도서를 읽기도 하고 일에 관한 계획도 정리하다 보면 내가 미처 생각지 못한 것들이 새록새록 떠오른다. 그리고 마침내 다시 제자리로 돌아오면 새로운 아이디어와 강렬한 에너지로 충만한 나 자신을 발견하게 된다."

위의 내용은 어느 외국회사 한국지사장이 경험한 휴가다. 먼저 휴가가 너무 멋지다는 생각이 들고 한편으로는 부럽다.

이에 비해 우리의 휴가는 어떠한가? 여름철이 되면 어김없이 휴가를 간다. 축축하고 지루한 장마가 끝나면 행사라도 하듯이 한꺼번에 몰린다. 해마다 그렇듯이 고속도로를 비롯한 거의 모든 도로는 가득 메운 차량으로 막힌다. 그래도 출발할 때는 즐거우며 일상에서 해방되어 산으로 바다로 떠난다. 가는 곳마다 인파는 북적이고 넘쳐나는 쓰레기와 바가지 상혼들이 우리를 우울하게 한다. 이래저래 사람들에 치이다 보면 차라리 집에나 있을 걸 하는 후회마저 든다. 겨우 집에 돌아오니 피로가 더 쌓이는 느낌이다. 해마다 반복되는 우리네 휴가철의 모습이다. 휴가에 대한 상당한 변화의 모습이 있긴 하지만 여전히 많은 사람들이 이런 악순환의 굴레에서 벗어나지 못하고 있는 실정이다.

우리는 왜 외국인처럼 휴가를 즐기지 못할까? CEO가 아니라서, 업무가 많고 바빠서, 상사나 동료들의 눈치를 봐야 하기에, 경제적인 여건이 허락되지 않아서 등 이유는 있다. 가장 큰 원인은 휴가를 멋지게 즐기는 사람들과 인생을 바라보는 시각이 다르고 생활철학이 그들을 따라가지 못해서일 것이다. 물론 선진국은 경제적인 여건이 충족된다고 하지만 그보다도 즐기는 문화를 향유하고 있기 때문이 아닐까. 휴가가 삶을 풍요롭게 하고 휴가를 통해 일할 의욕이 더 생긴다는 것을 알면서도 자신의 휴가에 인색한 현실이 안타깝다. 하기야 어린 시절에는 우리네 삶이 어려워서 휴가라는 의미를 몰랐다. 가끔 군대에 갔던 아저씨, 형들이 집에 다니러 오는 것이 휴가가 아닌가 생각했다.

지금은 많이 나아졌지만 휴가에 대한 우리의 생각에 문제가 있지 않나 싶다. 보편적으로 휴가는 여름철에 3~4일 정도 간다. 특별한 계획이 있다기보다는 매년 다녀와야 하는 행사로 알고 있다. 남들이 가니까 아이들도 있고 해서 의무적으로 휴가를 보낸다. 가장 중요한 장소만 정하고 계곡이나 바닷가에서 푹 쉬며 색다른 음식과 음주문화에 젖어 먹고 노는 것이다. 이는 여러 사람과 즐기는 문화에 익숙하지 않은 면도 있고, 그 밖에 다른 사유도 많지만 무엇보다 경제적인 면에 있어서 너무 인색하여 그렇다고 봐야 한다.

근로기준법에는 연차유급휴가 규정이 있다. "사용자는 1년간 8할 이상 출근한 근로자에게 15일의 유급휴가를 주어야 한다. 계속하여 근로한 근로자는 가산휴가를 포함하여 최대 25일을 한도로 휴가를 갈 수 있다." 지금은 사정이 많이 달라졌지만 어떤 회사는 아직도 근로자에게 연차휴가를 주거나 아니면 연차수당을 지급하는 경우가 있다. 내가 몸담고 있는 한국도로공사도 연봉제가 되기 전에는 근로자에게 선택권을 주었다. 그 당시 대부분의 직원은 특별한 사정이 있는 경우를 제외하고는 휴가를 선택하기보다 금전적인 이익을 추구했다. 이를테면 휴가를 가면 즐겁기는 한데 휴가비용이 들어가고 연차수당을 받지 못하므로 이중적인 손해라고 생각했다. 멋지게 휴가를 보냄으로써 비용 이상으로 많은 것을 얻으리라는 생각 자체를 하지 않았던 것 같다.

특별한 계획 없이 휴가를 보내는 사람들은 휴가기간에 업무를 구상하고 미래를 준비한다는 말이 믿기지 않을 수도 있다. 미국 대통령이 캠프 데이비드에 가고, 우리나라 대통령이 청남대에서 휴가를 보내며 정국구상을 한다는 보도를 접하면 의아해 할 수도 있다. 국가의 최고지도자가 자기 마음대로 하면서, 아니면 아랫사람들이 일을 하는데 불편함이나 스트레스를 받을까 의문을 가질 수도 있다. 그러나 대통령도 국민을 위해 일해야 하기에 더욱 애로사항이 많을 것이다.

직장이나 집을 떠나면 유익한 아이디어가 떠오를까? 사람마다 생각하는 정도에 따라 많은 차이는 있지만 평상시보다 좋은 생각이 떠오른다고 봐야 한다. 그런 경험을 하지 못한 사람은 이해하기가 어려울 수 있으나 실제 체험해보면 알 것이다. 봄, 가을은 좋은 계절이라 집에 있으나 어디를 가나 세상은 아름답게 보인다. 하지만 무더운 여름이나 추운 겨울, 현장에서 일을 하다보면 날씨의 짜증스러움과 만나는 사람들과의 의견차이 등 삶이 삭막할 때가 많다. 잠시 근무지를 떠나 수림이 울창하고 폭포수가 떨어지는 계곡에서 자연을 보면 어떠한 생각이 떠오르는가. 아무리 추워도 높은 산에서 보는 설원은 우리에게 무언가를 주고 있지 않는가.

휴가는 무엇일까? 우리의 몸을 호수에 비유하면 휴가는 물을 채우는 것이다. 물이 가득 찬 호수는 평화롭고 넉넉하며 아름다움이 있듯이 우리의 몸도 에너지가 충만하면 왕성하게 활동하고 활기가 넘친다. 아무리 아름다운 호수도 물이 없으면 제 기능을 못할 뿐 아니라 삭막하다. 호수는 물을 저장하고 필요할 때 물을 내보내는 것이다. 물을 채우지 않고 계속 내보내기만 하면 결국 고갈되어 바닥이 드러난다.

사람도 에너지를 채우지 않고 방출하기만 하면 쉬 고갈되어 탈진해버린다. 흔히 바쁘고 피곤할 때 사소한 일에도 신경질이 나고 상처를 잘 받는 것은 우리의 몸과 마음에 에너지가 충만하지 않기 때문이다. 휴가는 자신을 돌아보고 재충전하는 시간이다. 앞만 보고 쉼 없이 달려왔다면 이제한번 멈춰서 자신을 점검하고 에너지를 재충전해야 되지 않겠는가.

일은 계획을 세워서 하는 것이 효율적이고 합리적이다. 해외로의 휴가는 당연히 계획을 수립하여 가는 것이 꼭 필요하지만 국내에서 보내는 휴가는 무계획이 더 의미 있을 때가 있다. 가족이라는 공간이 함께하는 소중함이 있지만 이제는 각자의 생활반경이 넓어지고 자신의 삶을 살다보니 여건상 휴가도 함께하기가 갈수록 어려워지고 있다.

그래서 나는 가족과는 짧게 휴가를 보내고 별도로 홀로 휴가라기보다는 여행을 떠난다. 마음속으로 일정을 그리고 출발하면 처음 생각했던 것보다 상당한 차질이 생기지만 그런대로 좋을 때가 많다. 여정에서 우연히 만난 사람들과의 이야기에서 인생을 발견한다. 내가 아닌 자연이나 제삼자인 입장에서 보는 세상풍경은 아름답고 지혜를 일깨워준다. 휴가에서 돌아오면 특별히 자랑할 것은 없지만 그런대로 마음의 보따리는 풍성하다.

휴가 때마다 매번 느끼지만 일상을 잊고 자연에 몰입하여 즐기려고 하는데 나도 모르게 불쑥 일상생활이 떠오르는 것은 무엇 때문일까. 하늘, 구름, 숲으로 둘러싸인 새소리, 물소리만이 살짝 들리는 고요의 계곡에서 명상이나 사색을 하면 할수록 더 잡다한 생각이 나는 것과 같은 이치이다. 생각하지 않는 생각 속에는 잠재능력이 있고 가까이 있는 사람들과저 멀리 인생의 여정이 담겨 있다. 가끔 근무지를 이탈하고 일상에서 도망쳐 약간의 긴장을 푸는 것은 훌륭한 계획이다. 다시 제 모습으로 돌아왔을 때 우리의 판단력은 명석해진다. 지속적으로 일에 파묻혀 있으면 판단력이 상실될 수 있으니 몸과 마음의 에너지를 극대화할 수 있게 휴가를 가져야 한다.

아직도 우리 사회는 휴가에 대해서 인색하다. 자신이 근무하는 직장을 한번 둘러보라. 평소에는 특별히 필요하지도 제 역할도 못하는 것 같은 상사, 동료, 부하직원이 없을 때면 왜 없던 일도 생기고 아쉬운지 누구나 느낀다. 휴가는 단지 휴가일뿐인데 휴가를 간다고 하면 왜 가는지 궁금해하지 않는가. 휴가는 그냥 필요해서 가겠지 하는 마음을 갖자. 선진사회로 가기 위해서는 휴가문화부터 변해야 한다.

휴가는 많이 갈수록 유익하니 여건이 허락하지 않더라도 1년에 한 번쯤은 멋진 휴가를 즐겨야 한다. 휴가는 분명 삶을 뒤돌아보게 하고 세상사에 찌든 심신을 재충전해주며 인생에 향기를 불어넣어준다. 휴가를 즐기는 자가 인생을 즐기고 가치 있는 삶을 산다.

제4장

다시 돌아가는 무한 우주

우리는 어디로 가는가?

인간은 태어나 삼라만상이 연출하는 이 세상을 살아간다. 우리는 어디서 와서 어떻게 살다가 어디로 가는가. 죽음 저편의 세상에 대한 뚜렷한 앎이 없이 두려움을 안고 세월 따라 가고 있다. 어머니 배 속에서 태어나 세월이 흘러가면 언젠가 흙으로 돌아간다는 것만 알 뿐이다.

인간의 삶이 보편적으로 거의 같다고 할지라도 각자 내면의 세계는 알 수 없다. 같은 세상을 살아가도 인생의 목적이나 가치관이 다르니 삶이 어떠하다고 말하기는 더욱 어렵다. 인간은 다양한 삶을 살지만 종국에는 같은 곳으로 향하고 있지는 않을까.

생과 사를 알려면 자신의 존재부터 알아야 한다. 자신에 대하여 잘 안다고 할지라도 실제로는 자신의 존재를 잘 모른다. 주민등록이나 이력서 등을 보면 이름, 주소, 생년월일, 가족사항, 학력, 경력들이 잘 나와 있다. 이러한 것들은 법률적인 사항으로 생활에는 관계가 되지만 내 존재의 궁극적인 의미와는 거리가 멀다.

나는 초등학교 동창들을 제외하고는 대부분의 사람들에게 경어를 쓴다. 상대방을 존중하고 배우는 소박한 마음도 있지만 나 자신을 아끼고 싶어서다. 그런데 운전을 하다보면 나도 모르게 욕이 튀어나온다. 이를테면 차선변경 신호 없이 차량이 갑자기 끼어들어 깜짝 놀라 무의식적으로 "이 상놈의 새끼!"라고 한 적이 있다. 경어 쓰는 나와 상말을 하는 나는 어느 것이 진짜 나인가.

일요일이면 나는 가끔 아들 방에서 인터넷 바둑을 두고 옆에서는 아들이 공부하고 있다. 상대방이 바둑을 한심하게 둘 때 "병신 같은 새끼!" 하면서 나도 모르게 입에서 육두문자가 튀어나와 공부하던 아들이 웃는 경우가 있다. 그렇게 '나도 모르게' 그런 짓을 하는 나는 분명히 나임에 틀림없다. 또한 술에 취해 평상시 같으면 시도는커녕 생각도 하지 못할 발언과 행위를 저지르는 나는 과연 평상시의 나와 어떤 관계가 있을까.

평상시의 내가 의식적인 나라면 꿈을 꾸고 실언을 하는 나, 최면술에 걸린 나, 술에 취한 나는 무의식적인 나다. 이성이 지배하는 영역에서 밝고 투명하게 존재하는 의식과는 달리 무의식은 어둡고 충동적이고 본능적이다. 그러나 의식에서는 불행한 일이지만 양자는 하나의 정신과 신체 속에 공존할 수밖에 없는 운명이다.

우리는 평소에 특히 행복하고 즐거울 때는 자기 자신을 의심하지 않는다. 세상살이가 괴로울 때면 나를 의심하게 된다. 나까지 의심하게 되면 문제는 달라지고 나를 의심하면 할수록 자신의 존재를 부정하기도 한다. 나를 없애버리고 싶을 때도 있을 것이고 나를 의심하다가 나름대로 깨달음을 얻을 수도 있다.

우주만물의 일부인 나는 어디서 온 존재일까? 인간은 만물의 영장이기에 인간 이상의 존재에 관해 그 일부분은 알 수 있지 않겠는가. 인간이 태아였을 때 식물의 영혼을 가지고 있다가 점차 동물의 영혼으로 성장한다면 그 영혼은 누가 주며 태아는 어떻게 영혼을 받는가. 신이 인간에게 이성적인 영혼을 불어넣어주는 것일까, 아니면 인간 스스로 얻는 걸까?

다시 가정해보면 태아는 최초에 부모의 씨앗을 받아 자란다. 태아의 DNA는 부모의 유전자인 DNA의 결합으로 생긴 것이다. 태아의 영혼은 어떻게 만들어져 언제 완성되나. 태아는 아기집 양수에서 40주 동안 자라면 아기로 태어난다. 태아가 자라는 동안 자신의 유전자와 유사한 기(氣)를 받아 아기가 되면서 영혼도 완성되지 않을까. 그렇다면 그 영혼은 어떤 기의 흐름을 받을까. 무엇보다 태아의 DNA와 비슷한 기의 영향을 받을 것이다. 그러한 기는 동물이나 식물의 기는 아닐 것이고 자기 자신과 관계없는 사람의 기도 아닐 것이다. 가장 영향을 미치는 기는 태아와 유전인자가 유사한 부모나 조상들의 기가 허공을 떠돌다가 어머니의 호흡 등을 통하여 들어와서 영향을 주는 것은 아닌지.

마음, 영혼, 기는 같지는 않지만 이들 사이에는 공통적인 인자가 있지는 않을까. 누구나 마음이나 영혼에 대해서는 이해한다고 볼 수 있겠으나 기는 무척 난해하다. 기는 사전에는 '활동하는 힘' 또는 '숨 쉴 때 나오는 기운'으로 되어 있으나 보통 기를 논할 때는 철학적인 의미로 만물을 형성하는 근원이 되는 기운을 말한다. 모든 생명체는 기가 있으며 기는 비물질적이다. 그래서 생명을 다한 후에 기는 사라지는 것도 있지만 어떤 기는 일정 기간 우주 허공에 존재할 수도 있다.

인간이 오랫동안 살았다고 하면 과거의 나와 현재의 나는 같을까. 몸이 같으니 당연히 같다고 말할 것이다. 과거가 있었기에 현재가 있고 미래를 위해 현재 노력하고 있지 않은가. 과거의 공과를 안고 우리는 살아가고 있는 것이다. 그러나 과거의 나는 현재의 나와 엄밀히 같다고 할 수만은 없다. 과거의 나는 마음속의 관념으로 남아 있는 기억일 뿐이다. 왜냐하면 과거의 나는 존재하지 않으니까. 그렇지만 우리는 지나간 시절을 추억하며 과거에 얽매여 산다. 부질없는 생각을 하며 존재하지 않는 과거를 잊지 못한다. 그러다보니 아상과 아집이 남아 있을 수밖에 없다.

우리는 왜 이렇게 살아갈까? 우리가 사는 세상은 상대세계이다. 절대세계에는 시간이라는 것이 없는데 인간의 삶에는 시간이라는 것을 도입하여 과거를 그렇게 기억하고 있다. 모든 생명체는 끊임없이 변화하고 있다. 우리는 자기 자신의 변화를 모르고 살아간다. 다만 시간으로 구분하여 자신을 기억하고 세월의 흐름을 한탄하며 아쉬워한다. 가령 농부는 농사를 지으면서 곡식이 자라는 모습을 보는 것이지 곡식이 자란 시점을 보는 것이 아니다. 이와 같이 우리도 자라나는 생명체를 관찰하듯 본인의 삶을 보아야 하는데 그것을 보지 못하고 있다.

우리는 인간이 만든 시공에 사로잡혀 지나간 관념을 자신으로 알고 변화하는 자신을 모르고 있다. 삼라만상의 개체에 불과한 자신을 우주의 중심에 있는 것으로 착각하고 자기중심적으로 살아가고 있다. 그래서 마음은 욕망으로 가득하고 끝없이 그것을 추구하며 한 평생을 살다가 결국 후회한다.

전체는 무한하지만 개체는 유한하다. 이 땅 위에 사는 모든 생명체는 변화의 속도에는 차이가 있을지라도 개체인 존재다. 인간도 만물의 영장이기는 하나 역시 개체에 불과할 따름이다. 여름이 가는 것을 아쉬워하듯 신나게 시원스럽게 우는 매미도 그 시간만은 자기가 세상의 중심이라고 느끼는지도 모른다. 사람도 자신이 세상의 주체라고 할지라도 하나의 개체이지 않겠는가. 다만 개체인 자신의 존재를 깨닫고 전체인 우주 허공과 하나가 될 수 있다는 생각 따위가 뭇 생명체와 차이가 있을 뿐이다.

인생은 번뇌의 연속이다. 번뇌는 욕망과 괴로움에서 생긴다. 우주에 있는 모든 생명체는 살아가기 위해 끝없는 투쟁을 하고 있다. 괴로움은 인생여정에서 그림자처럼 따라다닌다. 청년기에는 기본적인 의무를 부담해야 하고 중년기에는 가족을 부양해야 하고 만년에는 병고와 노쇠, 의존생활과 고독을 겪다가 죽는다. 이것이 인간의 숙명인데 쉽게 받아들이지 않는다. 인간은 세속적 삶의 그물망에 갇혀 덧없는 인생을 영원한 것으로 착각하며 살아가고 있다.

인간의 삶은 넉넉하게 잡아도 100년이 되지 않는다. 의학이 발달하여 그 이상 산다고 하여도 의식이 거의 없는 상태일 것이다. 우리는 이 세상에 태어나서 살아온햇수를 나이라고 한다. 이는 기억하는 삶만 생각하니 그런 것이다. 한 인간이 이 땅에 오기까지는 수십억 년의 시간이 필요했다. 거슬러 올라가면 우리 조상들, 유인원, 영장류, 식충류, 포유류, 파충류, 양서류, 어류, 연충류, 단세포까지 이어진다. 그러한 과정에서 무쌍한 변화와 신비한 조화가 오늘의 나를 만들었다.

종교와 과학은 인류 탄생에 대해 창조설과 진화론으로 맞서왔다. 넓게 보고 약간만 생각을 달리하면 둘 다 맞는 말이다. 문제는 전지전능한 신이라 해도 인간을 바로 창조할 수 없었다는 것이다. 신은 수많은 세월 동안 진화를 통하여 현생 인류를 창조한 것이다. 종교는 신의 위대함과 인간의 고귀함을 본 것이고, 과학은 그 과정을 찾은 것이다. 만상만물이 우주 허공에서 나왔듯이 인간도 그러하다. 인간은 가까이는 부모로부터 났지만 그 근원은 우주 허공에서 나온 것이다. 그러기에 다시 우주 허공으로 돌아가는 것이 순리다. 우리의 몸은 우주의 일부인 행성 지구에서 나와 생을 다하면 지수화풍으로 돌아간다. 질량보존의 변칙 등에 따라 끊임없이 변화할 따름이다.

무시무종, 시작도 없고 끝도 없다. 그것은 우주 허공, 절대세계를 이르는 말이다. 상대세계는 시작이 있으면 반드시 끝이 있다. 이 세상에 인간을 비롯한 어떤 생명체나 물질적인 현상도 태어나면 죽게 마련이다. 절대가 자기 모습을 드러낸 상태가 우주 현상계이다. 절대인 본래 성품에서 상대인 개체로 생해야 하는 법칙이 연기성이다. 어떤 것이 태어나기 위해서는 반드시 어떤 매개체가 있어야 한다. 갑은 을을 생해놓고 멸하고, 을은 병을 생해놓고 멸하고, 이렇게 생멸이 연이어 유지되는 것이 연기다.

동양철학에서 정(精)은 몸을, 신(神)은 영혼을 의미한다. 물질인 정과 영혼인 신의 조화 내지 결합에서 발생하는 것을 기(氣)라고 한다. 다시 말해 정은 몸을 구성하고 있는 음의 에너지고, 신은 눈에 보이지 않는 양의 에너지다. 이 두 가지가 합쳐지고 조화를 이뤄 에너지 파동이 일어나는 것이 기다.

우주 현상계에 생명현상을 띠는 모든 존재는 전부 음양으로 나타난다. 존재 자체가 이미 음양의 조화로서 상대성을 갖추어야 존재할 수 있는 것이다. 사람은 남녀가 음양으로 되어 있지만 남자와 여자 안에는 또 음양을 갖추고 있다. 우리의 몸이 음양의 조화로 유지되듯, 만상만물은 음양의 조화에 의해 굴러가는 것이다.

상대세계의 모든 현상은 '쌍생쌍멸'한다. 음과 양이 함께 생했다가 함께 멸하는 것이다. 음이 없어지면 양도 없어진다. 그러므로 사람이 죽으면 결국 몸은 지수화풍으로 변하고, 음의 몸이 멸하니 양의 영혼도 멸할 수밖에 없다. 상대세계에서는 몸이 사라지면 영혼도 사라진다. 동서고금을 막론하고 많은 사람들은 그들이 철학자든 이름 없는 사람이든 간에 영혼불멸을 주장하여왔다. 종교인들은 당연히 영혼불멸을 주장한다. 그렇지만 그것은 절대세계에서일 것이다.

우리는 어디로 가는가? 처음으로 우리가 온 시원으로 돌아간다. 우리의 몸이 가장 멀리, 아득히 오래된 그곳에서 시작하여 천체가 생기고 생명체가 나고 하여 온 것처럼 우리의 영혼도 우주의 마음으로 돌아갈 것이다. 하지만 그곳으로 모두가 쉽게 가기는 어려운 것 같다. 신은 인간에게 인식을 주었지만, 인간은 그것을 고귀하게 사용하지 못하는 결점을 지니고 있기에 우주 허공과 하나가 되기가 쉽지 않다.

나는 '하느님을 믿는 자만이 천당을 간다'는 말을 부정하고 싶지는 않다. 하느님을 믿는 것이 우주 허공과 일체되는 하나의 방법일 수도 있기에 그러하다. 또한 불교에서 말하는 선업과 악업에 따라 다음 생이 내정되는 윤회설도 넓은 의미에서 보면 연기성의 일부이기에 우주 허공으로 가는 한 방법이라고 본다.

우리의 영혼이 영원한 존재인 본래 성품이 되기 위해서는 순수진리를 추구해야 한다. '참나'는 나를 다 버리는 무아의 경지다. 그 방법 중의 하나가 구도자들이 걸어간 길이 아닐까.

신을 우러러보며

　신은 정말 존재하는가? 누구나 한번쯤 갖는 의문이지만 이런 물음을 한다는 자체가 어리석을 따름이다. 신의 존재는 믿음상의 문제이므로 그 존재 여부를 논하는 것은 무의미하다. 신은 절대 믿음을 강요하지 않는다.

　지구상에 있는 종족 중에 어떤 형태로든 종교가 없는 종족은 없다. 인류의 역사는 종교의 역사라 해도 그리 틀리지는 않을 것이다. 그만큼 종교가 인류의 성장과 발전에 기여해왔으며 나약한 인간의 정신세계를 이끌어주고 나아가 인간을 영적인 삶으로 인도할 것이기에 그러하다. 또한 수많은 사람들이 신앙생활을 해왔으며, 이름 높은 성직자들이 그저 할 일이 없어서 그렇게 살아왔다고 볼 수 없기에 신은 존재한다. 다만 신이 어떠한 형태로, 어디에 존재하는지는 종교에 따라 다소 차이가 있을 뿐이다.

　우리는 살면서 많은 경험을 한다. 일이 뜻대로 되지 않아 고난과 좌절이 있기도 하며 성취하고 진리를 깨달아 큰 기쁨을 얻을 때도 있다. 이러한 삶의 여정에서 인간의 힘으로는 어쩔 수 없는 어떤 존재가 있지는 않을까. 그런 생각 너머의 존재가 있다면 어떤 그 무엇이 신일 것이라고 생각한다.

사람에게 마음 혹은 영혼이 있듯이 삼라만상의 개체에게도 영혼 내지 그들을 지배하는 신이 있다고 생각된다. 그렇다면 우주에는 수많은 신들이 있을 것이다. 그 존재를 부정하고 싶지는 않지만 그것은 자기중심적인 개체의 신에 불과하다.

우리가 보편적으로 의미하는 신은 태초에 우주 허공에서 우주가 팽창하여 시간이 시작되고 별들이 하나둘 생겨나 삼라만상으로 가득 찬 이 모든 것을 아우를 수 있는 신을 말한다.

우리는 일반적으로 세계 4대 종교를 칭할 때 석가 사상을 바탕으로 한 불교, 공자 사상에 심취한 유교, 예수 사상에 기초를 둔 그리스도교 그리고 마호메트 사상을 신봉하는 이슬람교를 꼽는다. 종교는 인간의 내세를 말하기에 내세사상이 없는 유교를 제외하고 세계 3대 종교라고 한다.

세계 3대 종교는 숭고하다. 이들 종교가 다른 종교에 비해 숭고하다는 것이 아니라 많은 사람들이 믿고 있기에 그렇다는 것이다. 종교마다 신에게 다가가는 저마다의 특징이 있으므로 우열을 가리거나 종교적인 편견을 가져서는 안 된다.

지구상에는 많은 종교가 있으며 종교마다 추구하는 진리는 어떠할까? 종교적인 면에서 영향력을 끼친 라마크리슈나의 말을 되새겨보자. 그는 힌두교·이슬람교·그리스도교를 직접 체험해보고, 결국 이 종교들이 근본적으로 같은 진리를 가르치는 것이라고 확신했다. "산꼭대기는 하나이지만 그리로 올라가는 길은 여럿"이라고 했다.

종교를 소백산에 비유해보면 이러하다. 소백산 정상은 비로봉이다. 물론 소백산에는 연화봉, 국망봉 등 다른 봉우리가 있지만 비로봉이 가장 높기에 정상이라고 한다. 또한 소백산을 오르는 대부분의 사람들은 비로봉을 향해 오르니 마음속으로 정상이라고 한다.

비로봉으로 가는 길은 여러 갈래가 있다. 비로사에서 가는 길, 희방사에서 연화봉을 거쳐 오르는 길, 죽령에서 산의 능선인 백두대간을 따라가는 길, 단양에서 오르는 길, 초암사에서 국망봉을 거쳐 가는 길이 있다. 누가 또 다른 등산로를 개척할 수도 있다.

어느 등산로가 가장 좋은가. 일단은 모든 등산로로 가본 사람이 판단할 일이다. 희방사에서 연화봉까지는 가팔라 이를 즐기는 사람은 희방사 코스가 좋다고 할 것이고, 거리는 멀더라도 오르기가 수월한 죽령에서 가는 것을 선호하는 사람도 있을 것이고, 계곡을 따라 물소리를 들으며 운치를 즐기는 사람은 그런 길을 선택할 수도 있다.

우리는 처음 종교에 입문할 때 자신이 종교를 선택한다기보다는 주위의 여건이나 타인에 의해 가게 된다. 그래서 그런지 종교를 바꾸는 경우도 있다. 어릴 적에는 부모님을 따라 교회에 다녔는데, 청소년이 되어서는 연인따라 절에 다니는 경우가 있다. 또한 사단장 부관이 되기까지는 독실한 불교신자였는데, 그 사단장이 그리스도교를 믿으니까 성당이나 교회에 가기도 한다. 심지어 종교인들도 진리를 찾는 방법이 달라 개종하는 사례도 종종 있다.

종교와 사회생활과는 차이가 많기 때문에 개종 문제를 이상하게 보거나 부도덕하다거나 비난을 해서는 안 된다. 종교생활은 의리의 문제가아니라 '참나'를 깨치는 구도의 길이며, 모든 종교는 그 존재만으로 진리이다.

환속은 종교에 귀의했다가 속세로 돌아오는 것을 말한다. 우리 사회는종교에 대해 관심이 없는 사람도 환속을 그리 달갑게 보지 않으며 환속한사람도 그 사실을 굳이 나타내려고 하지 않는다. 성직자들은 왜 환속을하는가? 그들은 신(진리)을 부정하는 것이 아니라 종교의 특성상 공동체생활이나 의식이 자신에게 맞지 않아서 나름대로 하느님·부처님을 생각하고 다가가는 방식을 달리 선택했을 뿐이다. 어쩌면 그들은 형식이나 가식에 구애받지 않는 본래 종교에 더욱 정진하는 순수한 성직자가 아닐까.

종교의 신관은 유일신이다. 유일신론은 다른 신의 존재를 부정하고 오로지 한 신만을 경배하는 것이고, 단일신론은 다른 신의 존재를 부정하지 않은 채 한 신을 경배하는 것이다. 신관은 유일신론보다 단일신론이 맞는 것 같아 보인다. 우주의 전체신은 하나인데 종교가 다양하여 유일신이 많다는 것은 모순이 아닌가. 단일신이 아니라면 어떤 종교의 신은 진실이 아닐 것이다. 그렇지만 종교는 근본적으로 유일신론이 맞다.

이슬람교와 그리스도교는 유일신론이기에 자신들 종교외의 모든 신을 사탄이라고 했다. 석가는 유일신을 주장하지는 않았지만 삼라만상은 우주의 원인존재를 얘기하고 자신이 바로 그 우주의 원인존재라는 것이다. 불교 사상에 비추어볼 때 불교는 굳이 유일신을 강조할 필요가 없었던 것 같다.

세계 3대 종교만 보더라도 그들의 신은 유일신임에 틀림없다. 그들이 숭배하는 신은 한결같이 우주 본래의 참모습, 무한대 우주인 진리 그 자체로 돌아가는 것이다. 아쉬운 점이 있다면 그것은 자신들의 신관을 중심으로 우주 허공과 삼라만상을 보기에 그런 것이다.

지난 세기를 돌이켜보면 아랍-이스라엘 분쟁이 오늘날까지도 해결되지 않았고 2001년에는 9.11 사태까지 발생하였다. 우리는 흔히 이를 이슬람교와 그리스도교는 처음부터 배타적이었을 것으로 생각하지만 원래 배경을 보면 그렇지 않다. 예를 들어 예수의 어머니인 마리아에게 잉태를 알린 대천사 가브리엘은 이슬람교에서도 마호메트에게 계시를 내려 예루살렘으로 인도하는 역할을 한다.

동양과 서양의 대표적인 종교라고 할 수 있는 불교와 그리스도교를 비교해보아도 석가와 예수가 한 말씀은 비슷하거나 같은 점이 많다. 그것은 자기중심적인 개체 신을 사탄으로 규정하고, 하느님·부처님이신 전체 신을 유일신으로 받드는 것이다.

"마음을 닦아 부처가 되라―죄사함을 받아 영생을 얻어라"
"일체의 상이 없어야 한다―마음이 가난한 자는 복이 있다"
"일체를 열반시켜라―자기 십자가를 지고 나를 따르라"
"천상천하유아독존―아브라함 이전에 내가 있었다"

신은 누구이며, 어디에 있는가? 많은 사람들은 인간을 비롯한 삼라만상을 신이 창조했다고 한다. 만상만물은 본래의 우주인 순수 허공, 순수 에너지에서 나온 것으로 환경조건에 따라 어떤 존재로도 나타났다가 사라질 수 있는 것이다. 이 삼라만상의 모태가 영원한 신이다. 무수히 넓고 크고 높은 우주 무한대인 신은 무극이며 태극에 있다.

신의 분신인 인간은 이 세상을 살다가 죽으면 신에게로 귀의할 수 있는가. 한평생 육신의 굴레에서 벗어날 수 없는 것이 인간의 숙명이지만 자신의 존재를 버리고 고행을 하고 끝없이 도를 닦으면 신의 경지에 오를 수 있다고 본다.

적절한 비유는 아니지만 우주 허공에서 인간을 생각하면 인간은 우물 안 개구리에 불과하다. 우물 안에서 보니 인간은 하늘만이 보여 가끔 떠다니는 구름과 떨어지는 빗방울 정도만 인식하므로 인간이 최고인양 착각한다. 인간은 우물 밖의 세상을 모르며 탐·진·치(貪瞋痴)의 수성을 버리지 못하고 서로 아옹다옹 싸우며 살아가고 있다.

석가와 예수가 2천여 년 전에 깨달음을 얻어 인류를 구원하려고 설교를 하였으나 부처님·하느님의 세상으로 가는 길은 요원한 것 같다. 인간이 우물 밖의 세상을 인식한다 해도 성불이나 부활하는 것은 별개의 문제다. 다만 신의 존재를 아는 사람은 마음으로는 여유롭고 편안한 정도에 불과하다.

우물에서 개구리가 벽을 타고 올라가는 것은 무지 어렵고 험난한 일이다. 한순간 방심하거나 유혹에 빠지면 다시 우물에 떨어져 모든 노력이 물거품이 된다. 개구리가 최선의 노력을 하여 깊은 우물에서 나올 수 있는 확률은 전문 등반가가 인도 카라코람 산맥 중앙부에 있는 K2봉에 오르는 것보다 어렵다. 지금까지 K2봉에 오른 사람은 그리 많지 않을 것이다. 정상에 올랐다는 것은 대단하다. 그러나 동료들의 도움이 상당했을 것이고 그동안 희생된 사람도 많을 것이다.

그러면 구도의 길은 요원한가? 물론 어려움은 있으나 꾸준히 수도에 정진하면 신의 세계로 갈 수 있다. 종교창시자들이 신이 되었고, 그들을 따르는 사도들이 신의 경지에 이르렀을 것이고, 또한 스님, 신부, 목사 등 많은 성직자들이 갔을 것으로 믿는다.

어떻게 해야 신의 경지에 들어갈 수 있을까? 탐욕으로 가득 찬 육신을 버리고 상대세계의 허상인 나를 없애야 본래의 모습인 절대세계로 갈 수 있다. 마음을 비우면 되는데 그게 그리 쉬운 일이 아니다. 사람들은 가끔 마음을 비웠다는 말을 한다. 그것은 소주잔을 비운 정도에 불과하다. 소주잔은 술을 마시면 잠시 비어 있지만술을 부으면 다시 찬다. 소주잔을 깨뜨리지 않고는 결코 비웠다고 할 수 없는 것이다. 누구나 조용한 곳에서 사색이나 명상을 하면 마음의 평정심을 찾을 수 있다. 그 평정심이 얼마나 지속될 수 있을까. 일상으로 돌아와 화가 나면 마음은 금방 흐트러진다. 이는 웅덩이의 진흙탕물이 수면 아래로 가라앉았다가 휘저으면 다시 흙탕물이 되는 것과 같은 이치다. 진정 마음을 비우는 것은 흙탕물 속의 흙을 제거해야 하듯이 마음속의 찌꺼기를 없애야 하는 것이다.

대부분의 사람들은 삶의 목적을 이 세상에 두고 있으며, 짐승의 성질로 가득한 육신의 행복만을 바란다. 개체를 중심으로 살아온 삶의 기억인 마음과 업(業)과 습(習)이 배어 있는 '나'라는 존재를 없애버려야 한다. 그러기 위해서는 구도의 길을 간 선각자들이 수행한 것을 답습하는 것도 좋다고 본다. 그렇지만 모든 사람들이 다 따라할 수는 없을 것이다.

일상생활을 할 수밖에 없는 평범한 사람들은 어떠한 방법이 바람직할까? 허상인 '나'를 없애기 위해서는 자신을 희생하고 남을 위해 사는 삶이 진정으로 자신을 버리는 것이 될 것이다. 선업을 쌓고 더 나아가 선업 자체도 잊어버리는 것이 개체인 '나'를 없애고 본래 우주인 '참나'가 되지는 않을까.

우주 삼라만상에 어떤 차별이나 특별히 관여하지 않는 하느님·부처님이라 해도 선업을 쌓는 중생들을 어여삐 여겨 사랑할 수밖에 없을 것이다.

무속신앙

예부터 우리 조상들은 모든 사물에는 영(靈)이 있다고 믿어왔다. 그 대표적인 것으로 하늘에는 태양신, 땅에는 산신, 바다에는 용왕신이 있다. 계곡, 우물, 바위, 고목, 대들보, 부뚜막, 화장실, 굴뚝에도 그 자체의 신이나 그곳에 상주하는 신격이 있는 것으로 믿어 그들을 위하고 조심하여 왔다. 또한 영웅신, 조상신, 길거리의 주인 없는 귀신까지도 그 존재를 인정하고 받아들였다.

무(巫)는 한국의 전통적인 샤머니즘으로, 중재자인 무당이 신령과 인간을 중재하는 것이다. 여기에는 살아 있는 사람들에게 복을 주거나 해를 끼칠 수 있는 천지신명이 있으며, 더 나아가 사람이 죽으면 귀신이 된다는 믿음이 전제되어 있다.

무의 기원은 고조선으로 거슬러 올라간다. 『삼국지』 위지동이전에는 고대국가인 부여, 고구려, 동예, 마한 등의 나라가 모두 제천의례를 거행한다고 기록하고 있다. 부여의 영고, 고구려의 동맹, 동예의 무천, 마한의 천제는 신라와 고려대에 이르러 팔관회라는 이름으로 유지되었다. 유학이 조선의 기본이념이 됨에 따라 무에 대한 탄압이 가해져 무당이 천민으로 전락했고, 일제강점기를 거치며 더욱 탄압을 받았다. 광복 이후 미신으로 간주되어 왔으나 그 명맥을 유지하고 있다.

전통적으로 무의 형태는 크게 둘로 구분된다. 강신무는 신병 또는 무병을 앓고 나서 무당을 만들어내는 의식인 내림굿을 받아 신당과 신령을 모신다. 세습무는 부모로부터 무당의 신분이나 무직을 물려받아 인위적인 학습을 통해 무당이 된 학습무로서 기예를 배우고 익혀 신을 향해 일방적인 가무로 굿을 주관한다.

무속을 미신으로 생각하더라도 한번쯤 긍정적으로 살펴볼 필요가 있다. 무속은 불교, 유교, 그리스도교 등이 들어오기 훨씬 이전부터 한민족의 핏속에 흐르는 구복신앙이다. 무속신앙은 우주의 만물과 그 운행에는 각각 그 존재에 상응하는 기운이 깃들어 있어 인간이 제 스스로를 낮추어 그 기운을 거스르지 않고 위하고 섬기면 소원을 성취한다는 광범위한 자연적 신관과 나름대로의 신앙체계를 갖추고 있는 한국의 토속적인 민간신앙이다.

무속신앙에는 고급령과 저급령, 귀신이 복합적으로 상존하는 형국이다. 우주만물의 어느 대상이라도 인간적인 소망이 담긴 나름의 능력을 부여하고 기대어 인간의 구복욕구를 충족시켜보고자 하는 나약하고도 소박한 민중의 심성이 있기에 그런 것 같다.

무속은 민간신앙이라고 할 수는 있지만 종교는 아니다. 종교는 내세사상과 경전이 있어야 한다. 무속은 경전이 따로 없다. 다만 신을 모시는 무당들을 통해 구전되어온 의식에 사용되어 왔던 여러 가지 다양한 무가와 무의 신화들, 그리고 그것을 채록한 문서들은 존재한다. 그러나 이러한 의식행위나 기록한 문서가 무속인의 입장에서는 성스러운 것이라고 할지는 모르나 성경이나 불경과는 차원이 다르다. 또한 그것은 무속인 각자가 섬기는 신령에 국한되어 있다.

김영기 법사는 『빙의는 없다』에서 신의 세계는 크게 세 가지로 구분된 다고 한다.

첫째는 초우주신으로 완전히 자유혼이 되어 버린 부처세계라고 할 수 있다. 인간세계에 티끌 하나 남기지 않고 궁극적인 자유혼으로 들어가 버린 상태로 우주와 하나가 된 경우를 가리킨다. 무한 의식이며 우주 자체를 이루고 있는 무한 에너지 파장이라고 보면 된다.

둘째는 지장보살이나 관세음보살 같은 우주신이다. 인간은 육체적으로 유한한 생명이며 유한한 의식체이다. 그 영혼도 유한 에너지 생명체다. 이에 반해서 무한대 생명인 우주신은 초우주신의 단계로 들어갈 수도 있지만 어떤 연유에서건 우주신으로 머무는 상태로 보면 될 것 같다.

셋째는 범신계이다. 민중들의 고통을 함께해온 산신, 용신 등이 그들이다. 초우주신과 우주신은 인간계에 거의 개입하지 않는 데 비해 범신계는 인간계에 가장 가깝다고 보면 될 것 같다. 무속에서의 신도 범신계 가운데 어떤 개체 신일 것이다.

종교창시자들은 많은 세월 동안 고행하며 깨달음을 얻었다. 석가는 출가한 뒤 6년 동안의 고행 끝에 금욕만으로는 깨달음의 길에 들 수 없음을 알게 되어 고행 대신 보리수 아래서 명상에 잠겨 마침내 큰 깨달음을 얻어 부처가 되었다. 예수는 세례자 요한에게서 세례를 받은 뒤에 홀로 광야로 들어가 40일 동안 금식했다. 마호메트는 메카 교외 산중에 들어가서 명상과 기도로 시간을 보내었는데 어느 날 밤, 히라 산에서 짓눌리는 듯한 영적 체험을 했다. 최제우는 금강산 유점사에서 온 승려로부터 을묘천서를 얻고 난 후 수련에 힘써 갑자기 몸이 떨리고 정신이 아득해지면서 공중으로부터 천지가 진동하는 듯 소리가 들리는 종교체험을 했다.

그 시대 종교창시자들의 신격이 어느 정도였는지는 직접 체험할 수 없어 실감이 나지 않지만 그들이 깨달음과 종교체험을 세상에 알리고 사람들이 이를 따름으로써 전체(절대)신의 종교가 되었다. 이에 비해 무속신앙은 천지신명, 범신론적인 사상을 근간으로 민중과 함께하는 자연의 개체 신을 신봉한다. 자연신을 통하여 무당은 어떤 연유에서건 우주와 하나가 되지 못한 영혼을 접하고 그들의 바람을 전달한다.

모든 생명은 '쌍생쌍멸'하는데 어째서 사람이 죽으면 영혼이 바로 멸하지 않을까? 육신이 지수화풍으로 돌아가는 데도 수십 년의 시간이 필요하듯이 영혼도 즉시 사라지지 않는 것에는 까닭이 있을 것이다. 단정 지을 수는 없지만 아마 인간의 삶 속에서 겪어야 했던 한(恨)서린 기억 때문이 아닐까.

어떠한 연유이든 본인이 죽었다는 것을 모르는 영들은 영계를 떠돌며 파장이 맞는 영혼에 붙으려고 한다. 동물이나 무생물은 모두 물체를 가지고 있으며, 그 물체가 형성될 때 함께 형성되는 기가 있다. 영의 기와 유사한 사람이 전생의 애인, 가족 등이기에 소위 말하는 귀신은 주로 가족에게 붙는다.

영혼은 생전에는 체면, 도덕을 갖추고 자신의 생각과 마음을 억제할 줄 알지만 육체를 떠나는 순간부터는 이러한 것들이 사라지는 것 같다. 그래서 생전에 가슴속에 새겼던 섭섭하고 괘씸한 생각, 못 다한 미련 등의 응어리가 남아 탁기가 되어 살아 있는 사람에게 피해를 준다. 또한 영혼은 부부나 부모, 자식도 인식하지 않고 자기중심적으로 생각하기에 도움은커녕 피해만 줄 뿐이다.

심신이 나약하거나 병명도 모른 채 여러 해 동안 아픈 사람들은 최후의 수단으로 무속인을 찾는 경우가 있다. 그간의 사정을 말하면 무속인은 자신이 모시는 신이 왔다고 하며 며칠 만에 낫게 해준다는 말을 하는데, 이는 진실보다는 거짓일 가능성이 높다. 귀신은 과거에 대해서는 그런대로 가르쳐주지만 미래는 추정할 뿐인데 귀신의 능력이 낮기에 잘 맞지 않는 것 같다. 무속인을 자주 접하고 산기도에 어느 정도 빠지면 누구나 귀신에 접신될 수 있으며, 귀신에 대해 많은 관심을 가지고 부르면 귀신은 찾아오게 마련이다. 공중에 떠도는 귀신은 저승에 가지 못하고 육신이 없어 이리저리 떠돌면서 불편함이 많은데 자기를 받아줄 안식처가 생겼으니 얼마나 좋아하겠는가.

그렇지만 무당이 하는 말이 전적으로 틀렸다고 볼 수도 없다. 충남 계룡산 산자락마다 즐비한 굿당을 보면 무속 자체에도 그 나름대로 진실이 있지 않을까. 그 많은 무속인이 그저 할 일이 없어서 무속에 종사한다고 볼 수야 없지 않겠는가. 어쩌다 그들도 신병에 걸려 굿을 하지 않을 수 없는 운명에 처했으리라. 대부분의 무당은 하나같이 그들이 모시는 신을 '할아버지'라 칭하면서 죽어서 저승으로 가지 못하고 떠도는 많은 영혼을 구제해주고 싶다고 한다. 그들의 능력이나 영혼구제 방식이 적합한지는 몰라도 산 자와 죽은 자를 사랑하는 무속인의 마음은 아름다운 것 같다.

사람들은 답답할 때 어느 무당이 용하다고 하니까 점을 보러 간다. 그런데 무당들은 "집안 윗대 어떤 어른이 씌인다. 물에 빠져 죽은 누가 씌인다. 젊어서 자살한 이가 씌인다"고 하면서 굿하기를 권하며 그러지 않을 경우 낭패를 볼 것이라고 한다. 그들의 말에 신빙성이 없거나 신빙성이 있어도 이를 치유할 능력이 없다면 여기에 무속의 폐해가 있을 수밖에 없다. 왜냐하면 굿을 하여도 완치가 되지 않아 반복적으로 굿을 되풀이하고 있으니 말이다.

그런데 의문이 가는 것이 있다. 무당이 신 내림받는 조상은 고작 3대 정도에 불과하다. 무당은 자신의 수십 대 조상이 씌인다고 하지는 않는다. 먼 선조들은 원한이 없어서 그럴까. 그보다 영혼은 쌍생쌍멸의 법칙에 따라 육신에서 분리되면 사라져야 하는데 원한이라든가 어떤 연유가 있으면 이승을 떠나지 못하는 것 같다. 그러다가 수십 년이 지나면 영혼의 기가 쇠하여 결국은 사라진다고 봐야 할 것 같다.

우주만물의 기운을 거스르지 않고 천지신명을 섬기면 소원을 성취한다는 무속신앙의 근본정신은 제쳐두고라도 무당이 신과 인간을 중재한다면 우리는 어떻게 사는 것이 바람직할까.

인간의 삶 자체가 아름답기는 하나 성취하기 위해서는 경쟁을 해야만 하는 것이 인생이다. 누구나 살다보면 고난과 좌절이 있게 마련이다. 인생여정에 한이 서린다는 것은 어쩔 수 없는 현상이다. 본인이 살아생전에 얽히고설킨 삶을 정리하고 죽음을 준비하는 것이 한을 치유하는 하나의 방법일 것이다.

무속에는 죽은 사람을 위해 행하는 천도제가 있다. 천도제는 요절, 행사, 자살, 사고사 등으로 죽은 영이 원한과 이승에 대한 미련이 남아 일정한 기간이 지나도 저승에 들지 못하는 경우 죽음의 불길한 일을 풀고 죽은 사람의 넋을 위로하여 저승으로 인도하기 위한 제사의식이다.

인간의 삶으로 인해 죽어서도 이승을 떠나지 못하는 영들이 있다면 그들을 저승으로 인도하는 것이 산 자의 몫이다. 무당이 그 역할을 한다면 무속에도 가치가 있을 텐데. 무당이 주관하는 천도제는 한 번에 끝나기보다는 여러 번 반복되는 것 같다. 사정이 있겠지만 이런 부분에서 그들의 능력에 의심이 가기도 한다. 한 번의 천도제로 고혼이 된 영들을 저승으로 인도해준다면 더할 나위 없겠다.

사후의 세계

죽음은 생명활동이 정지되는 것이다. 인간은 옛날부터 죽음에 대한 두려움과 공포심을 느껴왔다. 삶의 집착이 강한 사람이 죽음에 대한 불안, 공포, 비애를 더 느끼는 것 같다. 인간은 죽음을 체험할 수도, 피할 수도 없을 뿐만 아니라 언제 어떻게 죽음을 맞을지도 모른다.

영 능력자들은 우리가 이생에 태어나는 것처럼 죽음이란 영계로 돌아가는 것이라고 한다. 또한 상갓집에 가보면 살아 있는 사람들은 슬픔에 잠겨 있지만, 죽은 사람들은 축제를 열고 있는 모습을 볼 수 있다고 한다. 다시 말해서 이쪽에서의 죽음은 저세상에서의 탄생이다.

인간이 죽으면 또 다른 세계로 가는가? 사후 세계의 존재 여부를 이야기할 때마다 빼놓을 수 없는 화두가 죽었다 살아난 사람들의 이야기다. 심령과학에서는 이를 '임사체험'이라고 한다. 임사체험이란 교통사고 등으로 죽었다가 기적적으로 살아온 사람들이 삶과 죽음 사이에서 보았던 경험을 말한다. 대부분의 사람들은 이러한 체험을 하기란 불가능하며, 극소수의 사람만이 기적적으로 체험을 하는 것으로 그 진위에 대하여 무엇이라고 말하기는 어렵다.

안동민 역 『사후의 세계』에는 자기 장례식을 본 망인의 이야기가 있다.

한국인 청년 강 손은 화물트럭의 짐 위에 타고 있었다. 그런데 운전수가 핸들을 난폭하게 꺾는 순간 도로에 던져지고 말았다. 다행히 근처에 병원이 있어 옮겨졌지만, 그로부터 이틀 밤낮 의식 불명의 상태가 계속되었고, 1967년 2월 20일 치료의 보람도 없이 죽고 말았다. 부모는 외아들을 잃고 통곡했으며 유해를 집으로 옮겨 성대한 장례식을 치렀다. 그런데 바야흐로 매장하려 할 때 청년은 다시 살아나 부모를 깜짝 놀라게 했다.

청년은 자기의 죽음부터 장례식까지 모두를 보고 있었던 것이다. 그는 의사로부터 죽음이 선고되었을 때 그의 몸에서 또 하나의 몸이 스스로 빠져나왔다. 그 몸은 아주 가볍고 자유자재로 날 수 있었으며 움직일 수 있었다. 상여가 장지에 도착하고 관이 내려질 때에도 청년은 근처를 서성거리면서 물끄러미 보고 있었다. 그런데 갑자기 유해에서 빠져나온 그의 또 하나인 몸이 세게 잡아끌듯이 관 속으로 들어갔다. 그리하여 그 순간 살아났던 것이다.

또 한 사례는 죽었다가 살아났다는 '보살할머니'로부터 내가 직접 들은 이야기다. 주인공은 먼 친척 할머니다. 할머니는 젊어서 아침에 죽었는데 운 좋게도 그날 저녁에 살아났다. 한나절 동안 다녀온 이야기를 요약하면 이러하다.

할머니는 죽어서 길을 따라가다 보니 어느새 깊은 산속을 가고 있었다. 낙엽이 지는 첩첩산중이 계속 이어지고 마침내 커다란 문으로 들어가려고 하니 문지기가 그대는 아직 올 때가 안 되었으니 돌아가라고 하여 그냥 돌아왔다고 한다.

물론 그 사이에 친지들은 장례 준비를 하고 있었고 죽었던 사람이 살아오니 놀랍고도 반가웠다. 할머니는 그곳이 저승으로 가는 문인 것 같다고 하며, 깊은 산속에 있는 큰 집이 절이라는 느낌을 받아 그 후로 집안에 부처님을 모셔놓고 불공을 드리며 평생 보살로 살다가 돌아가셨다.

위 이야기들은 실제 체험을 하지 않은 사람들은 믿기가 어렵다. 임사체험자들은 자신이 저승까지 갔다가 돌아왔다고 주장하지만 저승으로 가는 길목이 아닌가 싶다. 내가 그런 체험을 했다면 나도 저승이 있다고 했을 것이다.

그러나 임사체험을 했다는 이야기는 몇 가지로 요약해볼 수 있다.

첫째는 임사체험자들이 완전히 죽었다고 보기가 어렵다. 거의 죽음으로 가는 상태가 아닌가 싶다. 사람이 죽으면 심장이 멎어 피의 흐름이 멈추지 않겠는가. 뇌세포로 피가 흐르지 않는다면 깨어난다고 해도 뇌사상태가 될 것이다. 죽은 사람이 냉동인간인 조건에서 살아나야 온전한 사람이 될 수 있는데 그런 상태가 아니라면 살아났다고 하더라도 뇌의 일부가 손상되어 의식이 없는 식물인간이 될 확률이 높다.

둘째는 교통사고로 죽은 사람이 교통사고 후 살아나기까지의 과정을 어떻게 알 수 있는가? 죽지 않고 혼수상태로 있다고 하더라도 주위에 누가 있었다는 것을 안다는 것은 우연의 일치라고 보기는 어렵다. 그렇다면 영혼이 유체이탈을 했다는 것으로 볼 수밖에 없지 않을까. 죽으면 육신과 영혼이 분리되어 영혼은 남아 있다고 봐야 할 것이다.

셋째는 우리가 잠을 자도 무수히 꿈을 꾼다. 자고 나면 무슨 꿈을 꾼지도 횡설수설할 때가 많다. 혹시 임사체험자들도 죽어가는 상태에서 꿈을 꾸고 있었던 것은 아닐까? 무의식 상태에서 꿈의 내용을 생생히 기억하여 이야기하는 것은 아닌지 의문이 간다.

넷째는 임사체험자들의 공통적인 사실 중의 하나가 어떤 지점의 경계를 기준으로 하여 저승으로 들어가지 못하고 그 입구까지 갔다가 돌아온 것이다. 체험 자체가 이승과 저승 사이를 이야기하고 있는 것이다. 저승으로 가는 길을 체험했다고 하여 반드시 저승이 있다고 보기도 어렵다.

사후세계의 존재 여부에 대하여는 긍정이나 부정하는 사람들의 주장이 나름대로 이유가 있기에 틀렸다고 할 수 없으며 각자가 판단할 사항이다. 한 가지 이상한 것은 임사체험자들은 하나같이 사후의 세계가 있다고 한다. 굳이 거짓말할 필요가 없는데 그렇게 이야기하는 것을 보면 무의식인 상태에서 경험을 했던 꿈을 꾸었던 간에 그런 사실이 있었던 것만은 맞는 것 같다. 죽었다 살아난 사람들 가운데 아무 일도 없었다는 증언이 나오지 않는 이상 그 무언가가 있지는 않을까.

인간의 생명은 몸과 마음으로 이루어져 있다. 우리는 국기에 대한 맹세를 할 때 몸과 마음을 바친다고 한다. 가끔 정신이 나갔다는 말도 한다. 어떤 일을 잘못했을 때 혼이 빠졌다고도 한다. 마음, 정신, 영혼을 같은 의미로 보느냐 달리 보느냐에 따라 커다란 차이가 있다. 마음과 정신은 같게 보아도 무리가 없는데 영혼은 다른 의미라고 생각된다. 마음은 주로 정서적·감정적 측면을 가리키고, 정신은 지적·의지적인 측면으로 둘 다 같다고 보아도 무방하다. 그러나 영혼은 살아 있는 사람의 육신에 깃들어서 생명을 지탱해준다고 믿어지는 육신의 죽음과는 무관하다고 보는 측면이 있다.

몸과 마음은 떨어질 수 없는 일체이다. 우리가 외부 사물을 지각할 때도 감각기관을 통해서 한다. 희로애락도 몸이 없으면 느낄 수 없다. 몸이 몹시 아플 때 다른 생각을 할 겨를도 없이 아픈 것에만 몰두하게 된다. 이러한 이유 등으로 보아 죽으면 몸과 마음은 함께 사라진다고 봐야 되지 않겠는가.

영혼은 일반적으로 정신과는 구별되는 일종의 생명의 원리라고 한다. 기독교는 영혼을 육체와 달리 초인간적이고 영원한 성격을 지닌 실체로 파악하였다. 이러한 영혼은 신의 속성을 가지고 창조되었기에 육체의 힘으로도 파괴할 수 없으며 그리스도가 구원할 대상이기도 하다. 불교는 무아의 경지에 이르기까지 연기윤회를 한다고 주장한다. 전생의 영혼은 자신이 지은 업에 따라 다음 생에 다시 태어나는 윤회를 거듭한다. 유교의 경우에도 음양으로 일컬어지는 기의 작용으로 생긴 혼백을 영혼으로 볼수 있을 것이다. 혼백은 기의 작용으로 귀신이 되어 인간에게 영향을 끼치기도 한다.

한편으로 영혼의 존재는 빙의에서 찾고 싶다. 항간에 빙의로 고통을 받았다는 유명한 사람들의 이야기가 퍼지면서 빙의라는 심령용어가 일반에 알려지게 되었다.

이들을 괴롭힌 빙의란 무엇인가? 빙의는 귀신이 살아 있는 인간의 몸에 들어와서 그의 두뇌나 몸을 지배하여 여러 가지 이상한 행동을 하게 하는 것을 말한다. 죽은 사람의 영혼이나 심지어 죽은 동물의 혼이 일시적으로 살아 있는 사람의 몸에 들어와서 그 사람의 일체 행동을 지배할 때 우리는 흔히 '귀신에 씌었다'고 한다.

빙의가 진행되면 정신적인 변화를 느낄 수 있는데 꿈이나 예지능력이 생기기도 한다. 평상시에는 없었던 영감도 얻게 되고 주위 사람들을 보면 그들에 대한 것들이 보인다고 한다. 다른 사람의 말이 불쑥 튀어나오기도 한다. 스스로 빙의령과 대화를 나눌 수 있으며 남들이 볼 때는 정신 나간 사람처럼 혼자서 중얼거리는 것처럼 보인다.

무녀들과 대화를 나누어보면 그들은 자신이 무속을 좋아서 한다기보다는 이 일을 하지 않으면 몸이 아파서 한다는 것이다. 어쩔 수 없이 무속을 해야 한다면 빙의는 있다고 봐야 하지 않겠는가.

사람이 죽어 육신은 사라지고 영혼이 가야 할 세상으로 가지 못하고 구천을 떠돌다가 산 사람의 몸으로 들어와 빙의현상을 일으킨다면 사람의 몸에 일시적으로 영혼이 두 개가 존재하는 셈이다. 그리고 자기 자신의 몸속 고유의 영혼보다 빙의된 영혼이 힘이나 지배세력이 강하다는 것인데, 우리는 평소에 자신의 몸속에 영혼이 있는지도 의식하지 못한다. 그렇다면 영혼은 사람이 살아 있을 때는 잠재적으로 존재하다가 죽음으로써 영혼의 실체가 생긴다고 봐야 할까.

영혼과 관련하여 또 하나의 의문점이 있다. 사람들은 꿈꿀 때 죽은 사람, 특히 조상이나 가족들을 보았다고 한다. 물론 나도 그런 꿈을 꾼 적이 있다.

2005년 3월경으로 기억되는데 안성-음성 간 고속도로 건설공사 용지보상업무를 할 당시 내가 겪은 이야기다. 때는 봄이 오는 3월이지만 아직도 날씨는 스산하고 아침저녁에는 을씨년스러웠다. 야근을 하기 위해 동료들과 저녁식사를 한 후 얼마 지나지 않아 두 모녀가 찾아왔다. 그들은 소재지를 대면서 분묘가 있는지를 물었다.

민원인의 가족은 "안성의 어느 마을에서 살다가 남편이 죽고 이사를 갔다. 고향에 대한 정이 식어 그 이후 한 번도 남편 묘지를 찾지 않았다. 그런데 꿈에 죽은 남편이 뜨겁다고 하며 피를 흘리더라는 것이다. 그것도 여러 번 꿈을 꾸어 자녀들과 상의를 하여 남편 묘지를 찾으니 묘가 없어서 우리 사무실로 왔다"고 한다.

확인 결과 민원인의 남편 묘지는 고속도로에 편입되어 있었다. 그동안 민원인의 남편과 시부모의 묘지는 같이 있었는데 친척들 간에 내왕이 없다보니 이웃에 사는 올케가 부모의 묘를 이장하였다. 그리고 올케는 동생의 묘도 찾는 이가 없으니 보상금을 받을 목적으로 자기가 화장을 하고 우리 공사에 분묘이장비를 신청한 상태였다. 며칠 후면 보상금이 지급될 예정이었는데 때마침 두 모녀가 나타난 것이다. 시신의 사진을 보고 통곡하던 두 모녀의 모습이 선하며 세상에 이런 일이 있다니 두렵기까지 했다.

십여 년이 흘렀는데도 그동안 나타나지 않았던 죽은 남편이 이장할 무렵에 아내의 꿈에 나타나 무성의하게 화장된 것을 알린 사실을 어떻게 해석해야 할까. 이러한 꿈들이 우연의 일치일까, 아니면 죽은 자와 산 자의 교감일까.

어쨌든 사후세계의 존재 여부는 영혼이 있다는 전제하에 논의되어야 하고, 역으로 영혼이 존재한다면 사후세계는 있지 않을까? 죽음을 체험할 수 있는 방법이 없으니 확신할 수 없으며, 사후세계는 각자의 생각과 믿음으로밖에 판단할 수 없는 것 같다.

인간의 몸과 마음은 우주, 자연에서 생겨났기에 인간이 죽으면 몸은 지수화풍으로 돌아가고 영혼은 우주 허공으로 돌아갈 것이다. 무한우주와 하나 되는 세계가 사후의 세계일 것 같은데, 우주와 하나가 되지 못한 영혼은 자신이 살아온 업(業)에 따라 집착하는 세계를 떠돌 수밖에 없으며 그곳이 또한 사후세계라고 하지는 않는지.

운명이란

    사람들은 어떠한 때 운명을 생각할까? 일이 잘 풀리거나 애로사항이 없으면 운명이란 말이 있는지도 모른다. 다만 일이 순조롭게 풀리면 운이 좋았다는 말은 한다. 열심히 노력했으나 결과가 안 좋거나 하는 일마다 꼬이는 등 어려움이 있을 때 인간사에는 운명이 있지는 않는지 한번쯤 생각하는 것 같다.

    운명이 있다면 무엇이 사람들의 행과 불행을 결정하는가? 운명은 우리의 일상생활에 어떤 형태로 나타나는가? 이에 대해 누구나 자신의 운명을 알고 싶고 운명을 바꾸어 행복한 생활을 원할 것이다.

    일반적으로 인간사를 포함한 세상은 늘 바뀐다고 본다. 이 바뀐다는 것을 기초로 하여 세상의 이치를 판단하는 학문이 역학이다. 역학에는 주역, 명리학, 관상, 손금, 풍수지리, 성명학 등이 있다.

    그러면 이들 역학 상호간에는 어떤 관계나 영향이 있을까? 역학 상호간에 우열이 있다고 볼 수는 없지만 좋은 역학을 지니고 있는 사람이 다른 역학도 좋다고 봐야 되지 않을까. 또한 어떤 역학이 운명에 가장 영향을 끼친다고 말할 수도 없다. 사주가 이러한 사람은 관상이나 손금이 그러하다고 할 수가 없다. 유명한 역술인이라 해도 모든 역학을 다 통달하지 않는 이상 서로 비교하기는 어렵다. 자기가 연구하는 역학이 인간사에 가장 영향을 미친다고 할지도 모른다.

역학 중에서 내가 관심을 갖고 운명을 생각해보는 분야는 명리학이다. 다른 역학도 나름대로 어떤 원리에 의해 풀이하기에 부정하지는 않지만 명리학이 더 과학적이라고 본다. 여기서 과학이란 자연과학을 말하는 것이 아니라 인간이 태어나면서 몸의 조건이나 상태가 태양과 공기를 만나 삶에 영향을 주는 이치를 의미한다.

사전적 의미의 운명은 '인간이 지배하는 필연적이고 초월적인 힘 또는 그 힘으로 말미암아 생기는 길흉화복'이다. 인간의 운명인 길흉화복은 인생살이에 어떻게 투영되는가. 운명은 이런 의문에 대한 해답을 구하는 것으로 명리학, 즉 사주가 어떻게 인간사에 미치는가를 찾는 것이다.

한국정신과학회의 설영상 이사는 "성리학이 우주의 질서에 관한 연구라면 명리학은 인간의 명에 관한 연구이며, 명이 생긴 것을 생명이라 하며 운이란 그 생명을 운행하는 기운이다"라고 했다. 또한 선생은 "명에 대한 이해는 종교적 차원으로 승화된다며, 명을 전생의 인연인 업의 덩어리라고 보는 것이 불교라면 명을 원죄라고 보는 것은 기독교의 입장"이라고 했다.

운이 인간의 명에 지대한 영향을 미친다고 보는 사람들은 "비포장도로를 가는 고급승용차와 고속도로를 달리는 경차를 비유하면서 아무리 자질이 우수해도 운이 나쁘면 최고 속도를 내기 힘들다"고 한다.

우리가 살면서 어떤 때는 태양이나 공기의 따스함과 상쾌함을 느끼기도 하고, 때로는 태양의 강렬함에 숨이 막히는 것 같고, 녹음이 우거진 숲 속에 들어가면 공기의 시원함을 느낀다. 이와 같이 빛과 공기는 삶에 영향을 미치고 인간사에 변화를 준다는 것이다. 다시 말하면 우리 몸은 태어난 각자의 연월일시에 따라 태양과 공기의 움직임을 받아들이는 조건이 달라지고 이 조건이 바로 우리의 운명을 결정한다는 것이다.

그렇다면 태어난 연월일시를 결정하는 기준은 무엇인가? 이것은 인간이 스스로 결정할 수 없는 보이지 않는 그 무엇이 있지는 않을까. 대부분의 명리학자들은 인생이 윤회하면서 각자한테 형성되는 전생의 업이라고 추측한다.

인간의 심리는 묘하다. 세상에 운명이란 없으며 자신의 삶을 합리화하기 위한 변명에 불과하다고 하는 사람들이 간혹 역술인을 찾는 경우가 있다. 인간은 어떤 면에서는 한없이 나약하며 결과가 좋지 않을까 두려움을 갖고 있다. 이를테면 우리는 새 차를 구입하면 고사를 지낸다. 물론 독실한 종교가 있는 사람들은 예외겠지만 대부분의 사람들은 막걸리 한 잔이라도 차에 뿌려주는 것이 상례이다. 그냥 지나치려니 사고가 날까 봐 찜찜하고, 고사를 지내자니 마음이 내키지 않으나 남들도 하니 밑져봐야 본전이라는 생각에 하는 것 같다.

사주에는 각자를 보호해주는 용신이 있다. 용신은 사주의 조화와 균형을 이루는 데 필요한 요소이다. 대다수 사람들의 사주는 균형을 유지하지 못하고 한쪽으로 기울어져 있다. 이 기울어져 있는 것을 바로잡는 데 필요한 오행을 용신이라 한다. 용신이 건강하면 세상을 살아가는 데 그만큼 편하다고 봐야 한다. 사주는 타고난 팔자지만 균형을 이루지 못하고 기울어져 있는 사주라도 균형을 잡을 수 있게 살아간다면 무난하게 일생을 보내지 않겠는가.

해가 바뀌거나 선택의 기로에 섰을 때 사람들은 돌다리도 두들겨보고 건넌다는 심정으로 역술인을 찾아간다. 역술인은 어떻게 오셨느냐고 하며 사주를 묻는다. 역학에 뛰어난 역술인들은 사주 자체를 보고 운명을 감정하지만 어떤 역술인은 의뢰인과 이야기를 하며 운명을 풀이한다. 언뜻 생각하기로 후자가 더 친근감 있게 잘 하는 것 같지만 사실은 그렇지 않다.

의뢰인과 아주 다정다감할 정도로 대화하며 운명을 풀이하는 역술인은 거의 감으로 한다. 운이 없더라도 좋은 쪽으로 풀이하는 것은 바람직하다고 볼 수 있으나 원론적이고 형식에 치우칠 수 있다. 가령 늘 좋은 쪽으로 생각하고, 건강에 주의하고, 여름에는 물 조심하고, 출퇴근 시 차 조심하라는 것은 누구나 할 수 있는 말이다. 왜 이런 생각이 드는가 하면 사주를 알려주고 별로 말을 하지 않으면 역술인은 "원래 말씀이 없으신가요?" 하며 대화를 강요한다. 원론적인 사주는 알지만 각론적으로 판단하기가 어려워 당황하는 기색도 있다. 진정 남의 운명을 보아주는 역술인이라면 사주만 보고도 운명을 감정할 수 있는 능력이 있어야 한다.

용신을 모르고 보는 사주는 감으로 보는 것이기에 완전히 눈치싸움이라고 할 수 있다. 사주팔자는 우주가 인간에게 보내는 엄숙한 선언이기에 사주를 감으로 보는 것은 인간을 해할 수도 있고 더 나아가 우주를 모독하는 것이다.

우리가 낯선 도심을 가다가 길을 물으면 대부분의 사람들은 잘 알려주지만 모르면서 무심코 대답하는 사람들도 있다. 어떤 때는 반대편으로 알려주는 경우 그 사람의 말 한마디가 길을 묻는 사람에게 도움은커녕 더욱 미궁으로 빠져들게 한다. 잘못 감정된 운명도 이와 같은 것이기에 역술인은 잘 모르는 것을 감으로 풀이해서는 안 된다.

한 사람의 운명을 감정하려면 사주는 물론 관상, 집터, 가정사, 산소, 기의 흐름 등 여러 가지를 관찰해서 판단할 수 있는 종합예술가와 같은 능력을 가진 역술인이 이상적인데 그런 소유자는 만나기가 어렵다. 흔히 말하는 도인은 자기 갈 길을 가며 보통 사람들의 운명을 감정하지도 않는다.

나는 매년 한 번 정도 역술인을 찾는다. 처음에는 내 운명을 알고 싶어서 그랬으나 지금은 새로운 역술인을 만나기 위함이다. 같은 사주를 놓고 역술인마다 감정이 다르니 그들의 이야기가 궁금했다. 유명한 역술인을 만난 적은 없지만 그래도 기억에 남는 역술인은 세 사람 정도 된다. 가장 인상적인 역술인은 수원 팔달문 근처에 있는 어느 사주카페의 역술인이다.

그날도 통상적인 인사를 나누고 내 사주를 대니 역술인은 말없이 한참을 생각하고 있었다. 혹시 전에 오신 일이 있느냐고 묻는다. 처음이라고 하니 사주는 좋은데 특이하고, 이런 사주는 처음 접한다고 하며 이야기를 계속한다. 직업이 공직에 있을 것 같은데 공직에 있더라도 고위공직자는 아닐 것이라고 한다. 그렇다고 하니 사주가 나빠서 그런 것이 아니라 거꾸로 가는 사주라고 한다. 쉽게 말하면 사계절이 거꾸로 흐른다고 한다. 봄에 씨앗을 뿌리고 여름에 성장하여 가을에 열매를 맺는 것이 자연의 순리인데, 내 사주는 봄, 겨울, 가을, 여름으로 간다는 것이다. 사는 데는 큰 어려움이 없으나 봄에 씨를 뿌려도 겨울이 되니 그동안의 노력은 소용이 없다는 것이다.

그 말을 듣는 순간 온몸에 전율이 인다. 사주카페를 나와 곰곰이 생각해보니 역술인의 말이 맞는 것도 같다. 나는 누구 못지않게 많은 노력을 하고 새로운 것을 시도했다. 하지만 결과는 전혀 도움이 되지 않았고 허탈할 뿐이었다. 역으로 생각보해면 나는 봄에 열심히 씨를 뿌렸으나 겨울을 먼저 만나 노력이 허사가 되고 어려움이 많았다. 그렇지만 지금은 가을의 아름다운 날을 즐기고 있다. 더구나 다가오는 계절이 겨울이 아니라 뜨거운 여름이니 노년은 더욱 희망적이지 않겠는가. 농작물은 씨를 뿌려 추위를 만나면 얼어 죽지만 사람은 인생의 씨를 뿌려 겨울을 만나더라도 죽는 것이 아니라 동면할 뿐이므로 다시 싹을 피워 새로운 세상을 열어갈 수 있으니 이 얼마나 다행인가.

사주나 운명은 인생살이를 크게 네 가지 유형으로 분류할 수 있다. 태어날 때 고급승용차나 경차를 타고 나왔느냐를 선천적으로 분류하고, 인생의 여정이 고속도로나 비포장도로를 달리느냐를 후천적으로 분류한다.

첫째는 고급승용차가 고속도로를 달리는 경우로, 이런 사람은 최고의 운으로 최상의 자리에 있으며 별로 어려움이 없어 자기중심적인 사고방식으로 살아간다.

둘째는 경차가 고속도로를 달리는 경우로 이런 사람은 약간의 위험은 있지만 한마디로 표현하면 신나게 살며 성취욕이 강하고 일이 잘 풀린다고 할 수 있다.

셋째는 경차가 비포장도로를 달리는 경우로 이런 사람은 자신의 처지를 받아들이며 과욕을 부리지 않아 크게 성공은 못하더라도 느긋하게 시골길을 가듯 그런대로 삶을 영위한다.

넷째는 고급승용차가 비포장도로를 달리는 경우로 이런 사람이 문제다. 자신은 벤츠인데 비포장도로를 달린다면 얼마나 기분이 상하겠는가. 심지어 길이 좋지 못해 차가 펑크가 나고 부서지면 고통스럽기도 하다. 본인은 시대를 잘 태어났으면 한자리 했다고 생각하며 세상을 원망하기도 한다. 끊임없이 새로운 일을 도모하지만 일이 뜻대로 잘 풀리지 않는 경우이다.

운이 나쁠 때는 죽도록 노력해도 보람이 없고, 쓸데없이 지출이 많아지고, 하는 일마다 되지 않고, 세상이 서글퍼 보이고, 말 한마디가 화근이 되어 큰 타격을 입고, 관재송사, 모략, 누명 등 재수가 없게 된다.

우리는 살아오면서 많은 사람을 만나고 접한다. 어린 시절에는 똑똑하고 공부도 잘하고 크면 한자리할 사람인 것 같았는데 어떻게 세상을 잘못 만났는지 폐인이 된 사람도 있다. 이와는 반대로 어떻게 저 사람은 그릇이 그다지 클 것 같지 않는데 승승장구할까 의아하게 생각한 적이 있을 것이다. 나 역시 주위에 그런 사람을 보아왔다. 그리 노력하는 것 같지 않는데 운명이 예정되어 있었을까. 그 사람의 사주를 한번 감정해보고 싶은 심정이다. 하기야 아버지도 정승을 하였고, 남편도 정승을 하였으며, 아들도 정승을 한 조선시대 '송 씨 부인'도 있었으니 인간만사의 길흉화복이 너무 의외라고 생각할 필요는 없다.

운명을 알아보면 어떤 이점이 있을까? 운명감정은 각자에게 펼쳐지는 인생의 여정을 미리 보는 것이다.

나는 수원에 살지만 한때 음성에서 근무한 적이 있다. 주중에는 음성에 거주하고 금요일 저녁에 수원으로 돌아간다. 매번 느끼지만 어느 노선을 탈까 고민을 한다. 음성에서 수원으로 고속도로를 경유하여 가는 길은 중부선을 거쳐 영동선으로 가거나, 평택-충주선을 거쳐 경부선으로 가거나, 아니면 평택-충주선을 거쳐 서해안선으로 가는 세 가지 방법이 있다. 어느 곳으로 가더라도 교통이 정체되니 거의 후회했다. 다른 노선으로 갔더라면 지금쯤 집에 도착했을 것 같은 생각이 들어서 그렇다. 사전에 노선정보를 알아보고 조금이라도 소통이 원활한 노선으로 가는 것이 현명하지 않을까. 운명을 알아보는 것을 굳이 비유하자면 노선정보를 알아보는 정도가 아닐까. 운명이 어떠하다고 해도 취사선택은 각자가 알아서 할 일이며, 운명을 미신으로까지 치부할 것은 없다고 본다.

운명이 없는 것보다는 있는 것이 낫다고 본다. 그렇다고 자기 자신의 일생이 어떤 운명에 따라 그리 되리라고 믿거나 비관하거나 노력하지 않는 운명론자가 되어서는 안 된다. 인간은 태어날 때의 기가 세상을 살아가는 기와 일치할 때 순항할 수 있다. 그것은 자연의 순리다. 이를 받아들이고 부족한 부분은 채우고 남는 부분은 버리고 하여 세상을 조화롭게 살아가는 것이 운명이 아닐까.

세월이 흘러가도 그리운 사람들

세월은 소리 없이 흐르고 사람들은 지난날을 추억하며 누군가를 그리워한다. 연륜이 쌓일수록 고향을 그리워하는 것은 어떤 채워지지 않는 상실감에 대한 외로움일 것이다. 그 외로움은 고향산천에 대한 애틋한 마음도 있지만 잊히지 않는 사람들에 대한 사랑일 것이다. '사랑은 가고 옛날은 남는다'는 어느 시인의 표현을 빌리지 않더라도 누구나 홀로 간직한 자신만의 그리운 영상이 있다.

삶을 돌아보고 지나온 여정을 한번 그려보라. 밤하늘에 빛나던 별처럼 영롱한 눈망울로 다가오는 동그라미가 보이지 않는가. 가슴 저편에 숨겨 두었던 한없는 그리움이 어디로 가고 있지 않는가. 추억 속으로 가보면 밝고 고운 미소를 지으며 나를 보고 있는 그대가 있지 않는가.

우리가 살아온 날들은 전부 우리의 고향이다. 인생의 고향은 누구에게나 있다. 고향이 그리운 것은 누군가를 그리워하는 것이다. 어느 순간 울적할 때나 아름다움이 밀려올 때 가고 싶은 곳으로 가자꾸나.

오래전인 1988년 2월 어느 날로 기억되는데, 한국도로공사에 입사하여 몇 개월이 지나지 않은 신입직원 시절 구매업무를 할 때였다. 소장실 재떨이세트를 구입하기 위해 소장, 과장님과 함께 울산 시내에 있는 주리원 백화점엘 갔다. 평소 같으면 상품카탈로그를 가져와서 소장께 보여드리고 본인이 원하는 것을 구입하면 되는데, 소장님은 재떨이세트를 사치품으로 생각하셨는지 알아서 구입해주기를 바라는지는 알 수 없으나 지금은 사라진 주리원 백화점을 둘러보자고 하여 가게 된 것이다.

한국도로공사에 입사하여 여태껏 존경하는 분을 꼽으라면 그리 많지는 않는 것 같다. 이는 나의 부덕의 소치와 인색한 면이 있어서이지만 내가 존경하는 기준은 뛰어난 능력보다도 공과 사를 구분하고 패거리문화에 물들지 않고 상대를 배려해 주는 사람을 존경하다보니 상대적으로 적은 것 같다. 존경하는 분 중의 한 사람이 그 당시 소장님이며, 권위가 하늘을 찌르던 그 시절 다른 사람이었다면 재떨이세트를 보러 백화점에 가지 않았을 것이다.

우리 세 사람은 백화점을 쇼핑하며 재떨이세트가 진열되어 있는 코너에 머물게 되었다. 소장님과 과장님이 얘기를 주고받는 동안 나는 옆에 있었다. 그런데 누가 내 손을 살포시 잡는 것이 아닌가. 순간적으로 멈칫하면서 살짝 옆을 보니 여고를 갓 졸업한 것으로 보이는 두 소녀가 함께 왔는데 당돌하지만 밉지 않은 한 소녀였다. 소장님도 있고 하여 반응을 보일 생각도 없이 그러한 상태로 있었다. 그 시간은 길지 않았으며 다음 코너로 이동하여 자연스럽게 헤어지게 되었다. 혼자 백화점에 왔더라면 더 좋았을 텐데 아쉬웠다. 그때 반응을 보였다면 그 소녀가 민망했을까 아니면 그것을 바랐을까?

그 소녀는 왜 내 손을 잡았을까? 아직도 궁금하다. 그때나 지금이나 연락할 방법이 없으니 그 마음을 모를 수밖에 없다. 그 시절 나는 경주에서 언양까지 일반고속버스로 출퇴근을 하였다. 어느 날 좌석이 없어서 버스

내 손잡이를 잡고 서 있는데 어떤 할머니가 총각 손이 무척 곱다고 한다. 농사일을 하지 않아서 그런가. 전혀 흙을 만지지 않는 손인 것 같다면 혼잣말을 한다. 그때 그 소녀도 내 손이 고와서 잡았다고 생각하지는 않는다.

나도 중학교 시절 국어선생님을 무척 좋아한 적이 있다(물론 여선생이니까). 학교에 가면 가슴이 두근거리고 집에 오면 늘 선생님 얼굴이 떠오르고 선생님 손을 한번 잡아보고 싶은 마음이 있었다. 또한 처음 서울 생활을 할 때 어둠이 내린 저녁 버스에서 내려 어여쁜 누나 같은 여인을 보게 되었다. 순간 느낌이 확 다가와 한동안 그 여인을 따라가던 그날이 생각난다. 백화점에서 내 손을 잡았던 그 소녀도 내가 여선생님이나 누나 같은 여인을 그리던 마음으로 자신도 모르게 그만 손이 오지 않았나 싶다.

그 후 소장님은 한국도로공사를 떠나시고 몇 번의 만남이 있었다. 2008년 겨울 동계교육차 강원도 태백에서 소장님을 뵌 적이 있다. 눈꽃이 만발한 설원에서 만나니 더욱 반가웠다. 소장님을 뵐 때마다 그 옛날 주리원 백화점에서 내 손을 잡았던 그 소녀가 떠오른다.

1981년도로 기억되는데 안동에서 대학을 다닐 때 일이다. 나는 용상동에서 버스로 통학을 하였다. 가끔 차에서 마주치는 아가씨가 있었다. 처음에는 그냥 스치기만 했는데 자주 마주치니 마음이 그만 그리움으로 점점 다가가게 되었다. 그녀는 학생은 아닌 것 같고 아마 직장을 다니지 않았나 싶다.

그러던 어느 날 토요일 오후, 여느 때와 같이 같은 버스를 타게 되었다. 용상동에 도착하여 차에서 내리니 그녀도 내렸다. 나는 곧바로 집으로 가려다가 그냥 그녀를 따라갔다. 내가 뒤따르는 것을 알았는지 그녀의 발걸음이 빨라진다. 나도 모르게 "아가씨!" 하고 불렀으나 그녀는 응답을 하지 않는다. "잠시 시간 좀……" 하니 떨리는 목소리로 시간이 없다면서 당황하며 종종걸음으로 가버린다. 계속 따라가려다가 오늘만 시간이 있는 것이 아니니 다음에 또 만나면 되지 하며 그것으로 끝났다. 그리고 나는 사정이 생겨 기숙사 생활을 하게 되었다. 주위의 여건도 변하고 하여 한동안 그녀를 잊고 있었다.

그 후 몇 개월이 지난 어느 날 친구가 혼자 가기 쑥스럽다며 보건소엘 함께 가자고 한다. 특별히 할 일도 있는 것이 아니어서 보건소에 갔다. 왜 보건소에 갔는지는 기억이 희미하지만 그 친구는 포경수술을 받으러 간 것이 아니고 일반적인 진료를 받으러 간 것 같다. 친구와 함께 원무과 앞을 지나는데 어떤 아가씨가 강렬한 눈빛으로 나를 쩨려보고 있지 않은가. 순간적으로 보건소에 왔다는 사실이 창피하여 당황스러웠다. 그때는 보건소 가는 용무가 포경수술 등으로 가는 사람들이 종종 있어서 몰래 가던 시절이었다. 그래서 모른 척하며 그냥 지나갔다. 친구도 옆에 있고 하여 다음에 만나리라 다짐하면서 쑥스럽게 돌아왔다. 그 다짐은 소리 없이 사라졌고 그것으로 끝이 될 줄이야.

지금 생각해보면 나는 참 무심하고 나쁜 사람일지도 모르겠다. 내 느낌으로는 그녀는 나를 기다리고 있었을 것 같은데. 무지 나를 원망했을 수도 있고 스쳐가는 한 줄기 바람으로 날려 보냈겠지만. 그러나 내겐 그때의 일이 세월이 흘러도 아련한 추억이 되어 있으니 말이다.

대학은 진리를 탐구하는 전당인가, 낭만을 추구하는 곳인가, 아니면 현실을 직시하고 삶의 방편을 위해 가야만 하는 코스인가? 적어도 내게는 고민이 많은 시절이었음에는 틀림없다. 이상과 낭만보다는 현실이 더 중요했으니까. 대학생활은 나를 둘러싼 주변여건이나 내적인 환경에 기인한지는 모르나 그 당시는 낭만이 그리 많지는 않았다. 그래도 꽃피고 새 우는 계절이 여러 번 반복되어 마지막 학년이 되었다. 그동안 나는 도서관에서 많은 시간을 보냈고 늘 그렇게 생활하고 있었다.

싱그러운 5월이 되면서 대부분의 학우들은 교생실습을 가고 나는 한 달 가까이 여유가 있었다. 여느 때와 같이 캠퍼스 길을 따라 도서관 쪽으로 가는데 계단에서 한 여학생이 내려오고 있었다. 그날따라 치마를 입은 그녀가 홀로 다가오지 않는가. 그녀는 청바지를 즐겨 입고 긴 머리 소녀에 어울리는 수수한 얼굴을 간직하고 있다. 마주치면서 나도 모르게 그녀의 볼을 살짝 잡고 말았다. 그녀는 얼굴을 붉히며 말없이 그저 바라만 본다. 순간 내가 왜 이러지 하며 정신을 가다듬어 본다. 그리고 우리는 반갑잖은 녀석들이 다가오고 있어 싱긋 웃고 가던 방향으로 향했다.

그녀와 나는 도서관에서 긴 세월이 변하는 동안 옆 자리는 아니지만 서로 바라볼 수 있는 자리에서 공부하였다. 그녀는 후배로서 나보다 더 미련할 정도로 도서관을 지키는 공부벌레였다. 우리는 늘 관심이 있으면서도 무관심한 것처럼 그렇게 만났다. 서로 사랑을 하면서도 어떤 이유나 사정이 있었는지는 모르지만 겉으로는 무덤덤하게 가고 있었다. 언어적으로 사랑을 확인했더라면 어떤 형용사를 동원하더라도 표현할 수 없는 아름다운 사랑을 창조했으리라 생각되지만.

사실 그때 충분히 사랑을 확인했는데 왜 더 깊이, 더 높은 곳으로 가지 않았을까. 우리 두 사람이 사랑에 지능이 낮아서일까, 많은 세월이 지나 아름다운 추억을 주기 위하여 그랬을까. 밤하늘에 반짝이는 무수한 별들이 만나고 사랑을 하고 영멸하는 우주의 섭리를 깨닫고 더욱 고귀한 그리움을 간직하라는 신의 뜻이었을까.

사람들은 살면서 많은 사람을 만나고 정을 나누며 사랑을 한다. 그 가운데 이성에 대한 사랑은 인생여정 따라 끝없이 이어지는 것 같다.

아주 정숙한 여자도 일생에 세 남자와 산다고 한다. 첫째는 어린 시절에 만났던 자신의 왕자를 잊지 못하며, 둘째는 물론 현재의 남편과 살아가고, 셋째는 남편보다 사회적·경제적으로 더 높은 지위의 사람을 꿈꾸며 산다고들 한다.

이와 마찬가지로 평범한 남자도 세 사람 이상의 여인과 사는 것 같다. 첫째는 결혼하기 전의 수줍은 미소를 띤 어느 소녀를 그리워하고, 둘째는 현재의 아내와 미우나 고우나 살아가고, 셋째는 아내보다 능력 있는 사람보다는 오히려 더 아름다운 여인을, 아니 아내의 미모에는 못 미치더라도 새로운 이성을 찾아 부나비가 불에 접근하듯이 끊임없이 다가간다.

청춘이 아름답던 시절의 사랑을 잊지 못하고 한번쯤 보고 싶은 것은 인간의 동심이다. 우연히 만나는 것은 할 수 없겠지만 굳이 만나려고 하지 말자. 그 만남은 참혹하고 절망적이다. 우리는 애인이 아니었더라도 여인 같은 타인을 보면 그 옛날 그녀의 모습이 어디로 가버렸는지 실망하지 않았던가. 더욱 처절한 것은 상대방도 그렇게 나를 보고 있다는 사실이다.

"옛 애인은 만나지 말아야 한다. 만나면 그 모습은 누더기와 같다"라는 옛말도 있다. 어떤 사람은 사랑했기에 만나는 것이지 옛 모습을 보려고 만나는 것이 아니라고 하기도 한다. 세월이 많이 흘러 옛 사랑을 만나는 것은 젊은 시절부터 마음속에 무의식적으로 밤하늘에 빛나는 별처럼 지녔던 아름다운 그리운 영상 하나가 무참히 부서지는 것을 감수해야만 한다. 그것 때문에 삶은 더욱 삭막해지고 빈곤해질 수도 있으니까.

나는 해마다 들판에 곡식이 익어가고 서늘한 바람에 들꽃이 휘날리는 계절이 오면 어디론가 떠나고 싶다. 가을을 타는 것은 누군가를 그리워하는 것이 아닌가. 하룻밤 풋사랑의 여인은 기억이 나지 않아도 아름답게 스쳤던 사람은 세월이 소리 없이 흘러가도 언뜻 선명하게 떠오르는 것은 무엇 때문일까. 그것은 삶과 영혼을 맑게 해주는 생명의 샘물이 아닐는지.

나의 작은 소망

꿈은 이루어진다. 꿈이 없는 사람이 있겠느냐마는 우리는 살면서 늘 꿈을 꾼다. 시간이 지나고 여건이 바뀌면 변하기도 하지만 새로운 꿈과 희망을 갖고 살아간다. 이루어지지 않았더라도 꿈이 있는 사람은 그 순간만은 행복했으리라. 세월이 지남에 따라 높고 거대한 꿈은 창공을 나르던 새들이 서서히 둥지로 내려오듯 현실적으로 이루어질 수 있는 작은 소망이 된다.

공자는 만년에 『논어』의 위정 편에서 "나이 열다섯에 학문에 뜻을 두었고, 서른에 뜻이 확고하게 섰으며, 마흔에는 미혹되지 않았고, 쉰에는 하늘의 명을 깨달아 알게 되었으며, 예순에는 남의 말을 듣기만 하면 곧 그 이치를 깨달아 이해하게 되었고, 일흔이 되어서는 무엇이든 하고 싶은 대로 하여도 법도에 어긋나지 않았다"고 회고하였다.

이것은 내가 중학교 국어시간에 나이를 뜻하는 지학, 이립, 불혹, 천명, 이순, 고희 등을 공부할 때 배운 것이다. 그때는 외우기에 급급하여 뜻에 대하여는 깊이 생각해보지 않았다. 학문에 뜻을 둔 적도 없으며 학교라는 제도가 있어서 더 나은 미래를 위하여 공부를 했을 뿐이다. 또한 나이

마흔이 되어서도 세상사에 미혹된 점이 더 많았다.

그러나 이상하게도 지천명의 나이가 되니 세상이 잘 보인다. 공자가 회고한 하늘의 뜻을 알아 그에 순응하거나, 하늘이 만물에 부여한 최선의 원리를 안 것은 아니지만 그래도 주관적인 세계가 아니라 객관적이고 보편적인 세계가 보이는 것 같다.

인생을 전·후반기로 구분한다면 50세를 기준으로 나누어야 하지 않을까. 옛날보다 수명이 연장되어 팔구십을 살아야 하니 그런 생각이 든다. 인생의 전반기는 앞만 보고 치열한 경쟁을 하면서 산다. 젊어서는 고생도 사서 하라는 말도 있다. 힘들고 무리하게 살더라도 이를 극복하고 시간이 지나면 행복한 세상이 펼쳐지리라는 꿈을 안고 앞으로만 질주한다. 물론 젊어서 노후를 준비하는 사람도 있고, 편안함을 추구하며 안일하게 사는 사람도 있기는 하다. 그러나 인생의 후반기로 접어들면 새로운 사업을 구상하고 인생을 크게 설계하기보다는 살아온 날들을 회고하며 즐기는 삶을 추구하는 것 같다.

누구나 소망 하나는 있을 것이다. 나도 예외가 아닌 이상 작은 소망을 간직하고 있으며 이루어지기를 바란다. 그것은 사회적인 명성이나 정신적인 가치를 바라는 것이 아니라 어떻게 생각하면 하찮은 물질적인 욕심이다. 인간이 살아가는 데 기본적인 것이 의식주이다. 그런대로 나는 풍족하지는 않지만 별 어려움 없이 생활하고 있다. 의와 식도 중요하지만 나름대로 멋있는 집에서 살고 싶다. 옛사람들은 자연을 벗 삼아 청빈낙도 하는 삶을 살지 않았던가. 자연을 훼손하지 않고 검소하게 사는 것이 마땅한 도리지만 나는 부끄럽게도 그렇지 못한 점이 있다. 깊은 산속, 물 좋은 곳에 운치 있는 주택을 지어 찾아오는 벗과 자연과 인생을 즐기며 살고 싶은 소망이다.

우리 산하를 가다보면 마음에 드는 곳이 무지 많다. 어느 여름휴가 때

안면도 자연휴양림과 그 건너편에 있는 수목원을 갔다. 수목원에는 안면 송을 비롯하여 다양한 수종의 수목이 식재되어 있고, 산책공간의 중심에 자리 잡은 한국의 전통정원인 아산원이 있다. 낮은 돌담에 둘러싸인 정원에는 아담한 연못과 정자가 소박한 멋을 풍긴다. 마침 비가 내리고 있어서 한결 운치를 더한다. 아산원 같은 전통정원에서 살고는 싶지만 그렇게 하기가 어렵다는 것을 안다. 여건이 되더라도 자연을 훼손하면서까지 그런 규모의 정원을 원하지 않는다. 안면도 수목원은 꽃피는 봄과 단풍든 가을도 아름답지만 눈 내리는 겨울철이 더욱 고풍스럽고 품격이 있을 듯 싶다. 아산원을 마음의 고향집으로 그리며 철마다 다녀가야겠다.

가을이 무르익는 10월 어느 날, 나는 아내와 함께 소금강에 가기 위해 영동고속도로를 탔다. 휴일이라 그런지 나들이 가는 차량들이 붐벼 시간이 많이 소요될 것 같았다. 할 수 없이 소금강을 포기하고 진천 무제봉으로 방향을 돌렸다. 무제봉은 익히 가본지라 이월저수지를 지나 신계리 계곡을 따라 올라갔다. 계곡 양쪽에는 전원주택들이 들어서 있다. 옛날에는 쓸모가 크지 않았을 텐데, 지금은 좋은 땅으로 각광을 받는다. 명당도 시대에 따라 변하는 것 같다. 무제봉 주변의 산들은 임도가 잘 개설되어 있다. 지난여름 장마로 인해 몇 군데 보수공사를 하고 있기는 하나 전국에서 보기 드문 잘 정비된 임도이다.

무제봉 산행을 끝내고 내려오면서 전원주택지 입구에 도착하니, 땅을 판다는 푯말이 있어 한번 둘러보기 위해 차에서 내렸다. 마침 땅 주인이 밖에서 반갑게 맞아준다. 쉬어가라며 야외의자에 앉으라고 권한다. 우연찮게 동석을 하여 궁금한 사항을 물어보았다. 대부분의 택지는 매매가 되었고 지금 앉아 있는 터가 아직 주인을 만나지 못하였으며, 땅은 평당 오십만 원에 170평 정도 된다고 한다. 이곳에는 반딧불이 살고 밤에는 별이 총총히 빛나며 비가 올 때는 계곡에서 폭포수가 떨어지고 눈이 내리면 두

메산골이 연상된다고 한다. 주인은 분당에 살며 주말에 내려와 자연을 즐기는 것 같다. 텃밭에는 채소가 무성하고 안주인은 즉석에서 나그네에게 호박전을 부쳐준다. 그분들은 생활면이나 경제적으로 보아 여유가 있고 행복하게 살아가는 것 같다.

돌아오면서 아내도 이곳이 마음에 든다고 한다. 나도 그곳에서 그림 같은 집을 짓고 자연과 더불어 살고 싶다. 땅을 사고 집을 지으려면 상당한 거금이 들 텐데, 지금 내게는 그런 여유가 있지 않아 심히 유감스럽다. 사실 내가 생각했던 꿈이 이루어진다 해도 한결같은 마음으로 살아갈 수 있을지 의문이 들기도 한다. 물 맑고 산 좋은 곳도 오랜만에 오니 좋은 것이지 항상 존재한다면 그런 행복을 지속적으로 느낄 수 있을까. 그 꿈은 훗날로 미루기로 했다. 하지만 나는 우리 강산 어디를 가나 전원주택지로 적합한 곳을 눈여겨보고 무한히 상상하며 발길을 돌린다.

산을 오르면 이 넓은 땅 가운데 내 땅이 없다는 것을 알지만 천하가 내 땅이라고 생각할 때도 있다. 사실 강산은 주인이 따로 없다. 보고 느끼면서 즐길 줄 아는 사람이 주인이다. 오늘처럼 청명한 하늘을 보고 마음씨 좋은 사람을 만남에 새삼 감사한 마음이 든다면 그것이 행복이 아니겠는가.

가까운 미래에 나는 작은 농원을 만들어 그곳에서 과일과 채소를 가꾸는 농부로 살고 싶다. 삶이 고단했던 어머니는 절대로 농사일을 하지 말라고 하셨지만 농사일을 천직으로 생각했던 할아버지는 농사짓는 것이 등 뜨시고 배부르다고 하신 말씀이 점점 많은 추억과 함께 다가온다. 마음의 벗이 될 수 있는 책을 읽으며, 무료할 때는 차를 마시고, 삶에 활력을 주는 음악을 들으며, 사랑하는 사람들을 만나는 삶을 꿈꾼다. 주경야독하는 사람으로 다시 태어나고 싶다. 형편이 어려워 낮에는 일하고 밤에 공부할 수밖에 없는 처지가 아니라, 즐겁게 일하고 즐겁게 독서하는 '낙주

경낙야독'하는 게으른 농부로 말이다.

이 세상에 태어나 여러 사람의 도움을 많이 받았으나 특별히 준 것이 없는 내 인생. 누군가에게 작으나마 도움을 주고 나누며 살고 싶다. 또한 나와 인연이 있었던 사람들에게 소홀한 면이 없잖아 있다. 그들을 다시 만나고 정을 나누며 더욱 평범한 사람으로 살고 싶다. 특히 사회에 소외된 사람들에게 내가 가꾼 농산물을 나누어 주는 함께하는 삶을 바란다.

꿈은 생물과 같아서 또 다른 꿈을 새끼 친다. 염치없이 또 하나의 꿈을 꾼다. 그저 나눔이 아니라 베푸는 삶을 즐겁게 꿈꾸어본다. 그 꿈들이 이루어지는 날, 나는 세상에 감사하고 자연에 동화되리라. 잘살기 위해서 많은 것을 가지려고 세상사와 싸워야 했던 현실을 돌아보니 부끄럽기 짝이 없다. 내 몸속에 있는 욕망을 버리고 높고 넓은 우주 허공을 생각하며 살아가고 싶다.

죽음에 대한 단상

저 하늘에 태양이 있고 지구가 자전과 공전을 하는 한 낮과 밤, 계절은 끊임없이 반복된다. 삼라만상은 아침을 맞아 활동을 시작하고 빛이 사라지면 휴식을 취한다. 어떤 생명체는 낮에 쉬고 밤에 활동하며 주야에 관계없이 생명활동을 하는 경우도 있다. 생명체는 낮과 밤이 있어 생체리듬에 따라 지속적으로 활동하다가 궁극적으로는 사라져 간다. 결국 그 끝은 죽음이다.

어린 시절, 나는 빨리 어른이 되고 싶었지만 어른으로 성장하는 것과 죽음과는 상관이 없는 줄로 알았다. 또한 죽음에 대해 심각하게 생각해보지도 않았으며 새해가 되어 꼬박꼬박 나이를 먹어도 그것은 이유가 되지 않았다. 마을에 연세 든 어른들이 돌아가시더라도 귀신에 대한 약간의 무서움이 있었을 뿐 죽음을 생각하지 않았다. 호수나 강에서 물놀이 하던 사람들이 익사사고를 당하여도 내가 죽을 거라는 생각보다 사람이 죽으면 어디로 가는지가 더 궁금했었다. 죽음의 의미와 관계없이 세상사는 것이 부끄럽고 힘들어서 몇 번 정도는 죽고 싶을 때도 있었다.

하지만 지천명의 나이가 되니 죽음에 대한 생각이 달라지고 그 시기는 모르겠지만 언젠가는 죽음을 맞이해야 한다는 것을 깨닫게 되었다. 이제 나는 이른 아침 들녘으로 산책을 하여도 자연의 신비로움을 한없이 느끼며 오늘 하루가 소중하다는 것을 안다. 저녁에 잠자리에 들면 바로 잠이 오지 않는다. 그전에는 언제 잠들었는지도 모르던 시절이 있었고 텔레비전 뉴스를 보다가 소파에서 잠든 적이 다반사였다.

고요히 잠자리에 들면 오늘 하루의 일들이 지나가고, 밤하늘의 별들이 그립고, 그동안 나와 인연이 있어 만났던 사람들의 얼굴이 스친다. 매일 밤 취침 전에 떠오르는 사람들의 얼굴은 날마다 바뀐다. 최근에 만났던 사람부터 아득히 오래전에 기억이 희미한 사람들까지 다양하다. 그들은 지금 무엇을 하며 어떻게 살고 있을까. 안타깝지만 우리는 결국 이 세상을 떠나야 하니 말이다. 더 많이 정을 나누고 사랑해주지 못한 것이 후회스럽기도 하다. 이런저런 생각을 하다보면 결국은 죽음에 대한 생각으로 귀착하게 된다.

인간은 태어나 언젠가는 죽음을 맞이하지만 그 시기는 최소한 부모님이 먼저 돌아가시고 자식들이 장성한 후에 죽어야 세상만사가 편하지 않을까. 누구나 바라는 일이지만 마음대로 되지 않는 것이 또한 죽음이 아니던가. 부모님이 건강한 삶을 살아왔고(지금은 노년으로 그렇지 않지만), 내가 가까운 사람들의 임종을 지켜보지 못한 상태에서 죽음을 이야기한다는 것이 어설프나 어차피 한번쯤 생각해보고 대처하는 것도 나쁘지 않다고 본다.

구도의 길을 가는 성직자들은 예외가 되겠지만 임종을 지켜본 사람들에 따르면, 대부분의 사람들은 죽음을 두려워하고 삶에 대한 집착이 강하다고 한다. 건강할 때는 죽음이 오더라도 편안하고 초연하게 맞이할 것이라고 말하지만, 죽음의 시간이 점점 가까워질수록 그런 마음은 없어져가고 두려움으로 다가오는 것이 또한 죽음이다.

잠자다가 죽은 사람은 복 받았다는 말이 있다. 세상에서 가장 편안한 죽음은 잠자다가 죽는 것이라고 생각된다. 산 자와 죽은 자가 이별의 순간을 함께하지 못하여 애석하지만 그러한 시간이 생략된 것이 오히려 나은 것이 아닐까. 이승과 저승을 사이에 두고 헤어져야 하는 아픔과 죽음의 공포를 겪지 않아도 되니 말이다. 그렇다고 마음대로 잠자면서 죽음을 맞이하는 경우는 극히 드물기에 이도 싶지 않다.

생자필멸이라! 그러면 나는 어떠한 죽음을 맞이할까? 가장 확률이 높은 것을 생각해본다. 언제인가는 모르지만 병상에 누워 죽음을 맞는다. 당연히 내 곁에는 사랑하는 아내와 두 아들이 지켜보고 있을 것이다. 운이 좋으면 며느리와 손자까지 함께하며 그들의 애원도 들을 수 있겠구나. 그 순간 나는 어떠한 반응을 보일까 확신할 수는 없지만 그래도 담담하게 죽음을 맞고 싶다.

가족들과 마지막 대화는 무슨 말을 해야 하나. 더 많이 사랑해주지 못해서 미안하다는 말은 하고 싶지 않다. 어떻게 살더라도 인생은 후회하게 되어 있으니 최고의 멋과 아름다운 삶을 생각하지 말라. 삼라만상이 함께하는 이 세상은 분명 낙원이며 살만한 가치가 있다. 하찮은 미물이나 돌멩이 하나라도 소중함을 알고 더 나은 세상을 위하여 살아라. 부귀와 명예, 권력은 정당한 노력으로 추구하되 지나치지는 말라. 그것들은 인생에 있어 필요하기는 하나 그렇게 중요하지 않으니 여러 사람과 어울리고 정을 나누면 후회는 덜하지 않겠니. 삶은 일과 사람과의 만남이니 어떠한 만남이 되었었던 간에 거만하거나 비굴하지는 말라. 하나만 당부해야 한다면 게으르거나 어리석게 살지 않았으면 한다.

이런 유형의 말을 하자면 앞으로 나는 어떻게 살아야 하는가. 지나온 시간들을 회상해보면 후회스러운 일이 많다.

옛날 시골에는 뱀이 무지 많았다. 들로 나가거나 학교 가는 길에도 자주 뱀을 볼 수 있었다. 문제는 내가 뱀을 많이 죽였다는 사실이다. 그때는 뱀을 보면 왜 죽였는지 모르겠다. 어설픈 영웅심도 한 몫 했던 것 같다. 그것은 분명 살생이며 많이 후회된다.

내가 초·중등학교에 다닐 때 오십 원 권 지폐가 있었는데 크기만 약간 작았지 일백 원 권 지폐와 유사했다. 어느 날 가게에서 삼십 원의 물건을 사고 오십 원 권을 주면 주인아주머니가 일백 원 권으로 잘못 알고 칠십 원을 거슬러주는 경우가 있었다. 모른 척하고 받았던 지극히 비양심적인 시절이 있었다. 또한 성년이 되어 대구에서 열차를 타고 지금은 폐쇄된 시골에 있는 가동역까지 오는 과정에서 차표는 김천까지 구입하고 일부구간을 무임승차했던 때도 있었다.

나는 신입직원 시절에 울산시 언양에서 근무한 적이 있다. 그 당시 자주 가는 술집이 있었는데 주인마담과 잘 아는 사이가 되었고 외상으로도 술을 마시기도 했다. 한번은 술을 마시다가 마담 몰래 도망 아닌 도망을 나온 일이 있었다. 다음에 가서 자초지종을 얘기하고 술값을 계산했더라면 별 문제가 없었는데 하루 이틀 미루다가 영원히 가지 않게 되었다. 그 사람은 나를 어떻게 생각하고 있을까. 생각만 해도 아찔하다.

지금 생각해보면 이러한 일련의 일들이 내게 별로 도움이 되지 않았고 군이 그렇게 해야 할 이유도 없었다. 순간의 실수가 내 영혼을 멍들게 했고 떳떳하지 못한 내 생의 일부이니 안타까울 따름이다. 참회한다고 해서 해결될 일이 아니니 너무나 후회스럽다.

조용히 눈 감고 있으면 그리운 얼굴들, 야속한 사람들, 먼저 간 사람들 등 생각나는 사람들이 많다. 나는 부와 명예, 권력에 있어서 중산층에도 못 끼는 서민으로 누구에게 비난받거나 신세를 진 일이 거의 없다고 생각된다. 그러나 이성간의 관계에 있어서는 미안한 것이 많다. 선남선녀가 부부로 만나는 것은 인연이라고 본다. 나는 연애결혼을 하지 않았지만 절대 후회하지는 않는다. 그것은 아주 먼 옛날부터 만남의 씨앗이 있어 오랫동안 떠돌다가 가정을 이루었다고 생각하기에 그러하다. 그리고 아내와 함께하는 세월이 쌓일수록 사랑과 고마움도 늘어난다.

하지만 세상을 돌아볼 때 또 다른 여인들도 있지 않겠는가. 내가 적극적으로 의사를 표하지 않아 나를 원망하는 이도 있을 테니 말이다. 그들은 나와의 인연이 닿지 않는 것이 한편으로는 더 행복해졌을 거라는 확신이 들기도 한다. 그래서 조금 덜 미안할 따름이다.

매번 느끼는 일인데 잠자리에 들면서 내일의 태양을 볼 수 있기를 기대하지만 잠에서 깨어나지 않더라도 후회는 없다는 생각이 들 때도 있다. 아직 내가 돌봐야 될 일이 많이 있긴 한데 나 자신만을 생각하는 이기적인 면이 다분히 있어서 그런 것 같다. 내가 해야 할 일, 가보고 싶은 곳, 만나야 할 사람들이 있지만 그 모든 것을 담아야 할 나의 그릇이 작아 새로 담으려면 소중한 옛것을 꺼내야 하기에 그렇게 하면 새로워지기는 하나 굳이 그럴 이유가 없는 것 같다. 이미 나의 그릇은 거의 다 차 있다. 또한 삶과 죽음이 동전의 양면처럼 다르게 보이나 실상은 같다고 보기 때문이다.

가장 많이 생각하는 것은 신과 사후의 세계에 관한 것이다. 그것은 영원한 수수께끼로 우주의 미아로 남을 것 같다. 퍼즐을 맞추는 심정으로 종교인들이 쓴 책을 중심으로 꾸준히 공부를 하고 있지만 기약 없는 나의 여정이 될 것 같다.

사실 죽음에 대해 언급하니 만날 그렇게 산다는 생각을 할 수도 있겠으나 평상시에는 전혀 생각하지 않으며 그저 삶에 충실하며 가끔 생각하는 정도에 불과하다. 나는 이상론자도 아니고 미지의 세계를 탐구하지도 않으며 현실을 더 소중히 여기기며 살아가고 있을 뿐이다.

사람은 나이가 들면 철학자가 되는 것 같다. 젊은 날에 악착같이 추구했던 일들이 다 부질없다는 것을 깨닫고 인생은 따스한 봄날의 꿈에 불과하다고 말한다. 그리고 세월이 흐름을 한탄하며 세상살이를 관조한다. 저녁노을이 물들면 세상이 더욱 아름답다는 것도 안다. 또한 자연의 섭리에 순응하며 살아간다. 먼저 간 사람을 존경하고 뒷사람을 걱정한다. 인생은 무상하며 아침에 반짝이는 이슬 같다고도 한다.

죽음이 가까워 오면 어떤 생각을 할까? 살아온 생을 돌아보기도 하지만 죽음 후의 세계도 상상해보지 않겠는가. 만일 나의 생에 대한 심판이 받아야 하는 절차가 있다면 당연히 받고 싶다. 어떤 세상이나 존재로 태어나고 싶으냐고 묻는다면, 이 지구의 어느 곳이든 상관없이 인간으로 다시 태어나고 싶다고 말할 것이다.

맺는말

지난 삶을 돌아보니 꿈 많았던 시절이 엊그저께 같았는데 살아온 날보다 살아가야 할 날이 훨씬 짧다는 것을 실감한다. 그동안의 삶을 관조하며 자연과 인생을 정리해보고 싶었다. 내 나름대로 고뇌하며 이것이 인생일 거라고 생각했으나 그것은 장님이 코끼리를 더듬는 정도에도 턱없이 모자라니 참으로 부끄럽다.

인생이란 정답이 없다. 우리는 가치 있는 삶이나 인생관을 말하지만 자신의 생각과 세상은 너무나 다르다. 나 중심에서 바라보는 세상은 편협하고 보잘것없으며 나를 버리지 않으면 결코 세상이라는 우리에 갇혀 보편적인 진리마저도 보지 못할 수가 있다.

나는 회사에 출근하여 주 3회 정도 회의나 티타임에 참석한다. 지사장을 비롯하여 각 파트를 대표하는 직원들이 주로 고속도로 유지관리업무를 논의한다. 외관상으로는 늘 하는 업무로서 의견이 일치되고 무리 없이 잘 수행되는 것 같다. 그렇지만 직원마다 의견이 다르다는 것을 종종 느낀다. 조직이라는 특성이 개인의 주장을 억제하고 생각을 합리적인 방향으로 이끌기에 그런 것 같다. 회사의 일상 업무에도 잠재적인 생각이 다양할진대 그들의 인생은 얼마나 천차만별일까. 가정, 사회, 내면의 세계로 나아가면 인생은 5대양 6대주보다 더 넓고 다양하다.

지구촌에는 약 67억의 사람이 살고 있다. 의학이 발달하여 극소수를 제외하고는 현재의 이 사람들은 1백 년 전에는 없었을 것이고 1백 년 후에도 없을 것이다. 사람은 자연에서 왔다가 자연으로 돌아가는 나그네에 불과하다. 자신의 처지가 이러한대도 진리의 세계로 나아가지 못하고 자기중심적인 삶을 영위하고 있으니 안타까울 수밖에 없다.

우리는 자연을 위대한 스승으로, 섬겨야 하는 부모로, 사랑하는 애인으로 바라보아야 한다. 자연은 하루가 가고 계절이 변하여도 한결같이 자연의 길을 가고 있을 뿐이다. 우리는 여유를 가지고 자연을 신비롭고 경이롭게 바라보아야 한다. 자연은 그런 사람들과 함께하며 그들에게 영광과 축복을 줄 수밖에 없다.

어느 책에서 '이승복 이야기'는 현장에 가보지도 않은 조선일보 기자의 습작이었다는 내용을 읽은 적이 있다. 이 사건은 작가가 글을 쓸 당시에 진실공방이 진행되어 법정으로까지 가게 되었다. 결과는 조선일보 기사는 사실로 판명되지 않았는가. 아무리 에세이가 자유롭게 쓸 수 있다고 해도 사실이 왜곡된다면 이 또한 무책임하다. 이 책의 내용에도 위와 같은 우를 범하지 않으리라는 보장이 없으니 심히 두렵다.

나는 종교를 가지고 있다고 하기에는 부족하지만 종교와 신에 대하여 독실한 신자들과 가끔 대화를 나눈다. 종교관에 대해 생각이 다른 경우가 많다. 그들이 자신들의 신관을 변함없이 주장하듯이 나도 내가 생각하는 신관을 바꾸고 싶지는 않다.

이 글을 쓰면서 나와 생각이 비슷한 사람들이 있는지 확인하기 위해 관련 서적을 탐독하고 인터넷을 검색해보았다. 그런 과정에서 찾아낸 부분을 일일이 나열하면 객관성이 한층 드러날 텐데. 그렇게 하기에는 나의 능력이 부족하여 표현에 어려움이 따르고, 그렇게 하더라도 또한 읽는 사람들의 짜증이 날 것이 뻔하기에 기술하지 않았다. 일반적인 현상이나 원리 원칙, 다른 사람들의 소중한 생각을 행여 내가 잘못 이해했다면 그것은 전적으로 나의 책임이다.

요즘 내 어머니는 건강이 안 좋아 예고 없이 병원엘 다니신다. 그럴 때마다 내 가슴이 덜컥 내려앉는다. 돌아가시면 어쩌나 하는 걱정에 눈물이 난다. 늘 정정하고 억척스러웠던 어머니였는데 세월의 흐름은 어쩔 수 없는가 보다. 연세로 보면 그럴 나이도 되었지만 이제 헤어져야 하는 시간이 점점 다가오고 있으니 너무 서럽다.

또한 내게는 젊은 시절에 홀로된 장모님이 계신다. 별로 해드린 것도 없는데 늘 해맑은 미소로 김서방 같은 사람이 없다고 하시는 장모님, 그러나 몇 해 전에 건강이 나빠지고 외롭게 살아가신다. 하늘이 무너져 내리는 아픔을 겪으셔야만 했던 그 삶이 얼마나 서러웠을까 생각만 해도 가슴이 아프다.

나는 죽음에 대해 초연하고 담담한 줄로 알았다. 두 분과의 이별을 생각하니 그렇지만은 않은 것 같다. 얼마나 많이 무한우주를 우러르며 기도와 명상을 해야 죽음에 대하여 조금이나마 초연해질 수 있을까. 이 땅에 사는 모든 어머니가 좀 더 건강하고 편안한 여생을 보내기를 기원하며, 이 책을 내 어머니이신 김태순 님과 내 아내의 어머니이신 이정임 님께 바칩니다.

참살이를 희구하는 김정호의
내가 살아가는 이야기

자연을 가까이
인생을 소중히